W.S. Maugham

毛 姆 文 集
W. Somerset Maugham

面纱

The Painted Veil

〔英〕毛姆 著 张和龙 译

上海译文出版社

别揭开这五彩面纱,芸芸众生都管它
叫生活……

——雪莱《别揭开这五彩面纱》

序

这部小说的创作源自但丁如下诗句：

Deh, quando tu sarai tornato al mondo,
E riposato della Iunga via,
Seguilo il terzo spirito al secondo,
Ricorditi di me, che son la Pia:
Siena mi fè; disfecemi Maremma:
Salsi colui, che, innanellata pria
Disposando, m'avea con la sua gemma.[①]

第二个刚说完,第三个灵魂说:“啊！当你回到人间,作长途旅行以后的休息时,请你记起我:我是毕娅！锡耶纳造了我,玛雷玛毁了我:以前和我结婚,把一个宝石指环套在我手指上的人,他明白这件事情呢!”[②]

当时,我在圣托马斯医院求学,复活节期间,医院放了六周的假。我往旅行包里塞进一些换洗衣物,兜里揣着二十英镑,就启程远行了。那年我二十岁。我游览了热那亚与比萨,随后来到佛罗伦萨。我在劳拉街租了间房,凭窗眺望,可以看见美丽的大教堂穹顶。房东是位丧偶的夫人,家中有个女儿,好几个回合砍价后,说定食宿费每天四个里拉。我心想,她可是做了赔本的买卖,因为我的胃口很大,吃掉海量通心粉不过是小菜一碟。她在托斯卡纳的山林间有座葡萄园。她亲手酿造的基安蒂红葡萄酒，在我品尝过的意大利佳酿中，属于最上品，现如今仍念念不忘。她的女儿埃西莉亚每日教我意大利语，虽说她已过了青涩年华，但我猜度，她的年龄还不到二十六。这女孩时运不济，未婚夫是个军官，已在阿比西尼亚[3]阵亡，她誓言终身不嫁。毋庸讳言，母亲一朝离世，埃西莉亚便会入教修行。（她的母亲体态丰满，满头灰发，生性快乐，在上帝判定她寿数已尽前，是断不肯撒手人寰的。）而对于皈依宗教的未来，埃西莉亚欣然向往。她素爱嬉笑，我们共进午餐与晚餐时，她总是笑逐颜开。但她教书却一丝不苟，遇上我冥顽不灵，或心不在焉，就用一把黑色戒尺敲打我的指关节。她对我训诫，竟如幼童，我本应心中愤懑，但一想到书本里那些迂腐的老学究，不禁莞尔。

我素日勤勉，每天早起，便会翻译几页易卜生的剧本，想着能熟谙技艺，日后写起对话来，也会轻松自如；之后，携本拉斯金[4]的书，漫游佛罗伦萨，踏访名胜风物。依书中记述，我瞻仰了乔托钟楼[5]和吉贝尔蒂[6]的青铜门[7]。我踱入乌菲齐美术馆[8]，观赏波提切利[9]的画作，心绪不温不火。画中那入骨的青春，大师不以为然，我也随他嗤之以鼻。午饭吃罢，上过意大利语课，我再次出门游览。我参观城中教堂，沿亚诺河一路徜徉，脑海里自由畅想。晚饭用毕，我又

---

① 出自但丁《神曲·炼狱篇》第五首。

② 译文选自但丁《神曲》王维克译本。毛姆原作是用散文体译出。

③ 即埃塞俄比亚，非洲东部国家，首都亚的斯亚贝巴。

④ 约翰·拉斯金（1819—1900），英国著名作家、艺术家、艺术评论家。毛姆手中之书应是他的《佛罗伦萨的早晨》。

⑤ 佛罗伦萨主教堂的钟楼，哥特式建筑，建于十四世纪，设计者是意大利文艺复兴初期大壁画家乔托，故名“乔托钟楼”。

⑥ 洛伦佐·吉贝尔蒂（1378—1455），意大利文艺复兴早期青铜雕刻家。

⑦ 即著名的青铜浮雕“天堂之门”，意大利佛罗伦萨圣若望洗礼堂东面的正门，由洛伦佐·吉贝尔蒂雕刻于1452年，文艺复兴时期最著名的杰作之一。

⑧ 位于意大利佛罗伦萨市乌菲齐宫，世界著名绘画艺术博物馆，素有“文艺复兴艺术宝库”之称。

⑨ 波提切利（1445—1510），十五世纪末意大利著名画家，欧洲文艺复兴早期佛罗伦萨画派的最后一位画家。

忙不迭步入城中历险。只怪我品性单纯，或是太过羞怯，每每回返时，贞洁毫发无伤。房东太太虽已给我钥匙，可我晚归后的插门声，总会惹她宽慰一叹，她这是一贯担心我忘了插门。回来后，我重又细细研读归尔甫派和吉伯林派的历史。我深知浪漫主义时代的那些作家断不会如此度日，但我猜想，仅凭二十英镑，能在意大利待上六个礼拜，他们当中怕是无人能做到。这种勤勉俭素的生活，我却甘之如饴。

《地狱篇》我已读过（对照译本，也自觉用字典查查生词），便跟随埃西莉亚读起《炼狱篇》。读到开篇引用过的那段时，埃西莉亚对我讲解：毕娅乃锡耶纳的贵妇，她的丈夫疑心她红杏出墙，又慑于她的家族势力，不敢轻易伤她性命，便把她带到他在玛雷玛的城堡，想借那儿的有毒蒸汽，神不知鬼不觉地杀了她，可是她却迟迟不死，待他耐心耗尽后，便将她扔出窗外。埃西莉亚从何处得知这个故事，我无从知晓。我手中的但丁注解本并无这般细节可考，但这个故事却激发了我的无限遐想。多少年来，它始终萦绕在我的脑海中，我不时费心思量，往往两三日不止。我还时常念叨：锡耶纳造了我，玛雷玛毁了我。但这个故事只是我众多创作素材中的一个，良久以来，它被我抛之脑后。我始终将它看作是现代故事，可是在当今世上，我苦于找不到合适的故事背景，当作此类奇闻异事的发生地。直到我经过漫漫长路，跋涉到了中国后，才最终信手拈来。

我想这是我唯一一部起于故事，而非发于人物的小说。人物与情节的关系难以言表。你不能在真空中使人物立于纸面；你一想到人物，定会将其置于特定情境中，令其发出动作；因此，人物及其主要行为动作，便看似是想象力同时造就的产物。但这一次，我笔下的人物却是为我臻于丰满的故事量身定做；这些人物源自我在不同场合中相识已久的人们。

这本书命途坎坷，大凡作家，通常都有类似遭遇。最初，我的男女主人公叫莱恩，这不过是个司空见惯的名字，但香港确有人叫莱恩。莱恩们便提起诉讼，连载这部小说的杂志花了两百五十英镑，息事宁人，我只好把名字换成了费恩。接着，殖民地助理秘书自认受到诽谤，威胁着要诉诸法律。我惊诧不已，因为在英国，我们可以让首相出现在戏剧舞台上，也可以在小说中描写首相。即令是坎特伯雷大主教、上议院大法官，或任何地位显赫之人，对此都不会在意的。我感到奇怪的是，他不过是暂时当个小官，无足轻重，居然也要对号入座，认定自己中枪，但我不想招惹麻烦，就把香港换作了青岩[①]，一个虚构的殖民地。这个小插曲发生时，小说已然出版，只得紧急召回。不少书评家别具慧眼，便假以托词，并未退回此版样书。如今，这些样书因其稀有，价格不菲。我想，这个版本尚有六十册存于世，藏书家们正以高价回购收藏。

① 这个版本已改回“香港”。——原注

一

“啊!”她失声惊叫。

“怎么啦?”他问。

百叶窗紧闭,卧室内昏暗不明。他能看得见她满脸恐慌。

“门外有人!”

“哦,也许是女佣吧,要不就是男仆。”

“这个时候,他们从不找我。他们都知道,午饭后我要小睡。”

“那么会是谁呢?”

“是瓦尔特!”她低语道,嘴唇一个劲地哆嗦。

她用手指了指他的鞋子,他赶紧下床穿鞋。受到恐慌情绪的影响,他也神情紧张起来,变得笨手笨脚的。他们俩都被吓得慌了神。她在慌乱中微微吐了口气,随手把鞋拔子递给他。她穿上睡衣,光着脚,走到梳妆台前,用梳子把凌乱的短发迅速梳好。这会儿,他系好了第二只脚的鞋带,她把他的外套递了过去。

“我怎么出去?”

“你最好稍等片刻,我去看看动静。”

“不可能是瓦尔特。不到五点,他是不会离开实验室的。”

“那么会是谁呢?”

他们俩压低声音嘀咕着,她紧张得依然浑身发抖。他的脑子里突然闪过一个念头:危急情况下,她竟然如此惊慌失措!他不由得心生恼怒,幽会这么不安全,那她凭什么说是安全的呢?她忽然屏住呼吸,用手紧抓他的胳膊,他便顺着她的目光看过去。他们俩直愣愣地站在那儿，眼睛都死盯着走廊上的窗户。百叶窗拉上了窗帘，还上了插销，但窗户上的白色搪瓷把手缓慢地转动了一下。他们没听见走廊上有人走动的声音，可搪瓷把手竟然悄无声息地转动了，他们顿感毛骨悚然。过了好一阵子，他们还是听不到任何动静。这时，另一扇窗户上的白色搪瓷把手也转动了一下，无声无息，令人心惊肉跳，犹如可怕的灵异事件。凯蒂心中骇然，被吓得魂飞魄散，张口就要大叫。他眼明手快，立刻捂住了她的嘴巴，她的叫声被遏止在他的手指缝里。

房间里鸦雀无声。她紧贴在他的身上，双腿直打哆嗦。他觉得，一眨眼间她就要晕过去了。他皱起眉头，绷紧了下巴，搀扶她来到床边，让她坐在床沿上。她的脸色一片煞白，宛如一张白纸。他的脸膛虽已晒成了黝黑色，但双颊处也泛出了惨白的面容。他僵硬地站在她的身旁，直勾勾的眼睛死盯着搪瓷把手。他们俩谁都没有说话。这时，凯蒂抽抽噎噎地哭了起来。

“看在上帝的分上，千万别这样，”他不无恼怒地咕哝道，“要是我们倒了霉运，那也活该如此，我们只能厚着脸皮硬扛了。”

凯蒂翻找手帕。见状后，他把她的手提包递了过去。

“你的遮阳帽呢？”

“放在楼下了。”

“哎呀，我的上帝！”

“要我说，你得保持镇定。刚才那动静，十有八九不是瓦尔特。这个时候，他回家干什么？他中午从不回家，是不是？”

“嗯，从不回家。”

“我敢肯定，刚才门外是女佣。”

她的脸上隐约浮出一丝笑容。听着他浑厚而亲切的声音，她疑虑顿消。她拉住他的手，深情地抚摸着。他止住话头，慢慢地稳住了她的情绪。

“你瞧，我们总不能老窝在这儿，”过了片刻后，他说，“要不你到外面去瞅瞅？”

“我不敢去。”

“你这儿有白兰地吗？”

她摇了摇头。他眉头紧蹙，脸色阴沉，变得焦躁不安起来，一副束手无策的模样。突然，她把他的手抓得更紧了。

“说不定他就在门外等着呢？”

他勉强挤出一丝微笑，说话的语调尽量温和，耐心劝导她。他很清楚这样做还是很有效果的。

“这绝对不可能。别再提心吊胆了，凯蒂。怎么可能是你丈夫呢？要是他回来了，在大厅里看见一顶奇怪的遮阳帽，上楼后，又发现你的房门反锁了，肯定会大吵大闹的。刚才准是你们家女佣，只有中国人，才那样转动把手。”

这时，凯蒂的情绪平稳了下来。

“如果刚才只是女佣，那也让人很不愉快。”

“女佣是可以摆平的，如果有必要，我可以吓唬吓唬她。在政府部门当差，虽说没多大好处，但这个身份倒是能好好用一下，我会警告她不要到处乱说。”

他这么说总是有道理的。凯蒂站了起来，朝他伸出双臂，他也伸出双臂搂住她，在她的嘴唇上吻起来。这一吻让她销魂摄魄，也让她忐忑不安，她对他爱得很深。他松开了双手。她走到窗户边，拔出插销，把百叶窗打开一条缝，朝窗外看去，外面不见一个人影。她蹑手蹑脚地来到走廊上，朝丈夫的更衣室瞅了瞅，又朝起居室瞅了瞅，这两个地方都空无一人。她返回卧室，朝他招了招手。

“没人。”

“照我说，刚才疑神疑鬼的，实在没必要。”

“你就别笑话我了，我都给吓死了。你到起居室里坐一下，我把袜子和鞋穿上。”

二

他照她的话做了。五分钟后，她也来到起居室，只见他在抽烟。

“能给我来杯白兰地加苏打水吗？”

“好的，我马上叫仆人过来。”

“我想，这件事不会对你造成伤害的。”

他们在沉默中等待着。仆人来了，她吩咐了一番。

“你给实验室打个电话，问一下瓦尔特在不在，”她说，“你的声音他们听不出来。”

他拿起话筒，让总机接到实验室，询问瓦尔特在不在，随后放下电话。

“午餐后，他就不在实验室了，”他对她说，“你问问仆人是否看见他回来过。”

“我可不敢。倘若他真的回来过，而我却没见到他，那真是太滑稽了。”

仆人端来酒水，唐森动手喝了起来。他把酒水递给她，她摇了摇头。

“如果刚才真的是瓦尔特，那我该怎么办呀？”她焦虑地问道。

“也许，他压根儿就不在乎呢。”

“瓦尔特会不在乎？”

她的声音中透出难以置信的语气。

“在我印象中，他是个相当腼腆的人。要知道，有的人是经不起什么事情的。他心里十分清楚，给自己制造点丑闻，可没有什么好果子吃。我觉得，刚才不可能是瓦尔特。退一步说，即便真的是瓦尔特，我想他是不会怎么样的，依我看，他只能当作什么事也没发生过。”

她想了好一阵子，然后说：

“他很爱我！”

“嗯，那样就更好了，你可以哄哄他嘛。”

他朝她投去迷人的微笑。她觉得，他的微笑具有难以抵御的魅力。那微笑先从清澈的蓝眼睛中泛起，缓慢而清晰地蔓延到线条匀称的嘴角上，随后露出一口玲珑雅致的白牙。他笑起来性感十足，凯蒂顿时春心荡漾，神魂颠倒。

“我根本不在乎，”她满心欢喜地说道，“这样做很值。”

“说起来都是我的错。”

“你今天怎么会来？方才见到你，我吃了一惊。”

“我实在忍不住了。”

“啊，亲爱的。”

她朝他轻轻地偎依过去，黑色的眼睛熠熠发光。她用含情脉脉的眼神望着他，嘴唇微微张开，有点急不可耐。他伸出双臂把她搂住，她兴奋地叫了一声，一头扎进他的怀中。

“相信我，倘若真有什么事，尽管过来找我。”他说。

“和你在一起，我很幸福。我希望能给你带来快乐，就像你给我带来快乐一样。”

“你现在还感到害怕吗？”

“瓦尔特只会让我讨厌。”她回答道。

听了这句话，他不知道说什么好，只能就势吻了吻她。贴在她的脸上，他感觉非常柔软。

他抬起她的左手，瞅了瞅她手腕上的一块小金表。

“你知道我现在最想干什么吗？”

“溜之大吉？”她莞尔一笑。

他点了点头。有一会儿，她把他抱得更紧了，但是能感觉到他很想走了，于是便把手松开。

“丢下手头工作不做，偏要跑到我这儿来，真不害臊。赶紧着滚蛋吧。”

与她挑逗调情充满诱惑，他觉得很难抵抗。

“你这个小乖乖，就想急急忙忙撵我走了？”他轻松笑道。

“你心里清楚，我可舍不得你马上走的。”

她话音低沉，显得认真而严肃。他受宠若惊地哈哈大笑。

“方才那个神秘人，就别再担心啦，你这个可爱的小脑袋瓜，我敢肯定是仆人。倘若真有什么麻烦事，我保证能帮你解除烦恼。”

“这么说，你是个经验老到的高手了？”

他得意而开心地大笑起来。

“当然不是。不瞒你说，我这颗脑袋还算机灵吧。”

三

凯蒂来到走廊上，目送着他离开，他也朝她挥手告别。看着他走路的样子，她心里一阵莫名的激动。虽说他今年四十一岁了，但浑身柔性十足，脚步灵活，活像个大小伙子。

走廊笼罩在阴影中。男欢女爱后，她心情愉快，于是便在走廊里慵懒地徘徊着。他们的住房坐落在一个名叫"幸福谷"的地方，背靠着小山。山顶上的宅第更加惬意，但租金昂贵，他们根本住不起。她目光游移，显得心不在焉，对前方的蓝色大海熟视无睹，对港口中拥挤的船舶视而不见。眼下，她一门心思想着她的情人。当然，今天中午，他们的举动是十分愚蠢的。不过，既然他都主动跑来了，她又怎么能谨小慎微、缩手缩脚呢？他在午饭后赶来偷欢，已有两三次了。正午时分，天气炎热，没有人愿意出门，他的行踪甚至连仆人也不会发现。待在香港，日子真是太难熬了，她讨厌这座中国人的城市。域多利道①上有一座脏兮兮的小屋，他们平时都在那儿幽会。可是，一走进那间小屋，她就感到精神紧张。那是一家古董店，四下里闲坐着一些中国人，他们看过来的目光，让她很不自在。一个老头带她走进店铺的后堂，登上一截昏暗不明的楼梯。老人一脸讨好的笑容让她反感。她被领进一个霉味十足的房间。看见靠墙的那张大木床后，她顿时一怔。

"哎呀，这个地方真是太脏了。"第一次和查理在那儿幽会时，她不无嗔怒地说道。

"只要你大驾光临，就一点儿都不脏了。"他回应道。

当然，她被他揽入怀中的时候，什么脏不脏的早就抛到脑后去了。

凯蒂感到懊恼的是，她已嫁作人妇，无自由之身；查理也是拖家带口，身不由己！不过，查理对他的老婆很不喜欢。这会儿，她散乱的思绪飘移到了多萝西·唐森的身上。

被人叫作"多萝西"，该是多么不幸啊！它把你的年龄都曝光

---

① 香港主要道路之一，位于港岛西岸。

了。那个女人起码三十八岁了。在闲聊时，查理从来都不愿提起她。显然，查理压根儿就没有把她放在心上。他对多萝西早就厌烦透了，但只想保持绅士风度而已。想到这儿，凯蒂微微一笑，那笑容既含情脉脉，又不无嘲讽意味。这才是查理的为人做派嘛！这个傻乎乎的老派男人，他也许能背着老婆在外面出轨，但他的口中断不会蹦出一个轻蔑她的字眼来。他老婆有一副高挑的身材，个头儿比凯蒂还高，体型不胖也不瘦，长着浓密的棕灰色头发。不管怎么说，他老婆长得并不算漂亮，兴许年轻的时候略有姿色罢了。她的五官较为端正，但并无出色之处。她有一双冷若冰霜的蓝眼睛，面色枯槁，双颊不见一丝儿血色，你都懒得朝她看上第二眼的。她的衣着打扮——哼，对她来说，倒正合适呢——就是一副香港助理辅政司老婆的行头而已。凯蒂面露笑容，微微耸了耸肩膀。

当然，谁也不能否认，多萝西·唐森嗓音甜美。她是一位出色的贤内助，对此查理总是挂在嘴边。她这样的女人，凯蒂的母亲称之为“贤淑女人”。可凯蒂压根儿就不喜欢她，不喜欢她随随便便的做派。你去她家喝茶或用餐时，她彬彬有礼的客套令你不悦。你总觉得，她压根儿就没把你当回事。凯蒂觉得，除了孩子，她对什么事都无所用心。她有两个儿子，眼下正在伦敦上学，身边还有一个六岁大的男孩，明年也要送回英国读书。她的脸上仿佛总戴着一副面具，说话时带着微笑，看上去和蔼可亲，温文尔雅。虽说她绝不会口出恶言，可她那言辞恳切的架势，总有拒人千里之外的感觉。在香港这个殖民地，她有几个私密闺友，这些人倒是对她羡慕有加。凯蒂很想知道，在唐森老婆的眼里，她是否就是个稀松平常的女人。想到这儿，她满脸绯红起来。不过话说回来，多萝西也毫无理由来显摆自己。她父亲做过殖民地总督，这当然不假。总督在任期间，那场面确实很气派——总督进屋时，每个人都要肃立致敬；总督上车出行时，男士们无不脱帽行礼——可是，总督一旦退位，那就和普通人没什么两样了。眼下，多萝西的父亲住在伯爵府区的一幢小屋内，靠着养老金生活。要是她邀请多萝西上门做客，母亲保准会觉得没劲透了。凯蒂的父亲伯纳德·贾斯汀如今正担任王室大律师[①]呢。说不定哪一天，父亲就会荣升王室大法官。不管怎么说，她的父母可是生活在南肯辛顿。

四

凯蒂婚后随丈夫来到香港。她觉得很难接受的是，她在这儿的社会地位竟是由丈夫的职位决定的。当然，每个人对她都客客气气的。最初两三个月，他们差不多每天晚上都要出门赴宴。他们去政府官邸做客时，总督就像对待新娘子一样欢迎她。可是她很快就明白过来，作为政府细菌学家的老婆，她本人的地位是无足轻重的。对此，她感到忿忿不平。

“这简直太荒唐了！”她对丈夫说，“哼，把这儿的人请到家里，不到五分钟，就没劲透了。在国内，倘若母亲要大宴宾客，做梦也不会想到他们的。”

“何必为这种事烦心呢？”他回应道，“这也没什么大不了的。”

“的确如此，这只能说明他们太乏味了。想想也真是可笑啊，在国内，我们家总是宾客盈门，显贵如云，可是在这儿，别人看我们如

① 英国皇室授予英联邦国家资深大律师的封号。

同泥土一般轻贱。”

“社交圈子里，人们对科学家是视而不见的。”他自嘲道。

如今，她总算领教了，可是在结婚之初，她对此全然不知。

“没想到船运代理也会请我们吃饭，真是太逗了。”她说完后，噗嗤一笑，尽量让自己的话听上去不那么势利。

她说话时语气轻松，但丈夫还是察觉到了她的委屈。他抓住她的手，不好意思地摩挲起来。

“我觉得很对不住你，亲爱的凯蒂。其实，你也不必为这档子事烦心。”

“当然，我才犯不着呢！”

五

那天下午，拧把手的人倘若不是瓦尔特，那就是仆人了。说到底，仆人知悉内情也无所谓。反正什么事都瞒不住中国仆人，好在他们的嘴巴还算严实。

她每每回想起搪瓷把手转动时的情景，心就怦怦乱跳。他们再也不能这样冒险了，最好还是去古董店。即使被人看到了，谁也不会胡思乱想。他们在那儿幽会绝对安全。古董店的老板知道查理的身份，他没有蠢到跟助理辅政司故意作对的地步。只要查理深深地爱着她，她还有什么好在乎的呢？

她转身离开走廊，走进起居室。她坐到沙发上，伸手拿起一支烟。她的眼睛瞥见了一本书，上面放着一张便条。她打开便条，只见上面用铅笔写着：

亲爱的凯蒂，

这是你想要的书，我正要寄给你，就碰到了费恩博士。他说他正好回家，顺路给你带回去。

V.H.[①]

她摁响了传唤的铃声。仆人来了后，她问是谁把书送过来的，什么时候送过来的。

"是主人拿回来的，夫人，午饭后拿回来的。"他回答道。

这么说，门外那个人就是瓦尔特了！她立刻给辅政司办公室打电话，接通了查理的座机。她把情况告诉了他，他好一阵子没有吭声。

"我们该怎么办呢？"她惴惴不安地问。

"我正在开一个重要会议，现在恐怕不方便说话。我想你还是静观其变吧。"

她放下话筒，心里清楚他的边上还有别人。他那边抽不开身，她这边可是忧心如焚啊。

她在桌子旁坐下来，双手掩面，思考着眼下的困境。也许，瓦尔特只是觉得她在午睡。她把自己反锁在卧室里，也不能说毫无理由。她竭力回忆着，他们俩是不是一直都在说话？可以肯定，他们俩说话的声音并不大。还有楼下那顶帽子。查理竟然把帽子放在楼下，简直是脑子有病。可如今再怪罪他也不顶用了，他这样做再自然不过。眼下还没有迹象表明，瓦尔特注意到了那顶帽子。说不定，他匆匆忙忙赶回家，把书和便条放下后，就转身出门，继续办事去了。也真是奇了怪了，他竟然拧了一下门把手，还有两扇窗户的

① 凯蒂的一位朋友。V. H.是英文姓名开头字母缩写。

把手。如果明知道她在午睡，还故意来打扰她，这不像是他的做事风格啊。唉，她真是干了一桩蠢事！

她的身体微微一颤。她又一次感受到了甜蜜而忐忑的心跳。只要一想到查理，她就有这种心跳的感觉。她觉得做什么都值了。查理说过，他永远都站在她的一边。即使情况坏到不能再坏的地步，那么……那么就让瓦尔特大发雷霆吧，如果他选择这么做的话。她都有了她的查理，还有什么好在乎的呢？也许，让他知道了实情，反倒是一桩天大的好事呢。她从来都没把瓦尔特放在心上。自从爱上查理·唐森后，她对丈夫的拥抱与接吻总感到讨厌与恶心。她再也不想与丈夫有任何亲密的接触了。眼下看不出来，他能找到什么证据呢？要是他提出不忠指控的话，她就极力否认。假如真到了无法否认的地步，那么好吧，她就把真相甩在他的脸上。他想怎么着，就随他的便！

六

婚后不到三个月，她就知道自己犯了大错。说起来，这桩错误的婚姻只能怪她母亲，倒怪不得她自己。

房间里有一张母亲的照片，凯蒂用厌恶的目光看过去。她不知道自己为什么要把它摆在那儿。她很不喜欢母亲。家里还有一张父亲的照片，不过却放在楼下的大钢琴上。这照片是他当上王室大律师时拍的。他头戴着马尾假发①，身披法袍，但看上去毫无威严

① 在英国以及英国前殖民地的法庭中，法官和律师所佩戴的司法假发套。

可言。他干瘪瘦小,眼神疲惫,长着两片薄薄的嘴唇,上唇还偏长。喜欢说笑的摄影师本想让他放松一些,反倒使他的表情更加严肃。他的嘴角向下耷拉着,目光呆滞,看起来有点儿郁郁寡欢。贾斯汀太太从底片中选中这一张,觉得这张照片符合他公正严明的职业身份。她本人的照片是丈夫就职王室大律师时在王宫里拍的。她身穿天鹅绒长裙,身后拖着修长美丽的裙摆,头上插着羽饰,手里捧着鲜花,显得雍容华贵。拍照时,她笔直地挺着身子。她年逾五十,身子瘦瘦的,胸部平平的,颧骨突出,鼻梁高耸,披着一头浓密润泽的黑发。凯蒂总觉得,母亲的头发即使没有染过,至少也精心打理过。她的一双黑眼睛又细又小,总是转个不停,很是引人注目。与人交谈时,尚未起皱的黄脸上毫无表情,但一双眼睛滴溜溜乱转,让人很不自在。这双眼睛对你左看右看,瞅来瞅去,不经意间还朝别人瞟上几眼,随后又收回来看着你。你不免觉得她是在批评你,在评估你,可又对周围保持着警惕。你还会觉得,她跟人说话时口是心非,言不由衷。

七

贾斯汀太太为人苛刻,不讲情面,爱管闲事,心高气傲,吝啬钱财,愚蠢至极。她的父亲是利物浦的一位法务官,姐妹五个。伯纳德·贾斯汀在北部巡回法院开庭时认识了她。当时,他是个朝气蓬勃的年轻人。她的父亲夸赞他前程远大,可事实并非如此。他勤奋刻苦,任劳任怨,也颇具才干,但是缺少晋升职位的意志决心。贾斯汀太太对他甚为鄙视,可是她心里清楚,尽管也带着苦涩,她只有依靠丈夫才能出人头地。她处心积虑地鞭策丈夫,想让他按照自己的意图打拼。她絮叨不停地指责他,甚至不留一点儿情面。她后来找到了制服丈夫的诀窍。如果她想做什么,而丈夫很不情愿,她就不断叨扰,直到他心神不宁。丈夫在筋疲力尽之后,只能作出让步。她费尽心机,去讨好那些可能对她有用的人;她喜欢巴结那些能给丈夫带来机遇的律师们,并与他们的太太打成一片;她对法官以及他们的太太极尽阿谀奉承之能事;她还煞费苦心,去结交那些前途无量的政坛新星。

二十五年来,贾斯汀太太无论请谁上门吃饭,绝不是因为她喜欢这些客人。每隔一段日子,她就要大摆宴席,广邀宾客。她虽然野心勃勃,但为人却相当吝啬,多破费一分钱都会让她心痛不已。她总是自吹自擂,说什么只需别人一半的费用,就能办成同样大小的宴席。她家举办的宴会耗时不短,排场不小,但花钱不多。她总是自欺欺人,觉得客人们在大快朵颐、高谈阔论之时,压根儿就不清楚嘴里喝的是什么。她用纱布把莫泽尔白葡萄酒过滤一下,客人们还以为是香槟酒呢。

伯纳德·贾斯汀的律师业务差强人意,但远未达到顾客盈门的地步,那些跟随他从业的人早就超过了他。贾斯汀太太曾让丈夫竞选国会议员,虽说竞选费用由党部承担,但她的吝啬又一次阻碍了她的抱负。她舍不得拿出足够的钱来讨好选民。作为候选人,伯纳德·贾斯汀捐献给无数竞选基金的费用总是缺斤少两,分量不足。他最终功亏一篑,在竞选中败下阵来。丈夫没当上国会议员,贾斯汀太太自然觉得很没面子。不过,她还是以坚忍不拔的意志吞下了丈夫败选的苦果。丈夫的身份使她有机会结交众多杰出人士,她对个人社会地位的提升感到心满意足。她知道,伯纳德永远也进不了国会的大门,她让丈夫竞选议员,只希望他所隶属的政党能对他心怀感激。说实在的，为两三个即将失去的议席打拼一下，政党上上下下会感恩不尽的。

丈夫还是个低级律师时，很多后起之秀早被任命为王室大律师。丈夫也应该而且必须当上王室大律师，否则的话，他被任命为大法官的机会就十分渺茫。此外，还有她本人的原因，赴宴时，跟在比她小十岁的女人身后，她感到措颜无地。可是，在固执成性的丈夫面前，她屡屡受挫，多少年来都心有不甘。丈夫担心，一旦做了王室大律师，就会失去律师业务。丈夫还提醒她说，二鸟在林，远不如一鸟在手。可她反唇相讥道，使用借口是无能者最后的伎俩。丈夫郑重告诫她，当上王室大律师，收入可能会锐减一半。他知道，没有什么比收入问题对她更有说服力了。但是她却充耳不闻，反过来骂丈夫是无能的懦夫。她不依不饶地与他争吵，最后总是以丈夫屈服让步而告终。丈夫只好提出申请，很快被任命为王室大律师。

丈夫的担忧转眼间变成了现实。他在大律师的位子上原地踏步，接受委托的案子寥寥无几。他内心备感失望，却深藏不露，他对妻子心生责备，但也只能埋在心底。他在家里一向寡言少语，此后就更加沉默寡言，可全家都没有注意到他身上的微妙变化。在女儿们的眼中，父亲只不过是家中收入的源头。父亲为了家人的衣食温饱与休闲度假，还有日常零用，辛辛苦苦地工作，永远都是理所应当的事情。可是眼下，她们都知道，家中经济变得拮据起来，全都是父亲的过错。她们不仅对他态度冷淡，而且还心怀怨恨与鄙视。这个温顺矮小的男人披星戴月、早出晚归，可她们从来都没有考虑过他的内心感受。对她们来说，父亲仿佛就是个陌生人。她们还想当然地认为，作为父亲，这个男人自然是喜欢她们、疼爱她们的。

八

贾斯汀太太拥有一个令人敬佩的品质：从不气馁。志向受挫后，她深感屈辱，但是在朋友圈里，也是在她的全部世界里，决不让任何人看出来。她对自己的生活方式未作任何改变。经过精心筹划，她还像以前一样举办华丽的盛宴。与朋友交往时，仍显得若无其事，兴高采烈，这也是她多年养成的习惯。她有一身能说会道、巧舌如簧的本领，在社交圈内，这是她攀谈交往的通行证。在那些不轻易与人闲聊的客人当中，她的口才就有了用武之地。不管谈论什么样的时新话题，她都能得心应手。她能用得体的言谈迅速赢得信任，能有效打破尴尬的冷场。

贾斯汀太太知道，丈夫要想当上高等法院大法官几无可能，但仍有希望获得郡县法官的职位。即使最不济，也有可能被委派到殖民地去任职。后来，丈夫被任命为威尔士一座小城的刑庭法官时，她算是心安理得了。不过，她早将平生夙愿寄托在女儿身上。她尽力为女儿撮合姻缘，寻找如意郎君，希望能弥补她郁郁不得志的人生。她有两个女儿，一个是凯蒂，另一个是多丽丝。多丽丝长相平庸，毫无姿色，鼻子过长，身形偏胖。因此，只要她能找个家境富裕、工作稳当的年轻丈夫，贾斯汀太太就能心满意足了。

可凯蒂貌美如花，她还是孩子的时候，就是一个美人坯子。她长着一双黑色的大眼睛，秋波荡漾，亮丽闪烁。她披着一头微微泛着红光的棕色卷发，满口牙齿白皙整齐，全身皮肤细腻光滑。她的五官算不上完美无缺，下巴棱角分明，鼻子稍大，只是长度不如多丽丝。她之所以那么美丽俊俏,是因为她正值青春韶华。贾斯汀太太暗下决心,一定要让女儿在含苞待放的妙龄之际嫁出去。凯蒂进入社交圈后,她的美貌艳惊四座。她的皮肤白皙细嫩,美艳照人。长长的睫毛下,一双明眸妩媚妖娆,顾盼生辉,只要随意看上一眼,将为之倾倒。她犹如一个快乐的精灵,魅力四射,神韵怡人。贾斯汀太太将满腔母爱倾注在女儿身上,可是那母爱中夹杂着冷酷无情、长于算计的成分,而冷酷算计正是她的拿手好戏。她对女儿的未来雄心勃勃,寄托着人生的梦想。她期待女儿能喜结良缘,更希望她能联姻豪门显贵。

凯蒂打小就知道,她将出落成一位美人。她对母亲的人生抱负从未质疑过,觉得母亲的抱负也很合她的心意。她在母亲的引领下踏入社交圈。贾斯汀太太大显身手,受邀参加各种舞会,盼望女儿能与她的如意郎君邂逅相逢。凯蒂在社交场上如鱼得水,大获成功。她不仅美丽俊俏,而且还风趣诙谐,眨眼间就让一打男士坠入情网,可是她却一个也没看中。凯蒂对所有的追求者风情依旧,友好如初,但是却小心翼翼,不对任何人倾心动情。每逢周日下午,南肯辛顿庄园的客厅里,情深意浓的年轻人济济一堂,而贾斯汀太太面带微笑,冷眼旁观。她觉得不费吹灰之力,就能让这些多情男子与凯蒂保持距离。凯蒂也存心与他们打趣调情,惹得他们争风吃醋,彼此猜忌,可是一旦有人向她求婚——其实是争先恐后地求婚,她都巧妙而明确地加以拒绝。

凯蒂的社交第一季结束了,可是理想中的求婚者并没有现身。社交第二季也结束了。好在她还青春年少,大可以坐等良机。贾斯汀太太对闺蜜好友解释,女儿芳龄才二十有一,眼下就让她嫁出去,未免有点儿惋惜。可是,第三年过去了,第四年也过去了。两三个曾经的仰慕者又向她求婚,但这些人依然一贫如洗。有一两个小伙子向她示爱，但岁数比她还小。一位曾在印度工作过的退休官员也向她求婚，可他都五十三岁了。凯蒂一如既往地参加舞会，穿梭于温布尔登和洛兹，爱思考特和亨利之间，完全乐在其中。可是，在求婚者当中，仍旧无人能在地位和财富方面令她称心如意。贾斯汀太太开始坐立不安起来。她注意到，凯蒂只能吸引四十岁以上男人的兴趣了。她提醒女儿，再过一两年，她就不再青春靓丽，年轻女孩就会层出不穷地浮出水面。贾斯汀太太当着家人的面也会直言无忌。她警告女儿青春易逝，凯蒂只是耸一耸肩膀。她觉得，她仍然像从前一样美丽动人，也许更加美丽动人，因为在过去的四年中，她已学会了穿戴打扮。她觉得手中仍有大把大把的良机，要是为了结婚而结婚，马上就有一打男孩跳出来求婚的。毋庸置疑，她心目中的如意郎君迟早会飘然而至的。可是，贾斯汀太太对形势的判断更加明察秋毫，对美丽女儿错失时机怒火填膺。后来，她不得不降低择婿的标准。她放下心中的傲慢，将目光转向那些她曾经嗤之以鼻的职业人士，希望女儿能找个年轻的律师或企业主，她觉得这些人还是很有前途的。

凯蒂到了二十五岁，依旧孑然一身。贾斯汀太太十分懊恼，经常劈头盖脑地将凯蒂数落一番，发泄心中强烈的不满。她怒问女儿，什么时候不再靠父亲来养活了。父亲大把花钱，入不敷出，就是为了给她创造机会，可她总是让机会白白溜走。然而，贾斯汀太太从来都没有意识到，她满腔热情地广发请柬，大宴宾客，也许正是因为她过于殷勤，才让这些富贵子弟避之若浼的。可是在她眼里，凯蒂之所以姻缘未定，是因为她愚笨无知所致。这时，多丽丝也步入社交场。她的鼻子依然很长，身材差劲，舞技拙劣，可是在社交第一季，她就和杰弗里·丹尼森情定终身。杰弗里是家中独子，父亲是一位成功的外科医生，一战时被加封为从男爵。除了是爵位世袭者——虽说做一个有爵位的医生不是很风光，但是，感谢上帝，爵位终究还是爵位啊——杰弗里还是丰厚家产的唯一继承人呢！

于是，凯蒂在匆忙慌乱中嫁给了瓦尔特·费恩。

九

她和瓦尔特认识的时间很短，从来都没拿正眼看过他一次。他们初次见面是在何时何地，她心中浑然不知。直到订婚后，瓦尔特才告诉她，他跟朋友参加舞会时有缘与她相识。当时，她自然对他视而不见。她与他一起跳过舞，那是因为她性格温和，只要有人邀请，她都欣然接受，与人共舞一曲。她对瓦尔特毫无印象。一两天后，在另一次舞会上，他走过来主动与她攀谈，她才蓦然发觉，无论她参加什么舞会，舞场内都有瓦尔特的身影。

“说起来，我和你跳过十几场舞了，你必须把你的名字告诉我。”她笑眯眯地对他说。

显然，他感到十分诧异。

“你是说，你还不知道我的名字？我们早就认识过了。”

“哦，可能是当时没听清吧。要是你也不知道我的名字，我一点儿也不感到奇怪。”

他朝她微微一笑，脸色凝重，略显严肃，可是他的笑容却十分甜美。

“我当然知道你的名字。”他沉默片刻，随后问道，“难道你就没有好奇心吗？”

“当然有，我和大多数女人一样。”

"你没向别人打听过我的名字吗?"

凯蒂觉得有点儿好笑。她心中纳闷,他为什么觉得自己会对他的名字感兴趣呢? 不过,她可不喜欢招惹别人不悦,于是便朝他看去,笑容可掬,双目生辉。她的美丽眼睛犹如丛林深处的碧潭,慈眉善目中尽显千娇百媚。

"那么,你叫什么名字呢?"

"瓦尔特·费恩。"

她不知道,瓦尔特为什么要频繁参加舞会。他的舞技十分平庸,在舞会上也没有多少熟人。她的脑海中曾灵光一闪:这个家伙爱上她了! 随后,她又耸了耸肩膀,将这个念头弃之一边。她有很多闺蜜好友,只要与男人邂逅相遇,总觉得对方爱上了自己,后来证明都是荒唐可笑的自作多情。虽说如此,她还是不时留意着瓦尔特·费恩的一举一动。他和那些倾慕她的多情少年并不相同。大多数追求者露骨表白,很想求得贴面一吻,不少人的确吻过她。可瓦尔特·费恩从不与她谈论情感,对个人经历更是闭口不提。他总是沉默寡言,像个闷葫芦似的。她对此倒也毫不在意,因为她自己能侃侃而谈。她经常妙语连珠,逗得瓦尔特哈哈大笑,自己也感到芳心荡漾。其实,瓦尔特开口答话时,言谈并不愚蠢,看得出,他只是羞涩腼腆罢了。他说,他在远东地区工作,眼下正好回国度假。

一个周日下午,瓦尔特来到南肯辛顿的庄园做客,当时家里来了十几位客人。瓦尔特端坐良久,举止有点儿局促不安,后来悻悻离去。母亲问她这个年轻人是谁。

"我不熟悉。是你请来的客人吗?"凯蒂问。

"是的,我在巴德莱斯认识的。他说,他和你在很多舞会上见过面。我告诉他,星期天下午有空的话,来我们家坐坐。"

"他的名字叫费恩,好像在远东工作。"

"是的,他是一位医生。他是不是爱上你了?"

"老实说,我可不知道呢!"

"我还以为,有人爱上你,你怎会不知道呢?"

"就算他真的爱上我,我也不会嫁给他。"凯蒂轻松说道。贾斯汀太太没有接话。她沉默无语,心中老大不快。凯蒂满脸绯红。她心里清楚,眼下无论跟谁结婚,母亲早就满不在乎了,只要她能尽快嫁出去就行。

十

接下来的一个星期,她与瓦尔特又在舞会上见过三次。瓦尔特不像以前那样羞涩腼腆了,聊天时比以前更加健谈。他自称是一位医生,但不是开业医师。具体地说,他是一位细菌学家(凯蒂对这个职业毫无概念),眼下正在香港工作,打算秋季重返殖民地。他还对中国的情况详加介绍。对凯蒂来说,不管别人谈论什么,她都会津津有味地听着。不过,听他这么一说,香港的生活倒也充满乐趣,那儿有俱乐部、网球场、跑马厅、马球会、高尔夫,不一而足。

"他们经常举办舞会吗?"

"嗯,是的,经常举办。"

她很想知道,瓦尔特对她大谈香港是否带有什么目的。他好像很喜欢与她交往,但却从未有过哪怕最微小的示爱举动,比如说拉一下手,抛个媚眼,或说个爱字什么的。他似乎只把她当作萍水相逢的普通舞伴而已。第二个周日,他再次登门拜访。那天外面正在下雨,父亲打不成高尔夫,只好回到家中,曾和瓦尔特·费恩促膝长谈。后来,她问父亲两人都聊了些什么。

父亲说:“他在香港工作,那儿的首席法官是我的老友。看得出,他是个天资出众的小伙子。”

她心里清楚,多年来,父亲为了她和妹妹,不得不讨好那些年轻的追求者,却对他们十分厌烦,无一例外。

“父亲,这些人从来都不入你的法眼啊。”她说。

父亲用和蔼而疲惫的眼神看着她。

“你打算选他做意中人吗?”

“当然不会。”

“他是不是爱上你了?”

“我看不出来。”

“你喜欢他吗?”

“一点儿也不喜欢,这个人很没劲。”

瓦尔特压根儿就不是她喜欢的类型。他个头不高,长得也不壮实,身材瘦小,体型相当单薄。他的脸棱角分明,线条清晰,肤色偏暗,胡子刮得净光。他的眼珠基本上是黑色的,眼睛却不大,目光略显呆滞,无论朝什么东西看去,那眼神都是直愣愣的,满是疑问,令人不悦。他的鼻子挺拔雅致,眉毛清秀,嘴角圆润。有如此容貌,本应十分英俊,可令人称奇的是,他看上去并不英俊。凯蒂费心琢磨后才惊讶地发现,他的五官各有各的俊美之处,但拼在一起就不那么好看了。他的脸上总是挂着讥讽嘲弄的表情。凯蒂对他了解得越多,就越觉得很难与他轻松相处,他是个了然无趣之人。

那时,社交季节已接近尾声。他们俩经常见面,但瓦尔特还是对她若即若离,心思不可捉摸。确切地说,和她在一起,他不仅羞涩腼腆,而且手足无措。他的言谈依然硬邦邦的,怪兮兮的。凯蒂最终断定他根本不爱她,只是喜欢与她交往,觉得她容易接近而已。

他在十一月份回到中国后，就再也不会想起她了。她还寻思着，保不准他与香港某个护士早就订婚了，这个护士说不定还是个牧师的女儿，长相平庸，天生一副平脚板，性格木讷得很，还扭扭捏捏的。这种女人做他老婆，说起来倒也是世间绝配呢！

多丽丝与杰弗里·丹尼森很快订婚了。多丽丝刚满十八岁，就要喜结良缘，可她虚度了二十五个春秋，却依然未能觅得情郎，难道她真就成了嫁不出去的老姑娘了？那一年，唯一向她求婚的是个二十岁的男孩，还在牛津读书呢，她可不能嫁一个比自己小五岁的男孩。眼下，事情变得一团糟了。去年，她拒绝了一位丧偶男士的求婚，他有爵位，还有三个孩子。凯蒂回想起来，仍感到有点儿懊悔。一想到母亲的态度，她就不寒而栗。几年来，母亲对她的婚恋寄托着攀龙附凤的厚望，只能让多丽丝委曲求全。可如今，多丽丝也会趾高气扬，对她的窘况幸灾乐祸的。凯蒂的心情沉甸甸的。

十一

一天下午，凯蒂从哈罗德百货公司①步行回家，走到布兰普顿路时，碰巧遇到了瓦尔特·费恩。瓦尔特止住脚步，主动跟她说话。后来，瓦尔特问她要不要到公园里走走。她当时也恰好无意回家；那时候，家已经不那么好待了。于是，他们俩边走边谈，东一句西一句，一如从前。瓦尔特问她今年夏天打算去哪儿度假。

“通常，我们全家都去乡下避暑。你看，我父亲这一任法官干下

① 伦敦著名的奢侈品百货商店。

来,早就疲惫不堪了,我们得找个最幽静的去处。”

凯蒂说这番话是言不由衷的。她心里很清楚,父亲工作并不繁忙,远未达到精疲力竭的地步。父亲即使有心要去度假,但去什么地方度假,也不是他说了算。选择“最幽静”的地方,是因为那儿更省钱。

“要不要到那边的椅子上坐坐?”瓦尔特突然问。

她顺着他的目光看去,只见草坪上有棵大树,大树下有两把绿色的椅子。

“好的,那就坐坐吧。”她说。

他们俩坐下来后,瓦尔特却不知怎的神情甚是恍惚。他这个人真是古怪啊!不过,她自己喋喋不休地说着,反倒兴致很高。她还摸不透,瓦尔特为什么要请她到公园里来散步?说不定,想跟她讲讲他与香港那个平脚护士的爱情故事吧。忽然,他转过身子,面对着她,她的话还没有说完,就被他给打断了。这会儿她才发现,自己说了什么,他压根儿就没听。他的脸色白得像石灰。

“我有话跟你说。”

她迅速瞥了他一眼,只见他的眼睛里充满痛苦和焦虑的神色。他说话时声音很轻,嘴唇哆嗦,牙齿发颤。凯蒂还没闹明白他为什么这般激动,他又开口问道:

“你愿意嫁给我吗?”

“你这个问题太突然了!”她回答道,心中一惊,看他的眼神茫然若失。

“难道你看不出来,我早就爱上你了?”

“可你从来都没有表白过呀。”

“我这人笨嘴笨舌的,总是词不达意,有话说不清。”

凯蒂的心怦怦乱跳。在此之前,经常有人向她求婚,有的人和颜悦色，有的人言真意切。她在答复时，或和颜悦色，或言真意切。可是像他这般求爱，却从未见过。他的爱情表白竟是如此突兀，还透着一股莫名其妙的恓惶劲儿。

“谢谢你的好意。”她口里说着，心中疑虑重重。

“打第一眼看见你，我就对你倾慕不已。我早想对你表白，但就是开不了口。”

“可我不知道，你对我是不是真心实意的。”她吃吃笑道。

抓住机会笑上一笑，倒也让她乐在其中。那天阳光明媚，晴朗无云，但周围的空气突然变得凝重沉闷。瓦尔特眉头紧锁，愁云黯淡。

“我当然是真心实意的。本来，但凡有一丁点儿机会，我都不会放弃。可是现在，你马上就要去度假了，等秋天到了，我又不得不返回中国。”

“这事儿我倒从未想过呢。”她爱莫能助地说道。

他没再说什么，低垂着脑袋，怏怏不乐地瞅着草坪。他真是一个十分古怪的家伙！不过，他在表明心迹后，凯蒂反倒觉得不可思议，似他这般求婚方式，她以前从未见过。她略感惊慌，又喜不自胜，他的木讷反倒让她心有所动。

“你得给我时间考虑呀。”

他依然一声不吭、一动不动地坐着。难道他非要逼她当场表态吗？这真是太荒唐无理了。她总得和母亲商量商量吧。她刚才答复的时候，就应该站起来。她枯坐在那儿干等着，本以为他会支应一声。而眼下，她也闹不明白，为什么她的身体就是挪不动地儿。她的眼睛没有看他，但是心里却在想着他的外表。她从来都没有料到，她的意中人只比自己高那么一丁点儿。与他并肩坐在一起，她不难看清，他长得眉清目秀，可表情却冰冷如水。说来奇怪，她竟然能感觉到他的内心正汹涌澎湃，激情荡漾。

“我对你还不了解，一点儿也不了解。”她只好开口，声音颤抖。

他转身朝她看了一眼，她也不由自主回看了一眼。两人目光相接，只见他的眼神含情脉脉，她以前从未见到过。不过，他的眼睛里还露出了摇尾乞怜的神态，犹如一条被鞭挞过的狗的眼睛，这不免让她心生不悦。

“了解会越来越深的。”他说。

“你的性格很腼腆，是不是？”

无疑，这是她亲身经历过的最古怪的一次求婚了。即使放到现在，她也觉得，在那样的求婚场合，他们的谈话格格不入。她对他毫无爱意，她也闹不明白，为什么不果断拒绝他的求婚呢？

“我这人生性愚钝，”他说，“我只想告诉你，我爱你胜过这世界上的一切，可我觉得，这些话总说不出口。”

说来也真奇怪，他的这番话反倒让她莫名其妙地心动起来。他这人并非如外表那般冰冷如水，只是他的言谈举止太差劲罢了。此时此刻，她倒是有点儿喜欢上他了，这种感觉以前可是从来都没有过的。多丽丝即将在十一月份大办婚事，到那个时候，瓦尔特也会踏上重返中国的旅程。假如真的嫁给他，届时就能与他结伴同行了。在多丽丝的婚礼上充当伴娘，那滋味可真不好受啊。如果有机会避而不去，她正求之不得呢。多丽丝嫁做人妇，而她却孑然一身！多丽丝正值豆蔻之年，相形之下，她就越发显得老大不小了。这让她情何以堪啊！尽管瓦尔特不是她梦寐以求的如意郎君，但嫁给他，总算有家有业了。更何况，结婚后旅居中国，倒也更加省心。她对母亲的冷言利语心存畏忌。与她同时进入社交界的同辈女友全都结婚了，多数人做了母亲，孩子绕膝。她才不愿意去看望她们，絮絮叨叨地聊着生儿育女的琐事呢。瓦尔特·费恩能给她提供焕然一新的人生机遇。她转过身来，朝他莞尔一笑，她非常清楚这微笑的魅力。

“要是我眼下就答应你，你打算什么时候和我结婚呢？”

闻听此言，他喜出望外，激动不已，白如石灰的脸颊绯红一片。

“马上！此事不容耽搁，越快越好。我们去意大利蜜月旅行，共度八月和九月。”

若能这样，她就不用跟随父母躲到乡下，住到每周租费五个基尼的牧师住宅里了。一瞬间，她的脑海里闪现出《新闻晨报》上的启事：这对新人因为要赶赴远东，不日将举办婚典。她对母亲真是太了解了，母亲巴不得女儿的婚事能引起轰动呢。至少那个时候，多丽丝尚在闺阁中待字，难出风头。当多丽丝举办盛大婚礼时，她早就躲到异国他乡去了。

她朝他伸出手。

“我也很喜欢你，你得给我时间，让我慢慢适应你。”

“你答应我了？”他急忙问道。

“焉能不应？”

十二

当时，她对他的情况知之甚少。如今，结婚都快两年了，她对他的了解并无改观。想当初，他的温厚善良让她感动不已，他的一往情深尽管出乎意料，却让她受宠若惊。他对她体贴入微，殷勤备至，让她感到暖意绵绵。但凡她有半点个人心愿或请求，他都会有求必应，毫不耽搁。他频繁不断地送她小巧的礼物。当她抱病在身时，没人能像他那样温柔体贴，呵护不止。不管遇到什么繁琐小事，他都不失时机地主动去做，仿佛是凯蒂施舍给他的巨大恩赐。自始至终，他对她都彬彬有礼，恭敬如宾。她开门进屋时，他总要起身相迎；她上车下车之际，他总要伸手扶她一把；他们在大街上不期而遇时，他都要脱帽致意；她动身外出时，他总要抢先一步为她开门；他进她的卧室或化妆间，都要敲门示意。他待凯蒂犹如上宾贵客，与大多数男人待妻之道毫不相同。他如此大献殷勤，倒也让她芳心大悦，可她总感到有点儿滑稽。要是他熟不拘礼，相处起来也许能更融洽些。新婚燕尔并没有提升她对瓦尔特的亲近感，反倒让瓦尔特心潮澎湃，激情难抑。他是个性情乖张、多愁善感之人。

凯蒂发现瓦尔特情绪多变后，常感心神不安。他的自我克制源自他的腼腆，或是他的长期习惯，她搞不清究竟是哪一个。每当他欲望满足后，怀里还搂着凯蒂，却羞于说出缠绵的情语，生怕遭到讥笑，可嘴里又满是童言稚语，凯蒂很是鄙夷不屑。曾有一次，她忍不住笑他胡说八道，把他给狠狠地刺痛了。她感觉搂在身上的双臂松了下来。他一声不吭地躺了好一阵子，随后又一言不发地下床而去，径直走回自己的卧室。她并不想伤害他的感情，一两天后，主动向他解释。

“你这个傻瓜，管你说什么胡话，我可不在乎呢。”

他不好意思地笑了笑。没过多久，她就不无扫兴地发现，瓦尔特太不合群了。他与人交往时，腼腆拘谨。在派对上，大家齐声高歌，他却不愿放声同唱，显得格格不入。他坐立一旁，面含微笑，津津有味地听着，但那微笑却是勉强挤出来的，看上去更像是嘲讽的假笑。你不免会产生这样的感觉：在他眼里，这些尽情欢笑的人都是一群傻瓜。他从来都不愿扎堆玩圆桌游戏，可凯蒂却玩得兴高采烈，不亦乐乎。他们乘船前往中国时，旅客们都会穿上奇装异服，参加化装舞会，唯独他不肯从众。他对这类活动毫无兴致，甚至觉得无聊透顶。

凯蒂生性活泼健谈，能一整天说个没完，而且乐此不疲，笑口常开。他对瓦尔特的沉默寡言不胜恼怒，无论凯蒂开口发表什么评论，他总是不置一词，令她十分不爽。有些评论确实无需回应，但支应附和一声，也让人心情愉快些。如果外面正在下雨，她会说："这雨下得真大呀!"她很想听到他应声说："嗯，雨真大。"可是他闷声不响，像个睡着了的木头人似的。有时候，她真恨不得走上前去把他推醒。

"外面的雨下得真大呀。"她又说道。

"我听见了。"他回答，面带微笑，含情脉脉。

看得出，瓦尔特对她并无冒犯失礼的意思。他一声不吭，那是因为他无话可说。不过，凯蒂心里不免嘀咕了：非要等到有话可说时才开口，那么过不了多久，人类都要变成不会说话的哑巴了。

十三

说实在的，瓦尔特这个人毫无魅力可言，这也是他落落寡合的根源。刚来香港不久，凯蒂就发现，他是个孤僻不群之人。她对他的工作很不了解，却总还知道，其实也很清楚，身为政府细菌学家，他只是个无足轻重的角色。他似乎很不情愿和她谈论工作。起初，她对他的一切都兴趣盎然，于是便认真向他询问，可他总是用玩笑的方式敷衍她。

“我的工作十分枯燥，技术性很强，”他曾这样回答，“拿到的薪水很低。”

他的性格非常内向，他的籍贯、生日、教育背景以及生活履历，都是在相识后凯蒂单刀直入问出来的。令人费解的是，瓦尔特平生最厌烦回答问题，可凯蒂天性好奇，经常向他连珠发问，而他的回答越到后面，越是简短。凯蒂天资聪颖，心里清楚他不愿作答，倒不是他想故意隐瞒什么，而是因为他生来就木讷口拙。一谈起自己的事情来，他就心烦意冗，而且忸怩拘谨，局促不安。他根本不知道什么叫“开诚布公”。他酷爱阅读，但所读之书在凯蒂眼里却是那么枯燥乏味。他在撰写科学论文之余，就阅读与中国有关的图书，要不就阅读历史著作。他工作起来废寝忘食，压根儿不会忙中偷闲。他喜欢运动，经常打网球，还喜欢打打桥牌。

她很纳闷，瓦尔特为什么会爱上自己。她与这个矜持、冰冷、自闭的男人结婚，可能是世上最不般配的一对夫妻了。但毋庸置疑的是，他对她倒是一片痴情。为了让她芳心愉悦，即使赴汤蹈火，他也会在所不辞的。他就像个小蜡人，任她揉捏摆布。可是一想到他性格的那一面，只有她看到的那一面时，她就不免生出几许鄙夷之心。他的脸上总挂着冷嘲热讽的神色，他对凯蒂交往的人与热衷的事又是不屑，又是宽容。她心想，难道这是他用来掩盖内心懦弱的面具？她觉得瓦尔特很聪明，大家都觉得他很聪明，但只有在极少数场合下，他与三两个好友相处时，才会兴致勃勃，神采奕奕。凯蒂发现，更多时候，他这个人索然无味。确切地说，她倒没有嫌他无聊乏味，而是根本没把他放在心上。

十四

凯蒂在多次茶会上见过查理·唐森太太,但是到香港几个星期后,她才认识查理·唐森本人。她和丈夫去他家赴宴时,经过介绍两人得以相识。初次见面,凯蒂心存戒备。虽说查理·唐森是助理辅政司,但她却无意趋奉迎合,让他觉得高人一等。她早在唐森太太身上就有所领教,尽管她表面上彬彬有礼。他们用餐的客厅宽敞明亮,与他们在香港应邀去过的很多客厅一样,朴实无华,舒适宜人。唐森家举办的是大型宴会,他们夫妇俩是最后赶到的客人。一走进客厅,身穿制服的中国仆人就端来了鸡尾酒与橄榄果。唐森太太一如平常,向他们问候致意,瞥了一眼名单后,告诉瓦尔特将和谁同桌用餐。

这时,凯蒂看见一位高大英俊的男人大步流星地朝他们走来。

“这是我丈夫。”唐森太太介绍说。

“能够坐在您身旁用餐,不胜荣幸!”那人对凯蒂道。

凯蒂顿时感到一见如故,内心深处的戒备与敌意烟消云散。尽管他的眼睛里满含笑意,但凯蒂从中看到了倏忽即逝的惊讶。她心领神会,差点儿笑出声来。

“多萝西摆好了美味佳肴,”他说,“我恐怕不能好好享用了。”

“为什么呢?”

“怎么就没人通知我呀?要不总该有人提醒我吧。”

“提醒你什么?”

“没人跟我说过一个字,我怎么知道今天能见到一位绝世美女呀?”

“经你这么一夸,我倒不知道说什么好了。”

“那就什么都别说,把话都留给我说吧,我要一遍又一遍地说下去。”

凯蒂不为所动,很想知道他太太都跟他说了些什么。他肯定向他太太打听过。唐森笑容满面,低头看着凯蒂,似乎想起了什么。

“她长什么样?”他太太说起费恩医生的新娘时,他曾问过。

“噢,玲珑可爱,有明星气质。”

“她演过戏吗?”

“嗯,没有,我想没有。她父亲是个医生,或律师什么的。我们应该邀请他们吃饭。”

“不用急。”

他们并肩坐在餐桌旁,他告诉凯蒂,自从来到殖民地香港,他就认识了瓦尔特·费恩。

“我们经常打桥牌,他可是俱乐部里最优秀的桥牌手了。”

回家的路上,她把听到的话告诉了瓦尔特。

“这么说也不算过分。”

“他的桥牌打得怎么样?”

“打得不坏。顺风时,他打得很好,一旦拿到坏牌,他就一败涂地了。”

“他打得和你一样出色吗?”

“至于我的牌技,我是有自知之明的。应该说,在二流牌手中,我名列前茅。可唐森自封为一流牌手,可惜他不是。”

“你不喜欢他吗?”

“我谈不上喜欢他,也谈不上不喜欢他。我认为他在工作上兢兢业业。据说,他还是一位优秀的运动员。我对他一点儿兴趣也没有。”

瓦尔特不温不火的架势，让她甚是恼火，再说这已不是头一次了。她总是暗自寻思，如此小心谨慎，真有那么必要吗？你喜欢一个人就喜欢，不喜欢就不喜欢。她对查理·唐森就很有好感，她对此也是始料不及。查理可能是殖民地最受欢迎的人。风传在位的辅政司即将退休，大家都觉得查理最有希望走马接任。他会打网球、马球、高尔夫球，他的马厩里养着好几匹赛马。他是个乐善好施之人，别人危难时总能慷慨解囊。他做起事情来从不拘泥于繁文缛节。他平易近人，从不装腔作势。曾几何时，凯蒂不知道为什么，只要别人张口夸赞他，她就感到厌恶反感，不由自主地觉得他是个自大狂。她当时是多么愚不可及啊。指责他是自大狂，那绝对是天大的冤枉！

那天晚上，她过得十分开心。他们俩尽兴畅谈，谈到过伦敦的剧院、爱斯科的赛马会，还有考斯的海滨浴场，她所熟悉的事情他们无一不谈。细细论起来，他们或许曾在伦诺克斯花园某幢美宅里见过面呢。晚饭后不久，男士们纷纷走进起居室内，他又信步走了回来，在她身旁坐下。尽管他说话未必妙趣横生，但总能让凯蒂感到十分开心。她想，这是因为他说话的方式与众不同。他的嗓音深沉醇厚，带有亲昵味。他的一双蓝眼睛熠熠发光，神色友善，令人愉悦。和他在一起，凯蒂觉得无拘无束，轻松自在。毫无疑问，他是个魅力四射的男人，自然也是个人见人爱的男人。

他身材魁梧，身高至少有六点二英尺。他的体形十分匀称，保持良好，身上没有一点儿赘肉。他衣冠整洁，穿戴十分得体，在宴会上最为抢眼。凯蒂最喜欢风度翩翩的男人。她把目光转向瓦尔特：他倒是应该多注意一点仪表呢。她留意到了唐森西装袖口上的链扣与马甲上的排扣，她在卡地亚①珠宝店里见过这些。当然，唐森

① 法国著名钟表及珠宝制造商。

是通过私人渠道才买到的。

他的脸晒得黝黑透亮，但烈日的暴晒并未夺走他双颊上的健康之色。她很喜欢他嘴唇上的那撇卷曲髭须，修剪整齐的胡子下面是饱满红润的嘴唇。他长着一头黑色短发，梳得油光锃亮。不过，总体来看，他脸上最靓丽的地方莫过于浓眉下的眼睛了。这双深蓝色的眼睛笑意绵绵，柔情似水。你看一眼就知道，这是一个性情温和之人。长着这双深蓝眼睛的人，是绝不可能伤害别人的。

凯蒂心里十分清楚，她给查理留下了深刻印象。即使他没有对她说过那些美妙动人的话，那双温暖而充满艳羡的眼睛也将他的内心暴露了出来。他洒脱自如的样子令人愉悦，举止做派一点儿也不矜持。置身这样的场合，凯蒂感到无拘无束。查理调情逗乐，谈笑风生，还时不时奉上几句很讨女人欢心的美言，那伶俐的口才让她甚为叹服。他们俩握手作别时，查理使劲地捏了一下，那意思再明白不过了。

“我想我们很快又会见面的。”他随口说道，但凯蒂不难从他的眼神里读出了言外之意。

“香港这地方并不大，对吧？”她说。

十五

谁又能料到，仅仅三个月的时间，他们俩的关系就发展到了如火如荼的地步。查理向她坦言，自打那晚相遇后，他就如醉如痴地爱上了她。她是他这辈子见过的最美丽的女人。她当时身穿的那套晚装，他仍然记忆犹新，那套晚装可是她的新婚礼服。他说，她风姿绰约，宛如一朵山谷百合①。查理没有坦露心迹前，她就知道他对自己一见钟情了。可她内心仍存一丝担忧，对他保持着一定的距离。他的情感如此炽烈，若即若离很不容易。她不敢轻易让他贴面吻她，一想到他的双手搂住自己的身体，她的心房就会怦怦怦地加速跳动。她以前从未有过坠入爱河的经历，这感觉真是妙不可言。眼下，她正品尝着爱情的滋味。突然间，她反倒对痴情的瓦尔特生出一丝怜悯。她跟查理随意开着玩笑，却发现他欣然接受。起初，她还对他心存畏忌，可是眼下却越发感到自信。她对他极尽取笑逗乐之能事，他的脸上会慢慢浮起笑容。她看在眼里，乐在心里，而查理又是惊讶，又是欣喜。她心想，总有一天，他会被自己征服的。眼下，她在品尝爱的滋味时，尽情欢畅，游刃有余地把玩他的情感，犹如竖琴师的十根手指在琴弦上轻松自如地滑过。看见查理被自己逗弄得晕头转向、手足无措，她禁不住哈哈大笑。

查理成了她的情人后，她与瓦尔特的关系就变得十分荒唐了。瓦尔特神情死板，一本正经、不苟言笑的样子，她几乎都不想用正眼看他一下。她是那么幸福快乐，却察觉不到对瓦尔特有点过分。话说回来，要不是瓦尔特无意间牵线搭桥，她就不可能结识到查理。她犹豫再三后，才迈出那最后一步。这并非是她不愿意向情感炽烈的查理投怀送抱——她本人也是激情难耐，而是慑于文化教养与家庭传统，不敢轻易出轨。两人最终走到一起，纯粹出于机缘巧合。当机遇突然降临时，他们俩谁都没有预料到。凯蒂不无惊讶地发现，越轨后的感觉与过去相比并没有什么不同。她本以为，这档子事会在内心深处带来某种奇妙的变化（她也搞不清是什么样的变化），能让她面貌一新。当她对着镜子打量时，心中大惑不解：与此

① “山谷百合”（Lily of the Valley）系铃兰的别称，又名“风铃草”。

前相比，镜中的女人并没有什么不同啊。

“你恨我吗？”他问她。

“我爱你！”她低声说。

“以前虚度良宵，是不是很后悔呀？”

“肠子都悔青啦！”

十六

凯蒂的逍遥快乐有时候让她不敢受用，却让她平添几分美丽。结婚前，她的迷人光彩已呈衰退之势，看上去倦容满面，颇显憔悴。尖酸刻薄的人风言风语，说什么她的青春欢颜正在凋谢啦。可是，二十五岁的青春少女与同龄的已婚少妇并不相同。此前，凯蒂犹如一朵玫瑰花蕾，花瓣的边缘已开始枯黄，可是眼下又在一瞬间全然盛开。她的两只眼睛亮若星辰，眉目间泛出更多姿色。她对俊俏的五官向来引以为豪，并极力呵护保养。她的肤色发出靓丽的光彩，即令是仙桃与鲜花，也不能与之媲美。她似乎又变回年方十八的曼妙女郎。她容光焕发，风姿绰约，达到了青春韶华的顶峰，周围的人无不对她啧啧称赞。私下里，女友们还善意地问她是否赶紧要个孩子。那些冷漠如常的人曾经闲言碎语，说她虽然十分美丽，但鼻子太长，可眼下也不得不承认，对她的容貌产生了误判。正如查理初次见面时所说的那样，她确实是个绝世美人！

他们俩小心翼翼地安排幽会。他告诉她，他很有背景（“我可不想让你大出风头，”她轻声打断他的话），不会受到任何影响，可是为了她的缘故，他必须把风险降到最低。他们俩单独见面，不能太过频繁，连他所希望的一半也达不到，因为他不得不首先考虑她的处境。他们时不时在古玩店里偷情。有时候，查理趁午饭后四下无人，溜进她家密会。不过，她倒是能经常见到他。他在公开场合说话时，有板有眼的，凯蒂看在眼里，总觉得十分好玩。他跟每个人说话，都是如此，跟她交谈时，却幽默诙谐，充满魅力。不过，谁又能想到，此前不久，他还用激情的双臂搂着她呢？

凯蒂对他充满了崇拜之情。他打马球的时候，脚蹬锃亮的长筒马靴，身穿白色马裤，那模样真是潇洒极了！他穿上网球服的样子，活脱脱是个大男孩。当然，他对自己的身材颇为自豪，这也是她见过的最优美的身材。为了保持体形，他费尽了心思。他从不吃面包，也不吃土豆或黄油，经常参加体育锻炼，对双手也是呵护有加，每星期都要护理一次。他是一位出色的运动员，前年还获得了当地网球赛的冠军。此外，他也是她见过的最优秀的跳舞高手，和他一起翩翩起舞，总有如梦如幻的感觉。没人会想到他已年届四十。她对他说，鬼才相信呢！

“我觉得太唬人了，你至多二十五岁。”

他哈哈大笑，甚是得意。

“天哪，我的大儿子都十五岁了。我可是一位中年男士，再过两三年，我就变成胖老头了。”

“倘若你活到一百岁，还是很潇洒迷人的。”

她喜欢他的浓黑眉毛。她心里想着，是不是因为这道浓眉，他的眼睛才变得如此摄人心魄？

查理多才多艺。他是个十分优秀的钢琴手，可以弹拉格泰姆音乐。他是位风趣幽默的喜剧歌手，嗓音醇厚而优美。在她眼里，他是个无所不能、无所不通的男人。他在做本职工作时，同样十分出众。他告诉凯蒂，他因为出色地解决了某个难题，总督大人还专门向他道贺呢。闻听此言,她在内心也分享着他的喜悦。

“说实话,除了我,”他大笑地说道,眼睛里满含爱意,“部门里没人能做得更好。”

唉,假如她的丈夫是查理,而不是瓦尔特,那该多好啊!

十七

她现在还不能确定,瓦尔特是否知道了真相。如果他不知道,那么最好还是顺其自然。不过,要是他真的知道了,对大家来说,反倒不失为最佳的结局。此前,她只能偷偷摸摸地与查理约会,尽管并不满意,但还能将就凑合,可是她内心的激情与日俱增。眼下这段时日,她对永远横在两人间的各种障碍越发难以容忍。查理经常对她抱怨说,他痛恨他的职位,因此不得不小心谨慎,他痛恨束缚两人约会的各种阻碍。他说,要是他们俩都是自由之身,那该多好啊!她能理解他的言外之意,没人想招惹绯闻上身。当然,要想改变原有的生活轨道,那真得要三思而后行啊。可是,倘若自由正好降临在面前,啊哈,这事儿倒变得十分简单了!

要是她真能和查理走到一起,似乎并不会给什么人带来多大伤害。她心里十分清楚,查理与妻子的关系究竟怎样。他的妻子是个冷漠的女人。多年来,他们之间早就没了爱情,他们俩生活在一起,只不过是习惯而已,或者说,只是权宜之计,当然也是为了孩子。相比之下,查理比她更容易脱身,因为瓦尔特很爱她。不过话说回来,瓦尔特对工作专心致志,还经常光顾俱乐部。起初,他兴许会十分难受,但他肯定能克服过去的,他完全有条件再和别人结婚嘛。查理曾跟她说过，他真搞不懂凯蒂怎么会自贬身价跟瓦尔特结婚的。

她半带着微笑思忖着。刚才，她一想到瓦尔特把他们堵在屋内，心里还感到一阵恐慌呢。当然，看见门把手慢慢转动，那情形确实令人怵然。不过，无论瓦尔特究竟能怎样，他们都做好了最坏的打算，而且还做好了心理准备。查理将和她一样感到如释重负。如此一来，他们俩最朝思暮想的好事反倒会降临到他们身上。

瓦尔特是一位绅士，说句公道话，她本人是承认这一点的。他很爱她，自然会做出正确的选择，同意跟她离婚。他们俩结婚本来就是一个错误。幸运的是，亡羊补牢，犹未晚也。她已经盘算好了，该如何跟他摊牌，该如何善待他。她会面带微笑，语气和蔼，但态度坚决。若是大吵大闹一场，那就毫无必要了。大家各奔东西后，她还是很乐意去看望他。她衷心希望，他们共同生活的两年将成为他永远的珍贵记忆。

“我想，多萝西·唐森并不在乎与查理离婚的，”她想，“既然他们最小的孩子即将回国，那么多萝西离开香港，自然是一桩好事，待在这儿反倒有害无益。到了节假日，她就能跟孩子们团聚了。更何况，她还能与国内的父母见面呢。”

这事儿再简单不过，一切都可以得到妥善解决，而不会闹得沸沸扬扬，最终反目成仇。此后，她就和查理喜结良缘。凯蒂长长地舒了一口气。他们的婚姻将非常幸福，为了达到这个目的，就算历经种种烦恼与波折，那也是值得的。此时此刻，她的脑海里浮现出了一幅又一幅模糊的画面。她想到了夫唱妇随的日常情景，想到了他们俩即将拥有的幸福生活。他们将不时外出旅游；他们搬进豪华的宅邸里；查理在官场上飞黄腾达，她会设法助他一臂之力。查理拥有一位贤妻，自然感到十分自豪，她也会把查理当作崇拜的偶像。

不过，在这些如梦如幻般的憧憬中，却奔腾着一股忧虑的暗流。

那情形有点儿滑稽可笑：仿佛是管弦乐队演奏阿卡迪亚田园曲时，管乐器、弦乐器在合拍齐奏，负责低音的鼓乐器却轻轻敲打出了阴沉不祥的节奏来。过不了多久，瓦尔特就要回家了。一想到这儿，她的心就怦怦乱跳。说来奇怪，他下午离家外出时，竟然都没跟她说一声。当然，她倒不是怕他。她不断自言自语：他究竟能把她怎么样呢？尽管如此，她还是无法平息内心的不安。她把对瓦尔特要说的话，又在心中默念了一遍。大吵大闹一场，对大家能有什么好处呢？她对此感到十分抱歉，老天作证，她从未想过要故意伤害他。她也是身不由己，因为她根本不爱他。虚情假意是毫无意义的，实话实说只会有好处，而没有坏处。她衷心希望他不要因此而感到痛苦。他们俩结婚本来就是一场错误，只有承认错误，才是唯一的明智之举，她会把他的善良铭记在心的。

尽管她自言自语地说着这些，却突然感到一阵恐惧袭来，手掌心里也冒出了冷汗。因为内心感到害怕，她开始怨恨起他来。如果他想大吵大闹，那他可是自找的。要是把关系闹到不可收拾的地步，那就不要怪她翻脸无情了。她会直言不讳地告诉他，她从来就没有爱过他，结婚后没有一天不感到懊悔。他就是一个枯燥乏味之人。哦，他让她感到厌烦，十分厌烦，厌烦透顶！他自以为比其他人更加优秀，这真是太可笑了。他没有一丝儿幽默感，傲慢自大，神情冷漠，自我克制，她对此痛恨不已。要是你只关心自己，不关心别人，总是事不关己，高高挂起，那么自我克制就易如反掌。他让她感到厌恶，因为厌恶反感，坚决不想让他亲吻自己。他这种人有什么好踌躇满志的？他跳舞时拙手笨脚；参加朋友聚会时，总是令人败兴而归；他既不会弹琴，又不会唱歌；他不会打马球，网球也打得稀松平常。不就是会打桥牌吗？谁还在意你桥牌打得好呢？

想到这儿，凯蒂大为恼怒，而且怒火越烧越旺。要是他有胆，那就对我横加指责吧。这一切的发生全都是他的错。既然他都知道了真相,她倒要谢天谢地了。她恨他,希望永远都不要再见到他。是的,谢天谢地,这一切都结束了。他为什么还要死缠着她不放呢?当年就是因为他纠缠不休,她才错嫁了他。她对这段婚姻早就烦透了。

“烦透了!”她大声重复着,因为愤怒而浑身颤抖。

“烦透了!烦透了!”

她听见花园入口传来汽车声。他朝楼上走来。

十八

他走进了房间。她的心疯狂乱跳,双手不停地哆嗦。还好,此时她正躺在沙发上,手里拿着一本翻开的书,仿佛此前一直都在看书。他在门口站了一会儿,他们俩的目光短暂对视了一下,她的心猛地一沉,四肢在突然间打了个冷颤,浑身在哆嗦。她陡然生出的那种感觉,犹如人们经常所描述的那样:有人打你的坟前走过!他的脸色如同死人般惨白,这样的脸色她曾见过一次。当时,他们并肩坐在公园的椅子上,他向她求婚时就是这样。他的黑眼珠一动不动,不露声色,似乎不可思议地变大了。他什么都知道了。

“你今天回来得很早。”她说。

她双唇颤抖,几乎连话也说不清。她心惊胆战,感觉就要晕过去了。

“我想跟平时差不多吧。”

他的声音听起来有点儿怪,最后一个字提高了声调,想显得随

意平常一些，但他那副模样却是故意装出来的。她心想，他是否看见她的四肢正在哆嗦。她竭尽全力克制着，所以才没有发出叫声。他终于将目光垂了下来。

“我去换件衣服。”

他离开了房间。她觉得心力交瘁，浑身瘫软，大约两三分钟的时间，身子一点儿也动不了。后来，她还是从沙发上艰难起身，尽力站起来，仿佛刚得过一场大病似的，身体虚弱不堪。她不知道双腿能否撑得住身子。她用双手扶住椅子和桌子，慢慢朝阳台走去，然后扶着墙回到卧室。她穿上一件休闲长袍，返回起居室时（朋友聚会时，他们才启用会客厅），只见他站在桌子旁，正翻看着《简报》上的图片。她不得不硬着头皮走了进去。

“我们下楼去吧，晚餐准备好了。”

“我让你久等了？”

糟糕的是，她说话时仍然控制不住嘴唇的哆嗦。

他打算什么时候把事情挑明了？

他们在餐桌旁坐了下来。有一会儿，他们俩谁都没有说话。后来，他首先开口，说出的话太稀松平常，带有居心叵测的意味。

“皇后号今天没有到港，”他说，“我在想，轮船没能准时抵达，是不是遭遇暴风雨了。”

“船期是今天到吗？”

“是的。”

这时，她朝他看去，只见他双眼紧盯着盘子。他又开口说话，同样无关紧要，内容是即将举行的网球比赛，而且长篇大论起来。他平时说话声音悦耳，语调富于变化，可是现在却平淡呆板，很不自然，显得怪异，凯蒂只觉得他的声音是从遥远的地方传过来的。他在说话时，眼睛要么直勾勾地看着盘子，要么呆愣愣地看向桌子或墙上的挂画，就是不和她的目光对视。她意识到，看她一眼都会让他受不了。

“我们上楼去吧?”晚饭吃好后，他说。

“如你所愿。”

她站起身，他赶紧为她开门。她从他身旁走过去时，他的目光看向了地面。他们走进起居室，他又拿起了那份画报。

“这是最新一期的《简报》吗? 我想我还没有看过呢。”

“我不清楚。我没留意。”

这份画报放在那儿已有两个星期。她心里清楚，他翻过一遍又一遍了。他拿起画报，坐了下来。她躺到沙发上，又拿起了那本书。平时的晚上，他们俩单独在一起，总要玩一玩双人牌或单人牌。此时，他斜靠在安乐椅上，一副怡然自得的神态，似乎聚精会神地沉浸在他所浏览的图片中，可是他一直没有翻动过纸页。她试图阅读手中的书，但眼睛扫过后，什么也看不进去。书上的文字模糊不清，她只觉得脑袋剧烈疼痛。他什么时候把事情挑明呢?

他们俩沉默无语坐了一个小时。她不再装模作样地读书，手中的小说掉落在身上，出神的目光一片茫然。她不敢做出一个最细小的动作，也不敢发出哪怕是最微弱的声音。他一动不动地坐在那儿，依然是一副怡然自得的神态，一双大眼睛目不转睛地凝视着图片。他那静止不动的姿态充满危险，显得怪异。凯蒂觉得，一头野兽蓄势待发，即将朝她扑来。

他突然冷不丁地站起来，凯蒂吓了一跳。她紧握双拳，只觉得脸色倏然变白。来吧!

“我还有一些工作要做。”他的声音很平静，干巴巴的，目光却看向别处。“如果你不介意，我去一下书房。我想，等我把活做完，你也应该上床休息了。”

“今天晚上我很累。”

“嗯,晚安。”

“晚安。”

他离开了起居室。

十九

第二天早上,她一找到机会,就急忙给唐森的办公室打电话。

“喂,什么事?”

“我想见你。”

“亲爱的,我正忙得不可开交,我在工作呢。”

“这事儿很重要,我能去办公室找你吗?”

“哦,不行。我要是你,就不要来办公室。”

“那么,你到我这儿来。”

“我现在根本脱不开身,今天下午怎么样? 我不去你们家找你,你不觉得更好吗?”

“我必须马上见你。”

两人沉默了片刻。她担心电话被他挂断。

“你还在吗?”她焦急地问道。

“是的,让我想想。发生什么事了?”

“电话里我不能说。”

又是短暂的沉默,随后他又说话了。

“那么,好吧,一点钟的时候,我腾出十分钟去见你,如果你觉得可以的话。你最好先去古舟店,我会尽快赶过去。”

“是那家古董店吗?”她沮丧地问道。

“是的。我们总不能堂而皇之在香港宾馆的大堂里见面吧。”他回答道。

她从他的声音里听出了一丝愠怒。

“那么好吧,我去古舟店。”

二十

黄包车拉到域多利道,她起身下车,沿着陡峭、狭窄的巷子向上走去。她来到古董店,在门外逗留了一会儿,仿佛被橱窗里的小古董吸引住了。一个小伙计正在那儿招呼顾客,立刻认出了她,心领神会,朝她咧嘴笑了笑。他用中文朝店里的人说了句什么。随后,身穿黑袍、矮小胖脸的店主出来迎接她。她趁机踅身跨进了店门。

“唐森先生还没来,你直接上楼,好吗?”

她走到店堂的后面,登上黑乎乎、晃悠悠的楼梯。那个中国人跟在她的身后,打开了卧室通道的门锁。屋子里空气沉闷,还散发出呛人的鸦片味。她在一个檀木箱子上坐了下来。

过了一会儿,她听见楼梯上传来咯吱咯吱沉重的脚步声。唐森走进屋子,随手将门关上。他的脸色阴沉难看,一看见她,就云开日出,露出他那灿烂迷人的微笑。他迅速把她搂在怀里,亲吻着她的嘴唇。

“出什么事了?”

“只要见到你,感觉就好多了。”她微笑道。

他在床边坐下,点了一支烟。

“你看上去跟丢了魂似的。”

“这不奇怪，”她说，“我昨晚整夜都没合眼。”

他朝她看了一眼，依然面带着微笑，但那微笑有点儿僵硬，显得很不自然。她心想，他的眼里有一丝忧虑的神色。

“瓦尔特已经知道了。”她说。

短暂的沉默后，他回应道：

“他说什么了？”

“他什么也没说。”

“什么也没说？”他用犀利的目光望着她，“那你凭什么认定他知道了？”

“种种迹象，他的眼神，吃晚饭时他说话的语调。”

“他的语调很不友好吗？”

“不，恰恰相反，他说话时客客气气，彬彬有礼。说晚安时，他没有吻我，我们结婚以来，这还是第一次。”

她垂下了目光，她不清楚查理是否明白她的意思。正常情况下，瓦尔特会用双臂搂住她，用双唇贴在她的嘴唇上，久久不愿松开。他在接吻时，既缠绵温柔，又充满激情。

“你为什么觉得他什么也没说？”

“我不知道。”

短暂的沉默。凯蒂一动不动地坐在檀木箱子上，一双焦虑的眼睛注视着唐森。他的脸色再次变得阴沉起来，眉头紧锁，嘴角略微耷拉着。不过，他在一瞬间又抬起头，眼睛里发出一束不怀好意但却兴致勃勃的光芒。

“我怀疑他是否真的有话要说。”

她没有搭茬儿，不明白他是什么意思。

“说白了，很多人遇到这档子事，总是睁一只眼闭一只眼的。为此大吵一顿，他又能得到什么呢？要是他真想大吵大闹，当时就直接闯进卧室了。”他的眼睛眨了几眨，嘴角张开，哈哈一笑说道，“如果那样的话，我们这对倒霉的傻瓜蛋，就被堵在屋子里了。”

“我真希望你能亲眼看看他的脸色。”

“我想，他只是心烦意乱而已。毫无疑问，这是一次沉重的打击。对男人来说，出了这档子事，总归是奇耻大辱。被人戴了绿帽子，那就跟傻瓜差不多。我想，瓦尔特这种人是不会把丑事闹得沸沸扬扬的。”

“我想他不会，”她神情恍惚地回应道，“他这人死要面子，这个毛病我早就发现了。”

“如果是这样，那就再好不过了。我们倒不妨站在他的位置上，好好想一想他会做什么，然后就知道该怎么应对了。对男人来说，一旦遇到这档子事情，要想保住面子，唯一的办法就是假装一无所知。我敢跟你打赌，除此之外，他别无选择了。”

唐森越是滔滔不绝，语气就越发轻松，一双蓝眼睛熠熠发光，甚至像平时一样欢声笑语起来。经他这么一说，她也感到如释重负，信心倍增。

“上天做证，我可不想在背后嚼他的舌头，可说到底，细菌学家算不上什么大人物。西蒙斯回国后，我就有一大把的机会当上辅政司。如果瓦尔特不跟我作对，对他也是大有好处的。他得为自己的饭碗着想吧，就像我们每个人一样。要是有人传播流言蜚语，你觉得辅政司会轻饶了他？相信我，如果他守口如瓶，就会饱尝甜头；如果他不识好歹，瞎闹腾，就让他苦头吃尽。”

凯蒂忐忑不安地动了动身子。她知道瓦尔特为人十分腼腆。要是他担心事情闹大了，老婆出轨之事被张扬出去，因而心存忌惮，她完全能相信。可是，如果说瓦尔特对物质利益想入非非，从此忍气吞声，她反倒觉得难以置信了。也许，她对他还不够了解吧，可是查理对他更是一无所知啊。

“你知道吗，他一直痴情地爱着我呢。”

他没有答话，却用淘气的目光朝她微笑。他那迷人的眼神，她很熟悉，也很迷恋。

“嗯哼，什么意思？我就知道你要胡说八道了。”

“你是知道的，女人总以为这世上的男人都痴情地爱着自己，但实际上并不是那么回事。”

直到此时，凯蒂才第一次露出了笑脸。他的自信很富有感染力。

“你这样说也真是太坏了！”

“我只想让你明白，你最近并没有留意瓦尔特。也许，他已经不再像从前那样痴情地爱你了。”

“无论如何，我都不会自欺欺人，觉得你也痴情地爱着我吧。”她反唇相讥。

“你这么说，那可就不对了。”

啊哈，听他亲口说出来，真是十分惬意！她心里清楚这一点。她相信他是深深地爱着她的，她的心里感到暖意绵绵。他一边说着，一边从床边站起来，走到她的身旁，随后在檀木箱子上坐下来，伸出手臂搂住了她的腰。

“你这个傻乎乎的小脑袋，以后就不要担惊受怕啦，”他说，“我敢保证，这没什么好担心的。我完全能肯定，他准会对此事装聋作哑的。你也知道，他要拿出证据来，是相当困难的。你说他很爱你，也许他根本就不想失去你。如果你是我的妻子，我发誓，不管发生什么事，我都心甘情愿地接受。”

她把身子朝他靠了过去。她感到浑身发软，就势偎依在他的怀中。她很爱查理,但这几乎成了痛苦的煎熬。查理的最后一句话让凯蒂感到震撼:瓦尔特如此痴情地爱着自己,也许对任何羞辱都会容忍接受,只要他还爱着她。她对此深有同感,她对查理的爱也是如此。一阵自豪感从心头升起,与此同时,她对卑躬屈膝爱着她的瓦尔特反倒生出一丝不屑。

她用手臂含情脉脉地搂住查理的脖子。

"你真了不起!刚才,我还像一片树叶一样颤抖不已,现在,你把一切都给摆平了。"

他用手捧住她的脸,亲吻着她的嘴唇。

"亲爱的。"

"你可真是我的舒心丸啊。"她感叹道。

"我觉得你没有必要紧张兮兮。你也知道,我永远都是你的坚强后盾,我决不会丢下你不管的。"

她的恐惧感烟消云散,但片刻间,她又毫无理由地懊悔起来。她对未来的筹划破灭了。眼下,一切危险都过去了,可她倒真希望瓦尔特能跟她离婚。

"我早知道你是值得信赖的。"她说。

"但愿如此。"

"你现在不想回去吃午饭吗?"

"哦,该死的午餐。"

他把她拉入怀中,双臂紧紧搂着她,嘴唇亲吻着。

"哎,查理,你得让我走了。"

"决不。"

她发出一声轻笑——这是柔情蜜意的笑声,这是得意忘形的笑声。查理的眼睛里燃烧着欲火。他把她抱起来,紧紧地搂在怀中。他在没有松手的情况下,顺势把门插上了。

二十一

整个下午，她都在想着查理对瓦尔特的评论。晚上，他们要外出赴宴。瓦尔特从俱乐部回来时，她正在更衣打扮。

他敲了敲更衣室的门。

“进来。”

他没有推门。

“我去换衣服。你多长时间能准备好？”

“十分钟。”

他别的什么也没说，就直接进了更衣间。他的声音里仍然带着克制，那语调她昨晚就领教过了。眼下，她充满自信。她比他早换好衣服，他下楼时，她已经坐在汽车上。

“让你久等了。”他说。

“没什么。”她回答道。她说话时，脸上露出微笑。

汽车朝小山上一路开去的时候，她还说了一两句话，可是他的应答非常简短。她耸了耸肩，心里有点不耐烦了：如果他想闹别扭，那就闹吧，她可不在乎呢。他们默默地坐着，直到汽车到达目的地。这是一场盛大的晚宴，人头济济，桌子上摆满美味佳肴。凯蒂与邻座的人愉快聊天，眼睛时不时观察着瓦尔特。瓦尔特的脸色十分苍白，面部肌肉绷得很紧。

“你丈夫看上去很疲倦，我原以为，这炎热的天气他能受得住。他最近是不是很累？”

“是的，他的工作很累人。”

“我想，你们很快就要度假去了？”

“嗯，是的，我们去日本度假，就像去年一样，”她说，“医生说了，如果我不想身心崩溃的话，那就找个地方避避暑。”

以前，他们共同参加宴会时，他会时不时用微笑的目光瞥她一下。今天晚上，他却没有用正眼看她一次。她还注意到了，他走出汽车时，眼睛看向了别处。他扶她下车时，像以前一样彬彬有礼，但眼睛同样看向了别处。眼下，他正与身旁的女士们说着话，脸上没有微笑，只是用直愣愣的、死板的眼神看着她们。他的一双大眼睛，衬托在惨白的脸上，如煤炭一般黑洞洞的。他的脸紧紧地绷着，神情十分严肃。

“跟他聊天，真是十分愉快啊。”凯蒂不无讥讽地想着。

这些不幸的女人只好与这个铁板着脸的家伙闲聊了。一想到这儿，她不免感到有点儿好笑。当然，他知道了真相，这一点是毋庸置疑的。他怒不可遏，可是却为什么要装聋作哑呢？他一方面愤怒不已，心痛欲碎，另一方面又深深爱着自己，担心自己会离他而去，所以就隐忍不发——难道原因真的是这样吗？这些念头让她有点儿鄙视他，但也无甚恶意：归根结底，他还是她的丈夫，她的衣食温饱全仰仗着他呢。只要他不对她的私事横加干涉，允许她自行其是，她也会善待他的。从另一方面来看，他隐忍不发，或许是因为他为人胆怯，性情怪异。看来查理所言甚是：瓦尔特比任何人都要憎恶飞短流长。他从不做公开演讲，除非躲不开。他曾说过，法院在一次审案时传唤他，请他作为专家证人出庭，害得他一个星期都睡不着。他如此腼腆羞怯，肯定是心里有病。

还有另外一个原因：男人的虚荣心都很强。只要没人知道事情真相，瓦尔特可能就置若罔闻，听之任之了。她在想，查理的话到底有几分正确？他说，瓦尔特知道他的饭碗掌握在谁的手中。查理是殖民地最有人脉的男人，很快就要升任辅政司之职。对瓦尔特来说，查理兴许能成为他的贵人，要是瓦尔特故意跟他作对，那他就没什么好果子吃了。想到情人的能力如此之大，意志如此坚定，她心里美滋滋的。偎依在他强有力的怀抱中，她能获得很强的安全感。人真是一种奇怪的动物。她从来都没有想到过，瓦尔特竟然会如此卑劣下贱，知人知面不知心啊！也许，他正儿八经的样子，只不过是一副假面具，掩盖住了卑鄙与狡诈的本性。她思考得越多，就越觉得查理的话对极了。她又朝丈夫瞥了一眼，目光里没有任何宽容。

就在这会儿，瓦尔特身旁的几位女士与其他人交谈，他被晾在了一边。他的目光直愣愣地朝前方看去，浑然不觉身边正在进行的宴会，眼睛里还露出了极度悲伤的神情。凯蒂心中顿时一震。

二十二

第二天午饭后，她躺下来午睡，敲门声把她吵醒了。

“谁呀？”她不胜恼怒地大喊。

午睡时分，她最不习惯被人打扰了。

“我。”

她听出丈夫的声音后，迅速坐了起来。

“进来。”

“我把你吵醒了？”他进门后问道。

“的确如此。”她用自然的语气说道。这两天来，她一直这么和他说话。

“你能到隔壁房间来一下吗？我有话要和你说。”

她的心脏突然怦怦乱跳，撞在肋骨上。

“我披一件睡衣再过去。”

他离开了房间。她光脚趿拉着拖鞋，用一件睡衣把自己裹了起来。她照了照镜子，只见脸色非常苍白，便随手涂了些口红。她在隔壁门口站了一会儿，对接下来的谈话感到紧张。随后，她硬着头皮走了进去。

“你怎么有闲心从实验室里走开呢？”她说，“平常这个时间，我可不太见到你。”

“你能坐下吗？”

他没有看她，说话时语调严肃。她倒是愿意坐下来，但是双膝在微微哆嗦。由于不能用玩笑的口气说话了，她只好沉默不言。他也坐下来，点了一支烟。他的目光焦躁不安，在房间里四下游动着。他似乎不知道怎么向她开口。

突然间，他直接朝她看过来。这段日子以来，他的眼神一直躲躲闪闪的。在他的直视下，她感到十分震撼，差一点儿就失声大叫。

“你听说过湄潭府这个地方吗？”他问，“最近报纸上有很多报道。”

她在惊讶中注视着他，欲言又止。

“那儿不是正在闹霍乱吗？昨天晚上，阿布思诺特先生说过这事儿。”

“湄潭府发生了瘟疫，这么多年来，这一次最糟糕了。那儿有个传教士医生，三天前得霍乱死了。那儿还有一个法国女修道院，海关收税员也没走，其他人全都撤了。”

他的眼睛一直盯着她，她的目光躲闪不开。她本想从他的表情中看出些端倪来，但她特别紧张，只发现他用奇怪而警惕的眼神看着她。他怎么能这样死死地盯着别人，竟然连眼皮也不眨动一下呢?

“法国修女们正在竭尽全力救护病人。她们把孤儿院改造成了医院,可是那儿的人还是像苍蝇一样死去。我主动提出申请,想去那儿做一点救治工作。”

“你要去那儿?”

她突然开口说道。她的第一反应是:如果他走了,她就自由了,就可以无拘无束、毫无障碍地与查理幽会了。可这个念头让她感到吃惊,她觉得自己满脸绯红起来。他为什么要用那种眼神死死地盯着她呢?她在尴尬中把目光移走了。

“你这么做有必要吗?”她支支吾吾地说道。

“那儿没有一个外国医生。”

“可你不是医生,而是细菌学家。”

“你也知道,我是医学博士。我在研究细菌学之前,曾在医院里做过很多医务工作。我是个细菌学家,这对救治工作反而更加有利。对我的科学研究来说,这也是一个不可多得的宝贵机会。”

他说话的语气几近粗鲁。她朝他瞥了一眼,却不无惊讶地发现,他的眼睛里发出了嘲弄的光芒。她感到不可理喻。

“可是,这样做不是很危险吗?”

“的确危险。”

他露出微笑,这是讥讽的嘲笑。她微微低头,用手捂住前额。自杀!这简直就是自杀!太可怕了!她从来都没有想过,他竟然会自寻死路,她决不允许他这样做!这真是太残酷了。她不爱他,这可不是她的错,他却因此要自寻短见,这真是不堪设想啊。眼泪从她的脸上静静地流了下来。

“你为什么要哭呢?”

他的声音冷冰冰的。

"你不一定非要去那儿吧?"

"一定要去,我去那儿是心甘情愿的。"

"请你别去了,瓦尔特。要是出了什么意外,那就太可怕了。比如说,你染上霍乱死了?"

他面无表情,但他的眼神里闪过一丝笑意,他没有答话。

"那个地方在哪儿?"停顿片刻后,她问。

"你是说湄潭府?它位于西江的一条支流上。我们沿西江逆流而上,然后再换乘轿子。"

"我们是谁?"

"你和我。"

她迅速朝他看了一眼,以为自己的耳朵听错了。可是眼下,他眼睛里的笑意传到了嘴唇上,一双黑色眼睛正注视着她。

"你希望我和你一起去吗?"

"我原以为,你会愿意跟我去的。"

她的呼吸变得急促起来,一个寒颤传遍全身。

"不过,那儿肯定不适合女人。几个星期前,那个传教士就把他的老婆和孩子送来了。石油公司经理和他的太太也撤回香港,我在茶会上见过他太太。我记得她说过,他们为了躲避霍乱,才离开了某个地方。"

"那儿还有五个法国修女呢。"

她突然感到一阵恐慌袭来。

"我不知道,你这是什么意思。让我去那种地方,简直是发疯了,你知道,我的身子骨弱不禁风的。海华德医生说了,我必须离开香港去避避暑。那儿的天气十分酷热,我更是受不了。还有霍乱,我定会被吓得神经错乱的。这是明摆着跟我过不去,我找不到去那儿的任何理由,我会死在那儿的。"

他没有接话。她用绝望的眼神看着他,几乎就要放声大哭了。他的脸上泛出苍白的神色,这使她感到恐惧。她从他的眼神里看到了仇恨,难不成他真想把她给害死吗?她对这个可怕的念头作出了反应。

“这简直太荒唐了。如果你觉得你应该去,那么你提高警惕就是了,可是你不要指望我跟你一起去。我对传染病深恶痛绝,尤其是霍乱这样的瘟疫。我可不想假装勇敢,实话告诉你吧,我这个人贪生怕死。我要一直待在香港,适当时候就去日本避避暑。”

“我原以为,我去做危险的事情,你会陪我一起去的。”

他说这话是在公然嘲弄她。她心中甚是困惑,不清楚他说的是不是真话,还是他只想吓唬她一下。

“这地方太危险,我要是不想去,谁都无权指责我。它与我浑不相干,我去了百无一用。”

“你去了能发挥大作用,你可以鼓励我,安慰我。”

她的脸色变得更加苍白。

“我真不知道你在说什么。”

“我说的意思再明白不过了。”

“我不想去,瓦尔特,你却非让我去,这真是太荒唐了。”

“好吧,那我也不去了,我会立刻撤回我的申请。”

二十三

她茫然若失地看着他。他的话出乎她的意料,她一下子摸不着头脑。

“你究竟在说什么呀?”她支支吾吾地问。

即使在她听来,自己的问话都有问题。瓦尔特严肃的面孔现出了不屑的神情。

“你把我当作超级大傻瓜了。”

她一下子不知道说什么好。她犹豫不决,究竟是义愤填膺,辩称自己是清白的,还是大发雷霆,对他作出愤怒的谴责。他似乎看透了她的心思。

“我手里有足够的证据。”

她开始哭了起来,眼泪夺眶而出,却感受不到特别的疼痛。她没去擦眼泪,泪流满面可以争取时间,能让她镇定下来,可她脑海里一片茫然。他注视着她,漠然无语,他的冷静让她感到害怕。这时,他变得焦躁不安起来。

“你也知道,哭哭啼啼帮不了你的忙。”

他的声音冰冷而生硬,却在她的内心激起了愤怒。她开始恢复理智。

“我什么都不在乎。我想,你是不会反对我们离婚的。对男人来说,反正离婚也算不上什么事儿。”

“我能问问你吗:我为何没事找事,自寻烦恼地跟你离婚呢?”

“对你来说,离婚算不上什么大事。我希望你能做个堂堂正正的绅士,这个要求不过分吧?”

“我最关心的是你能不能获得幸福。”

这时,她坐直身子,擦干了眼泪。

“你说这话是什么意思呢?”她问他。

“只有唐森成了通奸案的共同被告,他才能够与你结婚。如果打起了官司,那就是奇耻大辱,他太太将被迫同他离婚。”

“我不知道你在说什么。”她大叫。

“你这个笨蛋加傻瓜。”

他的语气里满是鄙夷不屑,她顿时怒火中烧,满脸涨得通红,怒火似乎越烧越旺。此前,他从来都没有这样说过她。她耳中听到的都是甜言蜜语,都是奉承讨好的恭维话。她习惯见到瓦尔特对她俯首帖耳、言听计从。

“如果你想知道真相,那我就直言不讳了。他早就迫不及待,想跟我结婚了。多萝西·唐森会心甘情愿地同他离婚的。只要我们俩一有自由之身,我们就马上结婚。”

“这是他亲口跟你说的,还是你想当然得出的结论?”

瓦尔特的眼神满含辛辣的嘲讽,这让凯蒂感到很不自在。她不太确定,查理是否真的跟她说过。

“这件事他说过无数遍了。”

“他在撒谎,你也知道他在撒谎。”

“他是真心实意爱我的。他对我一往情深,就像我对他一往情深一样。既然你都知道了,那我就不再否认了。我为什么要否认呢?我们两情相悦,已经有一年了,我对此感到十分自豪。在这个世上,他是我的至爱。很高兴你终于知道了,我们对偷偷摸摸早就厌烦透了。我嫁给你,本来就是个天大的错误,我感到追悔莫及。我就是个大傻瓜,我对你毫无感情,我们俩根本就不是一路人。你喜欢的人,我一点儿也不喜欢;你感兴趣的事情,我觉得索然乏味。谢天谢地,这一切都结束了。”

他目不转睛地注视着她,没有作出任何手势,脑袋也没有转动一下。他聚精会神地听着,脸上的表情没有任何变化,说明她的一番话并未发生作用。

“你知道我为什么要嫁给你吗?”

“你想抢在你妹妹前嫁人。”

这倒是事实，不过她觉得有意思的是，瓦尔特对她当时的心态洞若观火。说来也真奇怪，她此时此刻虽然又是害怕，又是气愤，但一想到这件事，她还是对瓦尔特心生同情。

瓦尔特微微一笑，说道："我对你没有任何幻想。我知道你愚蠢轻浮，没有头脑，然而我爱你。我知道你胸无大志，粗俗不堪，然而我爱你。我知道你平庸浅薄，势利虚荣，然而我还是爱你。无论你喜欢什么，我都会竭尽全力地去喜欢。我设法向你隐瞒我并不是一个粗鄙无知、嚼舌愚蠢之人。现在回想起来，真是滑稽可笑。我知道你害怕有智慧的男人，所以很想让你觉得，我和你认识的其他男人一样，就是一个大傻瓜。我知道，你和我结婚只是权宜之计，可是我太爱你了，所以我根本不在乎。在我看来，一个人爱上另外一个人，而那个人却根本不爱他，心中一定愤愤不平，甚至怨声载道，怒气冲天，而我却不是那样的人。我从来都没指望过你会爱我，也找不出任何理由让你爱我。我不觉得我是个可爱之人，可是只要有机会爱你，我就感激不尽了。有时候，一想到我能让你开开心心，一看见你眼睛里闪过一丝情意，我就感到欣喜不已。我很爱你，却不想让你心生厌烦。我知道这样做很困难，所以每时每刻都小心翼翼，生怕我对你倾情相爱，反倒让你不胜腻烦。一个丈夫理应享有的权利，我都视之为莫大的恩惠。"

凯蒂早已对甜言媚语习以为常，却从未听过如此犀利刺耳的言语。这时，她不再感到恐惧，一股无名之火从心底腾起，似乎呛得她透不过气来。她只觉得太阳穴青筋暴突，怦然乱跳。虚荣心遭受打击后，女人会滋生出强烈的报复心理，其程度超过被夺走幼崽的母狮。凯蒂的下巴原本是方方正正的，眼下却像猿猴一样，丑陋地翘了起来，一双靓眼露出黑黢黢的凶光。然而，她却遏制住了心头的怒火。

“丈夫不能让老婆爱他，那可怨不得别人，只能怪他自己无能。”

“那是当然。”

他的讥讽语气越发激怒了她。她心想，唯有保持镇定，才能给他以更大的打击。

“我教育程度不高，也不聪明，我只是一个普普通通的女孩子。周围的人喜欢什么，我就喜欢什么。我喜欢跳舞，打网球，看戏。我偏爱的都是运动型的男人。说实话，我对你这种人感到乏味。你所爱好的东西，我觉得索然无味。对我来说，它们毫无价值可言，我提不起一点儿兴趣。在威尼斯，你死拉硬拽，带我去参观美术馆，没完没了。我宁可待在桑威奇，打打高尔夫，反而会更尽兴。”

“我知道。”

“如果我不是你心目中的理想女人，我深感抱歉。不幸得很，我一碰到你的身体，就感到恶心。说起这事儿，你可不要责怪我。”

“我不会。”

如果他勃然大怒，胡言乱语，凯蒂就能轻松掌控局面。她可以针锋相对，绝不退让。他的自控力真是太神了。眼下，她对他恨之入骨，而此前她从来都没有这样恨过。

“我认为你压根儿就不是个男人。你知道我和查理就躲在卧室，为什么不破门而入呢？至少，你可以狠狠地揍他一顿呀，难道你感到害怕吗？”

不过，她说到这儿时，满脸顿时绯红，大感羞惭。他没有回应，但是从他的眼神里，她看出了冰冷的鄙夷之色。他的嘴角还掠过一丝隐秘的笑意。

“也许我就像某个历史人物，天性高傲，不屑与人打斗。”

凯蒂想不出应对的话来，只好耸了耸肩膀。有那么一会儿，他凝目逼视着她。

“我想，该说的话，我都说了。如果你不愿意去湄潭府，那我就撤回申请。”

“那你为什么不同意离婚呢？”

他终于把目光从她身上移开，仰身靠在椅背上，随手点上一支烟。他自始至终都在吸烟，中间未发一言。后来，他将烟头扔掉，露出一丝微笑，又一次用眼睛注视着她。

“如果唐森太太向我保证，她愿意跟丈夫离婚；唐森本人写一份文书，承诺在法庭判决一周内，答应和你结婚，那么我就和你离婚。”

瓦尔特说话的方式让她感到惶恐不安。不过，出于自尊，她只得以落落大方的姿态接受了他的条件。

“你真是一个宽宏大度之人，瓦尔特。”

让她感到惊讶的是，他突然纵声大笑起来。她十分气愤，满脸涨得通红。

“你大笑什么？我看不出有什么好笑的。”

“希望你能海涵。也许，我的幽默感太古怪了。”

她用眼睛看着他，眉头皱了起来。她本想说几句尖刻的话来刺刺他，但脑子里一下子想不出什么反击的言语来。瓦尔特看了看手表。

“如果你想在下班前找到唐森，那么最好抓紧时间。要是你决定跟我去湄潭府，那么务必在后天启程。”

“你希望我今天就去找他吗？”

“常言道，机不可失，时不再来。”

她的心又加速跳动起来。她并没有感到忐忑不安，至于是什么感觉，她自己也说不清。她倒希望时间能更多一些，她就能让查理做好思想准备。不过，她对查理的信赖是毫无保留的。他们都深情地爱着对方，大好时机摆在眼前，查理自然是不会拒绝的。如果对此有一丝一毫的怀疑，那就等于是背叛。她转过头来，神情严肃地看着瓦尔特。

“我想，你根本不知道什么叫爱。我和查理如此热烈相爱，你这种人是想象不出来的。爱情是世界上最珍贵的东西。为了爱情，我们可以作出任何牺牲，义无反顾，决不犹豫。”

他朝她轻轻鞠了一躬，但什么也没说。她迈着稳健的步伐从房间走了出去。

二十四

她给查理传过去一张便条，上面写道：“速来见我，事急。”一个华人童仆让她稍等片刻，随后给她带来了回复：五分钟后，唐森先生就来见她。她莫名其妙地感到紧张起来。当她终于被领进办公室时，查理走上前来同她握手。童仆离开后刚把门关上，查理就放下了亲切友好、彬彬有礼的伪装。

“要我说，亲爱的，你怎么能在工作时间到这儿来呢？我正忙得不可开交。我可不想让别人说我们的闲话。”

她用一双美丽的眼睛深情地看着他，想尽力冲他微笑，但嘴唇僵硬，根本笑不出来。

“要不是有急事，我也不会来找你。”

他露出笑容，拉住她的手臂。

“既然你都来了，那就坐下说吧。”

这是一间狭小的单人办公室，天顶很高，四周的墙壁被刷成了赤褐色。房间里的家具只有一张大写字桌,一把唐森专用的转椅,还有一把客人用的皮革扶手椅。凯蒂不无紧张地坐在扶手椅子上,查理坐到写字桌旁。她以前从未见他戴过眼镜,都不知道他还需要戴眼镜。查理注意到她在打量他,于是便把眼镜摘了下来。

“我只在看书的时候才戴。”他解释道。

她的眼泪止不住地往下流。她也不知道为什么,自己竟然哭了起来。她并不是故意假哭骗他,而是出于女人的本能,希望能博得他的同情。他茫然若失地看着她。

“出什么事了?唉,亲爱的,请你别哭。”

她掏出手绢,想尽力控制住情绪。他摁响了叫人的铃声,童仆来到门口时,他走了过去。

“如果有人找我,就说我出去了。”

“好的,先生。”

童仆把门关上。查理坐在椅子的扶手上,用手臂搂住凯蒂的肩膀。

“好了,亲爱的凯蒂,告诉我怎么回事。”

“瓦尔特想要离婚。”她说。

她感觉搂在肩头的手臂松了下来,他的身体变得僵硬。沉吟片刻后,唐森从扶手椅旁站起身,又一次坐到自己的椅子上。

“你究竟想要说什么?”他问。

他说话的声音嘶哑不清。她迅速朝他看了一眼,只见他的脸色隐隐发红。

“我刚刚和他谈过,我就是从家里直接过来找你的。他说,他想要的证据全都有了。”

“你没向他坦白真相,对吧?你什么都没跟他说吧?”

她的心猛地一沉。

“没有说。”她回答道。

“你能肯定吗?”他又问道,眼睛逼视着她。

“能肯定。”她又一次撒了谎。

他仰身靠在椅背上,望着对面墙壁上挂着的一幅中国地图,神情茫然。她心急火燎地注视着他。他听到消息后的神态让她困惑不安。她期待他能用双臂搂住自己,然后对她说,真是谢天谢地,从今以后,他们就能永远在一起了。可是,男人总让人摸不透。她轻轻哭了起来,这次不是为了博得同情,而是觉得哭一下似乎很自然。

“看来我们惹上该死的大麻烦了,”他终于开口说道,“不过,失去理智没有任何好处。要知道,哭哭啼啼也不管用。”

她察觉到他的声音里夹杂着恼怒,便抹了抹眼泪。

“这可不能怪我,查理,我也是身不由己。”

“你自然身不由己,这都是我们运气不好。要说过错,我也有责任。现在能做的,就是想想看,我们该如何摆脱麻烦。我想,你和我一样都不愿离婚。”

她倒吸了一口冷气,仔细朝他打量了一下。他压根儿就没替她着想。

“我想知道他掌握了哪些证据。我不明白,他如何才能证明我们当时都在卧室。回头看来,我们一直都非常小心,谨慎行事。我敢肯定,古董店老头是不会出卖我们的。就算瓦尔特看见我们去了古董店,那也没有理由说,我们就不能同赏古玩啊?”

他似乎在自言自语,而不像是对她说话。

“到法庭起诉易如反掌,但要拿出证据来,就十分困难了,任何律师都会这么说的。我们的底线就是死不认账。如果他拿起诉来威胁我们,我们就跟他说:‘见鬼去吧,’我们定会奉陪到底的。”

“我可不想去法庭,查理。”

“为什么呀？恐怕你不得不去了。上帝知道，我也不想去那儿斗嘴，可我们总不能束手就擒吧？”

“我们为什么非得应诉啊？”

“你也能问出这样的问题来？说到底，这档子事不仅牵涉到你，也牵涉到我。不过我想，你倒不必为此感到害怕，我能把你丈夫给摆平的。我会尽快找到最妥当的办法。”

这时，他仿佛突然想到了什么，带着迷人的微笑朝她看过来。他刚才说话时语气生硬，显得一本正经，眼下却变得低眉顺眼起来。

“我想，你肯定被折磨得心神不安，不知所措，可怜的小宝贝。这事儿的确糟透了。”他伸手拉住她的手。“我们俩惹上了大麻烦，但应该能摆脱掉。这可不是……”他停住话头。凯蒂怀疑他下面要说的是：这可不是他第一次摆脱麻烦了。“最重要的是要临危不乱。你也知道，我不会让你失望的。”

“我才不怕呢！不管他做什么，我都不在乎。”

他笑容可掬，可是回想起来，那笑容有点儿勉强。

“如果事情真闹到不可收拾的地步，我就直接去找总督大人。他肯定会把我训斥一顿，但他是个大好人，而且精通世故，他会出面把这档子事给处理好的。要是绯闻传了出去，他的脸上也毫无光彩啊。”

“总督大人能有什么办法呢？”凯蒂问。

“他可以对瓦尔特施压。总督会拿个人前途来引诱他，要不就用责任意识来规劝他。”

凯蒂感受到了一丝儿寒意。她觉得很难让查理明白事态的严重性，可他却满不在乎。凯蒂心中焦虑。她真后悔来办公室找他，这里的环境让她心虚胆怯。要是能搂住他的脖子，偎依在他的怀中，她就能身心放松、畅所欲言了。

“你不了解瓦尔特。”她说。

“我想，每个人都会开出他的价码来。”

她一心一意爱着查理，但他的回答却让她惶恐不安。这个聪明人竟然说出这么蠢的话来。

“我想你还不知道，瓦尔特已愤怒到了极点！你没看见他的脸色，还有他的眼神。”

有一会儿，他没有答话，而是微笑地看着她。她知道他在想什么：瓦尔特是细菌学家，地位不高，人微言轻，自然不敢鲁莽造次，自讨没趣，去惹恼殖民地的高级官员。

“自欺欺人是不管用的，”她认真地说道，“如果瓦尔特铁了心起诉，不管你说什么，或别人说什么，都不会对他产生任何影响。”

他的脸色又一次阴沉起来，神情越发凝重。

“他把我当作共同被告来起诉吗？”

“起初是这样。后来，我好说歹说，他才同意离婚。”

“哦，看来情况不是很糟。”他的神情又一次放松起来，她从他的眼睛里看到了如释重负的神色。“这对我来说反倒是最好结果。说实话，男人做事就应该这样，唯有如此，才最不失体面。”

“不过，他有一个条件。”

他用疑问的目光瞥了她一下，一副若有所思的样子。

“尽管我不是非常有钱，但我会尽力满足他的条件。”

凯蒂沉默不语。她从未想到，这些话会从查理的口里说出来。现在，她反而不知道如何开口了。她多么渴望他能伸出双臂，深情地搂住自己，她就可以把发烫的脸贴在他的胸膛上，一口气道出心里话。

“他说，只要你太太向他保证跟你离婚，他就同意跟我离婚。”

“还有别的条件吗？”

凯蒂一下子不知道说什么。

“唉，真是太难以启齿了，查理，他的条件很难办。他要你作出保证，离婚判决一周后，你就跟我结婚。”

二十五

有那么一会儿，他沉默无言。随后，他又拉住她的手，轻轻摩挲起来。

“你也知道，亲爱的，”他说，“无论发生什么，我们都不要把多萝西卷进来。”

她一头雾水地看着他。

“可是我不明白，我们怎么能做到呢？”

“不管怎么说，我们都不能只考虑我们自己。你也知道，在同等情况下，我最想娶的人就是你，可现在已经做不到了。我了解多萝西，想让她同意离婚，那是绝对做不到的。”

凯蒂顿感惊惶无措，头晕目眩。她又哭了起来，他只好站起身，走到她身旁坐下，用手搂住她的腰。

“别这样惴惴不安了，亲爱的，我们必须保持头脑清醒。”

“我原以为你很爱我……”

“我当然爱你，”他用柔和的语气说道，“对于这一点，你千万不要怀疑。”

“如果她不愿意跟你离婚，瓦尔特就把你当作共同被告来起诉。”

过了好一阵子后，他才开口回应，语气干巴巴的。

“当然，那样做会把我的前途给毁了，但恐怕对你也没有什么好处。如果事情真闹到不可收拾的地步，我就向多萝西坦白实情。她一定很受伤害，痛苦不堪，但终究会原谅我的。”他又想到了什么，继续说道，“我不知道向她坦白实情是不是上策，如果她去找你丈夫，肯定能说服他不要声张的。”

“这么说，你不希望她跟你离婚了？”

“我得替我的孩子着想，对吧？当然，我也不想让多萝西感到痛苦。我们在一起生活，很合拍。你也知道，她是一位贤妻良母。”

“那你何必跟我说，她对你来说什么都不是呢？”

“我可从未这么说过，我只说过我根本不爱她。我们很多年没睡在一起了，只有偶尔那么几次，比如说，圣诞节，她回国前，或是来到香港。她对那种事早就不感兴趣了，但我们一直都是很好的朋友。不妨告诉你，我太离不开她了，谁都不会想到的。”

“难道你不觉得，当初你若是不粘上我，岂不是更好吗？”

她感到奇怪的是，虽然她惶恐得透不过气来，但说话时仍然那么镇定自若。

“这些年来，你是我见过的最可爱的小美人。我无可救药地爱上了你，你不能因为这个来谴责我吧？”

“可是你说过，你永远都不会让我失望的。”

“哎呀，上帝，我当然不会让你失望，可是我们惹上了大麻烦。只要有一丝可能，我都会竭尽全力，设法摆脱麻烦的。”

“可是离婚这档子事，你就是不肯做。”

他站了起来，回到自己的椅子上。

“天哪，你必须理智一点，我们最好还是坦然面对现实吧。我可不想伤害你的感情，但必须对你实话实说。我非常喜欢我的工作，保不准哪一天，我就能当上总督了。能当上殖民地的总督，那可是一件开心的大好事啊。要是我们不把这档子事捂住,我就一点儿机会都没有了。也许,我不会因此丢掉工作,但是我的档案里会永远留下一个污点。如果我被迫辞职,那就只好下海经商,留在人头熟悉的中国了。然而,无论去留,多萝西都会跟着我。”

“想当初,你何必对我说,这个世上除了我,你什么都不想要呢?”

他的嘴角烦躁不安地耷拉下来。

“亲爱的,当一个男人爱上你的时候,他说过的话,你是很难一字一句当真的。”

“难道你是虚情假意?”

“真心实意。”

“如果瓦尔特起诉离婚,那我该怎么办呢?”

“如果找不到充足的理由,我们当然不需要应诉,应该不会闹得满城风雨。眼下,人们对这档子事很看得开。”

凯蒂第一次想到了母亲,浑身哆嗦起来。她再次朝唐森看去,满腔怨恨,浑身如芒刺在背。

“要是你遇到我这样的麻烦,你肯定能轻松摆脱掉。”她说。

“我们就不要互相刺激了,这样只会把事情闹得越来越僵。”他回应道。

她发出了一声绝望的叫声。她深深地爱着他,这时又产生了深深的怨恨,这真是太可怕了。他是不可能明白的,他对她是何等的重要啊!

“查理,难道你不知道我是多么爱你吗?”

“可是,亲爱的,我也爱你呀,但我们并不是生活在荒岛上。陷入这种无奈的困境中,我们应设法找到最好的脱困办法。你真得要理智一些。”

"我怎么能理智呢？对我来说，我们的爱情就是一切，你就是我的整个生命。可是我却痛苦地发现，我们的爱情对你来说只是一个插曲。"

"对我来说当然不是插曲。不过你也知道，我和多萝西难舍难分，而你却让我跟她离婚，再跟你结婚，这会毁了我的前途。你的要求也真是太过分了。"

"如果换作是我，我心甘情愿付出一切。"

"你和我的处境完全不同。"

"唯一的不同，那就是你压根儿不爱我。"

"一个男人深爱一个女人，未必一辈子都要跟她厮守在一起。"

她朝他迅速瞥了一眼，内心为绝望所笼罩，泪水汩汩地从脸上流了下来。

"你真是太冷漠无情了！你怎么能这样没心没肺呢？"她歇斯底里地哭了起来，他焦躁不安地朝门口瞥去。

"亲爱的，你尽量克制一下吧。"

"你根本不知道我多么爱你，"她一边啜泣，一边说道，"没有你，我就不想活了，你一点都不怜惜我吗？"

她再也说不下去，眼泪如决堤一般奔涌而出。

"我不是个薄情寡义之人，老天作证，我无意伤害你的感情，但是我必须实话实说啊。"

"你把我的生活全给毁了。你当初为什么要跟我好呢？我前世对你造过什么孽吗？"

"要是一味斥责我，能让你好受些，那你就尽情斥责吧。"

就在这一瞬间，凯蒂的怒火冲天而起。

"看来，当初是我主动对你投怀送抱，是我死乞白赖求着你，你才答应跟我好的。"

“我可没有这样说过。不过,如果你不发出明确的信号,我肯定不会找你暗通款曲。”

啊,真是奇耻大辱啊！她心里清楚,他说的都是大实话。眼下,他正铁板着一张脸,神色焦虑,双手忐忑不安地搓揉着。时不时,他还长吁短叹地朝她瞥上一眼。

“难道你丈夫不原谅你吗?”片刻后他问。

“我从不求他。”

他本能地攥起了拳头。她看见他双唇紧闭,极力克制,差一点儿就要大发雷霆。

“你为什么不去求他,请他宽恕呢?如果真像你所说的那样,他深深地爱着你,那他一定会原谅你的。”

“你对他太不了解了!”

二十六

她擦干眼泪,试图让自己镇定下来。

“查理,你要是丢下我不管,我会死的。”

现如今,被逼无奈之下,她只想唤起他的同情心了。从一开始,她就应该把心中的苦衷告诉他。一旦他知道,摆在面前的选择是多么可怕,就会激发他的宽容心、正义感和男子气概,他就会不顾一切,帮助她脱离危险。唉,她多么渴望他能伸出强有力的双臂,紧紧地拥抱自己啊!

“瓦尔特让我跟他去湄潭府。”

“啊,那儿正在闹霍乱,这可是五十年来最严重的一场瘟疫。那可不是女人家待的地方，你千万不要跟他去。”

“如果你辜负了我，我就不得不去了。”

“你是什么意思？我不明白。”

“那儿的传教士医生死了，瓦尔特要去接替他，他想让我跟他一起走。”

“什么时候走？”

“现在！马上！”

唐森朝后挪了挪椅子，然后用困惑不解的眼神看着她。

“也许我真的很笨，我还没搞懂你在说什么。如果他非让你跟他去，那么离婚又是怎么回事呢？”

“他让我作出选择，要么他起诉离婚，要么我跟他去湄潭府。”

“嗯，我明白了，”唐森的语气微微起了变化，“在我看来，这是一件十分光荣的事。”

“十分光荣？”

“嗯，他要到那儿去，是相当富有冒险精神的。这样的事，我连想都不敢想呢。当然，等他凯旋之际，就能获得圣乔治十字勋章①了。”

“可是我呢，查理？”她哭泣道，声音里带着极度的痛苦。

“如果他很想让你去，目前这种情况下，你怎么能贸然拒绝呢？”

“去那儿就是送死，必死无疑啊！”

“哎呀，可不要瞎说，你也太夸张了！如果他真是那么想的，就不可能带你去。其实，只要你们俩小心点，是不会有危险的。这儿也闹过霍乱，我都待在这儿，却没有受到过任何伤害。最好不要吃

① 英国颁给平民和军人的荣誉勋章。

没烧熟的东西，不要吃水果、色拉，生东西都不要吃，千万要喝开水。”他越说越有信心，开始滔滔不绝。他不再阴沉着脸，而是和颜悦色，甚至变得轻松活泼起来。“说到底，那是他的工作，对吧？他对小虫虫感兴趣。要是你换个角度想想，他去那儿也是做研究的好机会啊。”

“可是我怎么办呢，查理？”她重复说道，这次不再极度痛苦，而是惊慌失措了。

“唉，要理解一个男人，最好设身处地、将心比心地替他想想。从他的角度来看，你是个相当没规矩的宝贝心肝，可他在设法保护你不受伤害。我总在想，他压根儿就不想跟你离婚，在我看来，他绝对不是那种人。他觉得带你去那儿，已经够宽宏大度的了，而你却一味拒绝，只会让他火冒三丈。我可不想指责你，然而，鉴于我们目前的处境，我倒希望你再好好考虑一下。”

“我去了会没命的，你难道看不出来吗？他带我去那儿，就是因为他知道我会没命的，你难道不明白吗？”

“亲爱的，千万别说傻话，我们俩的处境十分尴尬，就没必要危言耸听了。”

“你是铁了心不理解我的处境！”啊，她的心口隐隐作痛。她感到十分恐惧，差一点儿发出尖叫。“你就这样眼睁睁看着我去送死吗？如果你不爱我，也不可怜我，那最起码有点儿人之常情吧。”

“我想，你那样说我，真是太难为我了。在我看来，你丈夫的行为真是宽宏大度之举。要是你愿意接受，他肯定会原谅你。他只是想带着你离开，带你去某个地方，待上几个月，你就不会受到伤害了，而这样的机会正好出现了。我不会把湄潭府胡说成什么疗养胜地，我从来都不知道，哪个中国城市可以做疗养胜地，但是你也没有必要惶恐不安，惊慌失措更要不得了。我相信，瘟疫流行时，死于恐惧的人跟死于传染的人一样多。”

“可是我打心底里感到害怕啊。瓦尔特刚一提这事儿，我差不多吓晕了。”

“我完全相信。这事儿乍一听来，确实令人震惊，但是你回头冷静地想一想，一切都会没事的。这样的人生经历，不是每个人都能碰到的。”

“我原以为，我原以为……”

她感到痛不欲生，身子摇摇欲坠。他没有说话，脸色阴沉，愁云惨淡，这样的神态她以前从未见过。她这时不再哭了，而是擦干眼泪，镇定了下来，尽管说话时声音低沉，但却相当稳健。

“你真希望我去吗？”

“别无选择，是不是？”

“你说呢？”

“我只能实话实说，倘若你丈夫起诉离婚，即使最后胜诉了，我也不会跟你结婚的。”

他觉得，似乎过了很久，她才开口说话。她慢慢站了起来。

“我想，我丈夫根本无意把这事儿闹到法院。”

“上帝啊，我刚才被你吓得魂不附体。你怎么能这样呢？”他大声说道。

她冷冷地望着他。

“他心里清楚，我肯定会失望而归的！”

她沉默不语，隐隐约约悟出了什么，就好像人们在阅读外语书时，起初什么都看不懂，后来看到某个单词或某个句子，深受启发，突然间，混沌不清的大脑恍然大悟，疑虑顿消。她隐隐约约悟出了瓦尔特的良苦用心，那情形恍如一道闪电划过黑暗，照亮了阴霾密布的大地，片刻后，大地又笼罩在浓浓的夜色中。她对自己的顿悟感到不寒而栗。

“他之所以发出威胁,那是因为他知道,你会现出原形的,查理。说来真是奇怪,他对你的人品看得太准了。他想让我看清残酷的真相,希望我能幡然醒悟,这倒的确是他的做事风格。”

查理低头看着桌子上的吸墨纸,眉头微皱,脸色阴沉,但没有说话。

“他知道你爱慕虚荣,既懦弱又自私,他希望我能亲眼看到真相。他知道,你就像只胆小的兔子,一旦危险降临,就会撒腿逃走。他知道,我认为你很爱我,是多么自欺欺人!他知道,你这个人除了爱自己,不可能真爱别人。他知道,你这个人为了自保,会全然不顾我的死活。”

“如果你对我恶言恶语,心中十分畅快,我想我没有权利怨天尤人。女人说话向来有失公正,总喜欢把责任推卸给男人。可是话说回来,就算男人有什么过错,女人也不是无可指摘的吧?”

她对他的插话未加理睬。

“现在,我终于知道瓦尔特的心思了。我终于知道,你这个人冷漠无情,没心没肺;我终于知道,你这个人自私自利,是很难用语言来形容的;我终于知道,你胆小懦弱,就像只兔子;我终于知道,你谎话连篇,欺诈成性;我终于知道,你极其令人鄙视。最可悲的——”她的脸因为痛苦突然扭曲变形,“最可悲的莫过于我还一心一意爱着你。”

“凯蒂。”

她发出一声痛苦的大笑。他叫她名字时,语气温柔,声音醇厚,显得那么自然亲切,但听上去已无关痛痒了。

“你这个骗子!”她怒骂道。

他本能地朝后一闪,面红耳赤,恼羞成怒。他看不懂眼前这个女人了。她朝他看了一眼,目光中夹杂着一丝嘲弄。

“你开始讨厌我了,是不是? 嗯,那就讨厌我吧。现在,要我说,讨厌不讨厌,都无所谓了。”她边说边戴上了手套。

“你要干什么?”他问。

“别担心,我不会伤害你。你会安然无恙的。”

“看在上帝的分上,别这么说,凯蒂。”他回应道,醇厚的声音里透出焦虑,“你必须知道,你的事情就是我的事情。有什么事瞒着我,我会焦虑不安的。你打算怎么对你丈夫说呢?”

“我打算告诉他,我准备跟他去湄潭府。”

“也许你真同意去了,他反倒不再坚持了。”

他不知道,她为什么用异样的目光看着他。

“你真的不害怕了吗?”他问。

“是的,”她说,“你的鼓励让我充满勇气。有机会去霍乱疫区生活,这个经历真是太独特了! 倘若我染病死了,那也死不足惜。”

“我是真心实意对你好。”

她朝他看了看,眼泪又一次夺眶而出,心口仿佛堵上了一块石头。她的内心仍然冲动不已,很想一头扎进他的怀中,深情地亲吻他。可眼下已于事无补了。

“不妨告诉你吧,”她说话时尽力稳住声音,“我是带着恐惧走的,我是抱着必死之心走的。我不知道,瓦尔特黑漆漆、弯弯绕的心里究竟是怎么想的,但我早被吓得魂不附体了。也许,我染病死了,反倒是真正的解脱呢!”

她觉得,此时此刻再也无法遏制内心的情感,于是迅速朝门口走去。唐森还没有来得及起身相送,她就走出了办公室。唐森长长地舒了一口气,很想喝上一杯白兰地加苏打水。

二十七

她回到家时，瓦尔特还没有走。她本想直接回房间，但他就在楼下客厅里，正向一个童仆吩咐着什么。她心里十分难受，准备忍受任何羞辱，也必须忍受羞辱。她停下脚步，面对着瓦尔特。

“我打算跟你去湄潭府。”她说。

“呃，好的。”

“你希望我什么时候准备好？”

“明天晚上。”

他语调冷漠，她的心犹如被长矛刺中。她在一瞬间陡然升起一股勇气，说出来的话，连她自己也吓了一跳。

“看来我只需带上几件夏天衣服，外加一块裹尸布，对吧？”

她注视着他的脸色，心里清楚他对自己尖刻的言语感到气恼。

“我对女佣吩咐过，你的东西都准备好了。”

她点了点头，上楼回到卧室，脸色苍白。

二十八

他们终于离目的地越来越近。他们坐着轿子，日复一日，沿着狭窄的土路缓缓而行，道路两旁是一望无际的稻田。他们在黎明动身，整个白天都在赶路。天气炎热时，他们就在路边客栈歇脚避暑，随后又继续前行，傍晚时抵达一座小镇。根据行程安排，他们将在小镇过夜。凯蒂坐着轿子排头而行，瓦尔特的轿子紧随其后，跟在他们身后的是松松散散的苦力们。苦力们挑着他们的被褥、物品和医疗器具。在漫长的旅程中，大家默默无语，偶尔只听见某个苦力说着什么，或是粗犷地唱上一曲。这一路上，凯蒂对乡村景色视而不见，却反反复复回忆着查理办公室那心痛欲碎的一幕，内心备受折磨。他们当时的对话了然无趣，最后不欢而散，现在回想起来，她感到十分沮丧。她的肺腑之言都没有说出来，温柔缠绵的语气也没用上。如果查理能明白她的一片痴情，明白她茫然无助的困境，绝不至于那么冷漠无情，听任她走向悲惨的命运。当时，她活像是当头挨了一棒。他竟然说，他根本不在乎她，那神态真是溢于言表。她简直不敢相信自己的耳朵。她被气得头昏脑涨，都没来得及哭上一场。后来，她终于忍不住哭了，伤心欲绝地哭了。

晚上，她与丈夫住进客栈里的上等客房。瓦尔特躺在行军床上，虽说隔了几英尺远，但她知道，他压根儿就没有睡。她咬紧牙关，埋在枕头中，竭力不发出一点儿声音。可是到了白天，在坐轿布帘的遮挡下，她放任自己痛哭起来。她浑身感到剧烈疼痛，很想声嘶力竭地尖叫。她从来都不知道，人的痛苦竟会如此巨大。她不禁扪心自问，自己究竟造过什么孽，才会遭受如此痛苦？她搞不懂，查理为什么不爱他？她想，这只能是她的过错，可她总在全力讨他的欢心啊。他们相处时，十分融洽，时常开怀大笑。他们是情投意合的情人，也是不可多得的良朋益友。唉，她真是闹不明白。她早已心碎肠断了。她心想，虽说她很怨恨他，很鄙视他，但从此以后再也见不到他，她都不知道该怎么活了。如果瓦尔特带她去湄潭府，目的是要惩罚她，那么他真的失算了！她对将来心如死灰，觉得活着没有任何意义。可是刚满二十七岁，就要了结生命，

实在难以下手啊！

二十九

他们在西江乘上了蒸汽船。瓦尔特一路上都在看书，吃饭时，才与她勉强交谈几句。他对她说了一些无关紧要的事，仿佛她只是旅途中邂逅相逢的陌生人。凯蒂心想，他只是出于礼貌而已，可越是这样，那就越发表明，他们之间存在着巨大的鸿沟。

当时，她灵机一动，告诉查理：瓦尔特让她来找他，给出了两个选择，要么查理跟老婆离婚，要么她跟他去瘟疫之地。瓦尔特就是想让她亲眼看看，他这个人是多么冷漠薄情，胆小懦弱，自私自利！查理的确是这种人。瓦尔特跟她玩这手把戏，倒与他冷嘲热讽的禀性十分吻合。他早就料到了事情的结果，她还没有到家，他就吩咐女佣把行李准备好了。从他的眼神里，她捕捉到了某种蔑视——对她以及她的情人的蔑视。也许，瓦尔特心里想着，如果他是唐森的话，他一定会克服困难，牺牲一切，来满足她哪怕是微不足道的要求。她知道瓦尔特的确能做到。可是话说回来，她已睁开双眼，看清了查理的本质，可他为什么还要带她去危险之地呢？他心里一定清楚，这么做只会把她吓得魂不附体。她原以为，他只是随口一说，跟她闹着玩而已。直到他们真的出发了，不，直到后来，他们离开西江上岸，换乘轿子穿越乡下时，她还期待着他能微微一笑，跟她说：你不需要去了。她一点儿也搞不懂，他心里究竟是怎么想的？他不会真想让她去送死吧？他曾经那么痴情地爱着她。眼下，她懂得什么是真爱了。她想起了瓦尔特无数次向她示爱的举动，借用一句法国谚语来说:无论天候好坏,他都痴情不改!如果说,他已经不爱她了,那是绝对不可能的。难道受过无情的伤害,你就不再爱了吗?她让瓦尔特深受伤害,但远不如查理对她的伤害大。现在,她看清了查理的本性,但只要他发出爱的召唤,她仍将抛弃一切,义无反顾地投入他的怀中。尽管查理辜负了她,对她坐视不管,对她无情无义,漠不关心,但她仍然爱他!

起初,她觉得,只需静待时机,瓦尔特迟早会原谅她的。她认为,她对瓦尔特仍有影响力,不相信瓦尔特对她的爱已经结束。苍茫海水是浇不灭真爱之火的!只要他还爱着自己,他的心就会慢慢变软。此前,她觉得瓦尔特肯定还爱着自己,可是现在却拿不准了。在客栈过夜时,瓦尔特坐在黑色的直背椅上看书,防风灯的光照在脸上。凯蒂躺在临时搭成的地铺上,人在阴影中,正好能对瓦尔特仔细端详。瓦尔特五官端正,轮廓分明,但神色更显严峻。她觉得,这张脸总是铁板着,若要露出甜美的微笑来,那几乎是不可能的。他神闲气定地看着书,仿佛身旁的凯蒂不是近在咫尺,而是远在千里之外。他缓缓翻动书页,目光一行又一行有规律地移动着,脑子里根本没有她。餐桌摆好后,晚饭端了进来,瓦尔特把书放下,只朝她瞥了一眼(他不知道,灯光将他的面部表情照得清清楚楚)。从他的眼睛里,她看到了厌恶的神色,她感到惊讶。是的,她感到惊讶!他对她的爱是不是已经消失了?他是不是真想让她去送死呢?这真是太荒唐了。若果真如此,那他简直就是个疯子。说来奇怪,一想到瓦尔特也许疯了,她浑身打了个冷颤。

三十

轿夫们此前一直默默无言,这时却突然嚷嚷起来。有一个挑夫转过身,说了几句话,她自然听不懂。他伸手指了指,让她向远处看,她顺势看过去,只见对面小山上矗立着一道拱门。他们离开西江上岸后,已经从很多这样的拱门旁经过。她知道这是一座中国牌坊,用来褒奖科举高中人员与贞洁烈女。这座拱门巍然耸立,在落日余晖的映照下,看上去格外奇丽壮观,与此前见到的各类牌坊全然不同。然而,她心中感到惴惴不安,却不知道为什么,总觉得这座牌坊的含义很难用语言来描述。它究竟意味着某种威胁,还是嘲讽,她说不清楚。她的轿子正在经过一片竹林,一根根旁逸斜出的竹子不可思议地伸向了土堤,仿佛要把她留住似的。尽管夏日的傍晚没有一丝儿风,但青绿色的窄小竹叶依然微微颤动着,让她觉得竹林里有人在窥视着她。这时,他们来到山脚下,那儿已经没有稻田。轿夫们大步流星,踏上了山路。山坡上布满了绿草丛生的小土堆,密密麻麻的,恍如退潮后留下的一座座小沙丘。她知道这些小土堆是干什么用的。每次经过人口密集的城镇,她都能见到这样的小土堆——它们是墓地,是坟场。这会儿,她突然明白,刚才轿夫们为何要让她看小山上的牌坊:他们终于到达了旅途的终点!

他们到了牌坊下,轿夫们稍事停顿,将轿杠从一个肩膀换到另一个肩膀,一个轿夫用一块肮脏的破布擦了擦脸上的汗水。山路开始蜿蜒向下,道路两旁都是破败不堪的房屋。夜幕开始降临。突然,轿夫们发出一阵喧哗声,猛地一闪,将轿子紧贴到墙根处,她的身子在轿子里冷不丁地打了个趔趄。片刻后,她才知道轿夫们为何大惊失色。他们站在那儿不动,却叽叽喳喳说个不停。四个农民默默无言,抬着一口簇新的棺材,从他们身旁走了过去。这口棺材尚未上漆,新鲜的板材在暮色渐浓的傍晚发出亮晃晃的白光。凯蒂觉得一颗恐怖之心怦怦乱跳,撞到肋骨上。棺材抬过去了,但轿夫们仍然呆立在原地,犹如丧魂失魄一般,再也挪不动脚步,直到后面传来一声吆喝,他们才缓过神来,抬腿向前。这时,却没有人说话了。

他们又走了几分钟,拐过一道弯,进了一道敞开的大门。轿子被放了下来,目的地终于到了!

三十一

这是一座平房。她走进客厅,坐了下来。苦力们挑着行李物件也陆陆续续到了。瓦尔特站在院子里,吩咐他们把东西逐个摆放好。她感到筋疲力尽,这时却十分惊讶地听到一个陌生的声音在问:

“我可以进来吗?”

她感到窘迫不已,脸色又红又白。她早已身心疲惫,这时却要接待一位陌生人,因此不免感到紧张不安。狭长低矮的房间里,只有一盏罩子灯。昏暗中走来一个人,向她伸出手。

“我叫维丁顿,是这儿的副海关长。”

“哦,海关署的,我知道。我听说过你在这儿工作。”

就着昏暗的灯光,她只能大致看出这个男人又矮又瘦,个头跟她差不多高,头顶秃发,长着一张光净的孩子脸。

“我就住在山脚下，你们从这个方向过来，所以看不见我住的房子。我想你们肯定累坏了，就不用到我那儿用餐了。我在这儿给你们备了晚饭，我也不请自来了。”

“很高兴你能这么做。”

“厨师的手艺可不赖啊。我把沃森的童仆安排给你们差遣。”

“沃森就是那位传教士吧？”

“是的，他是一位大好人。如果你愿意，我明天带你去看看他的墓地。”

“那真是太感谢你了。”凯蒂微笑着说道。

瓦尔特走了进来。维丁顿进屋前，已经跟他认识了。他对瓦尔特说：

“我刚才跟你太太说了，我要和你们一起吃晚饭。沃森去世后，我连说话的人都没有了，只能去找那些法国修女，可是我蹩脚的法语总是词不达意。还有，跟这些修女们聊天，话题相当有限。”

“我让童仆拿一些酒水过来。”瓦尔特说。

用人送来了威士忌和苏打水。凯蒂注意到了，维丁顿随手拿起酒水豪饮。这个人进屋后，说话大大咧咧，动辄咯咯一笑，凯蒂觉得他已有三分醉意。

“这儿的人真幸运，”他边说边转向瓦尔特，“你来了，正好可以大显一番身手。这儿的人像苍蝇一样死去，当官的急得发疯。掌管部队的虞上校为了防止坏人趁乱抢劫，忙得晕头转向。如果真要发生什么骚乱，我们这些人恐怕都会没命的。我曾劝说那些修女们离开，但她们就是不肯走。修女们都想当烈士呢，真是活见鬼了。”

他说话的口气很不以为然，还不时嘿嘿一乐，让人忍俊不禁。

“那你为什么不走呢？”瓦尔特问。

“唉，我手下的职员都死了一半，剩下的人也快不行了，随时都有可能丧命。总得有人留下来，去打点打点善后事宜吧。”

“你打过霍乱疫苗吗？”

“打过，沃森帮我打的。可是，他自己也打了，疫苗对他根本不管用，可怜的家伙。”他转向凯蒂，那张滑稽的笑脸乐呵呵地泛起了皱纹。“我想，如果你们采取必要的预防措施，不会有多大危险。牛奶和水煮开了再喝，不要吃新摘的水果，不要生吃蔬菜。你们有没有带留声机的唱片过来？”

“没有，我们没带。”凯蒂说。

“很遗憾，真希望你们带了。很长时间没有听了，我的那些老唱片都听腻了。”

童仆走了进来，问他们是否需要用餐。

“你们就不用更衣换装了，”维丁顿说，“我的童仆上个星期死了，现在这个童仆笨手笨脚的。今天晚上，我也没有换上正装。”

“我去把帽子摘掉。”凯蒂说。

她的卧室就在客厅的隔壁，卧室内几乎没有什么家具。一个女佣跪在地板上，身旁放着一盏灯，正在整理凯蒂的衣物用品。

三十二

餐厅很小，一张大餐桌就占去一多半的空间。四周的墙壁上挂满了雕版画，上面都是《圣经》故事场景，还有相关的文字说明。

“传教士们总喜欢在大餐桌上用餐，”维丁顿解释道，“每隔一年多，他们就生下一个孩子，所以他们结婚时，就把餐桌买好，小家伙们一出生，就有足够的空间了。”

天花板上吊着一盏石蜡灯。就着灯光,凯蒂更加清晰地看清了维丁顿的相貌。他头顶光秃,看上去岁数很大,可是现在她却发现,他的年纪还不到四十。他的额头又大又圆,额头下是一张小脸,脸上没有皱纹,脸色红润。这张脸生得丑陋,很像猴脸。不过,这张丑脸也并非一无是处,看上去能让人忍俊不禁。他的脸,包括鼻子和嘴,比孩子的脸大不了多少。他长着一双炯炯发光的小眼睛,眉毛清秀疏朗。从容貌上看,他活像个有趣的大男孩。他不停地自斟自饮,晚餐尚未结束,就能清楚地看出他的醉意越发浓重了。不过,就算他喝得酩酊大醉,他也不会招人厌烦。他那得意洋洋的神态,犹如森林之神萨梯从熟睡的牧羊人那儿偷到了酒囊。

他们的话题转到香港。他说他在香港有很多朋友,很想了解他们的近况。一年前,他去香港看过赛马会,他对比赛用马与骑手侃侃而谈。

"顺便问问,唐森怎么样了?"他突然问道,"他就要升任辅政司了吧?"

凯蒂感到满脸绯红,但瓦尔特并没有看她。

"我想应该没有问题。"瓦尔特回答道。

"他的仕途可是越走越宽了。"

"你了解他吗?"瓦尔特问。

"是的,我对他非常了解。有一次出国,我有幸与他乘船同行。"

这时,河对岸传来铿锵的敲锣声和噼里啪啦的鞭炮声。对面的那座城市近在咫尺,那儿的人正深陷恐慌之中。残酷无情的死神突然降临,从蜿蜒曲折的街道上肆虐而过。不过,维丁顿的话题却转到了伦敦。他大谈特谈伦敦的剧院,对此时此刻正在演什么戏了如指掌,对上次回国度假时看过的戏码如数家珍。他在回忆幽默风趣的滑稽戏时，开怀大笑；说到音乐喜剧主角的美貌时，啧啧称赞。他还神采飞扬地炫耀说，他的一位表弟娶到了伦敦最著名的女星之一。他与这位女星共进过午餐，女星还送他一张签名照呢。下次请他们去海关吃饭时，要让他们一睹玉照的风采。

瓦尔特用冷淡、嘲讽的目光注视着他的客人。显然，他对维丁顿所谈的话题毫无兴趣，但却尽力装出津津有味、兴趣盎然的样子来。凯蒂对这些话题倒是耳熟能详，可瓦尔特却一无所知。他的嘴角掠过一丝微笑，但凯蒂却心生恐惧，但不知道为什么。置身这幢已故传教士的宅子里，面对这座瘟疫肆虐的城市，他们似乎完全与世隔绝了，仿佛成了三个离群索居的孤独者，三个素昧平生的陌路人。

晚餐结束后，她从餐桌旁站了起来。

“我要和你们说晚安，你们不介意吧？我想去休息了。”

“我也就此告辞。我想医生也要休息了，”维丁顿回答道，“我们明天必须早点出发。”

他和凯蒂握手告别，虽说脚步十分稳当，但眼睛却更加亮堂，那醉意似乎又增加了几分。

“我明天先来找你，”他对瓦尔特说，“然后带你去见地方官和虞上校，最后再去修道院。说真的，你可以大显一番身手了。”

三十三

整个晚上，她怪梦不断，备受煎熬。轿夫们大步流星，晃晃悠悠地抬着轿子，而她坐在颠簸的轿子里，整个身体一路摇摆不停。她梦见自己走进这座人口稠密、模糊不清的城市。密集的人群簇拥在她的周围,正用好奇的目光打量着她。狭窄的街道蜿蜒曲折,开门营业的店铺摆满了稀奇古怪的物品。她一路走去,满街的车马都停了下来,讨价还价的人们也停止了买卖。随后,她来到了牌坊那儿,雄伟壮观的剪影突然间奇迹般地复活起来。它的轮廓千变万化,犹如印度教的神袛正在挥舞着手臂。她从牌坊下穿过时,却听到嗡嗡作响的嘲笑声。就在这时,查理·唐森朝她走来,用双手抱住她,将她从轿子上举了起来。他说,这完全是一场误会,他从来都没打算这样对她,因为他很爱他,不能没有她。她能感觉到他在不停地吻她。她激动得泪流满面,质问他为什么那么残酷无情。不过,尽管她发出了质问,但是她知道这已经无关紧要了。这时,有人突然发出一阵声嘶力竭的吆喝,他们俩分立两旁,几个身穿褴褛蓝衣的苦力们急匆匆地走了过去,毫无声息。他们正抬着一口棺材。

她在一阵惊吓中醒来。

平房矗立在半山坡上。凭窗眺望,她能看见山脚下那条狭窄的小河,还有河对面的城市。天色刚刚破晓,河面上升起一层白色的雾霭。帆船鳞次栉比,停泊在雾霭笼罩的河湾中,犹如豆荚中的一粒粒豌豆。帆船有数百艘之多,悄无声息,在幽灵般光影的衬托下,显得神秘莫测。你在恍惚间觉得,船员们俨然被施了魔法。他们似乎并不是进入梦乡,而是中了某种怪异可怕的符咒,由此变得哑然失言,寂静无声。

清晨缓步走来。在太阳的映照下,雾霭发出了耀眼的白光,犹如白雪幽灵,又仿佛是即将消逝的星星。河面上薄雾轻笼,你能朦胧地看清一排排密密麻麻的船只,以及森林般密集的桅杆。薄雾形成一道亮晃晃的白墙,眼睛却无法穿透。突然间,从那道白色雾墙的后面,现出一座高大、阴森的城堡。这座城堡之所以能被看见,与其说是普照万物的太阳的缘故,不如说是在魔杖的轻触下,从虚空中浮现出来的。这座城堡犹如野蛮民族的要塞,俯瞰着脚下的小河。这时,大变城堡的魔术师迅如疾雷,又在城堡的顶端变出了一段彩壁。就在一刹那间,在迷雾蒙蒙中,一丛丛黄绿相间的屋顶映入眼帘,如同海市蜃楼般时隐时现,沐浴在点点的金色阳光下。这些屋顶连成广袤的一片,你无法辨认出它们的形状。瓦楞排列的规律,如果有规律的话,你是根本找不到的。它们参差不齐,凌乱交错,但是却富丽堂皇,韵味十足。这不是堡垒要塞,也不是庙宇殿堂,而是众神居住、人类禁入的魔幻皇宫。这座城堡神奇壮观,神采飘逸,亦真亦幻,似乎并非出自人类之手。好一幅蜃景奇观!

激动的泪水从凯蒂的脸上汩汩流下。她凝神注视着这眼前的奇景,双手紧紧攥在胸前,嘴巴微微张开,几乎屏住了呼吸。她的心情从来没有如此轻松过。她觉得,她的肉身只是一具躯壳,支撑在双脚上,而灵魂却得到了净化,变得无比纯洁。眼前的景象就是美的化身!她如醉如痴地欣赏着,犹如虔诚的教徒口含着上帝化身的圣餐一般。

三十四

瓦尔特一大早就出门,午饭时只回来半个小时,直到晚餐摆好后才回家。一整天,凯蒂感到孤独寂寞。天气十分炎热。大部分时间里,她躺在窗边的长椅上,想以看书来打发时光。中午时分,在强光的照耀下,神秘奇幻的魔幻皇宫已经消逝,呈现在她眼前的不过是城墙上的一座庙宇而已,花哨晃眼,破旧不堪。不过,这座庙宇曾让她心醉神迷,所以它已不再是一座普普通通的庙宇了。清晨或傍晚,还有夜晚,她能经常重温它的神奇与壮美。那座巨大的城堡也只是城墙而已。她呆呆地望着高大灰暗的城墙,想着垛口后面的城市里,恐怖的瘟疫正在肆虐着。

她心中隐约知道,可怕的事情正在城中不断发生。这些并不是从瓦尔特那儿得来的。她向瓦尔特打听时(如果不问他,他几乎很少跟她说话),他的回答总是冷冰冰的,还夹杂着嘲讽,总让她的脊梁骨一阵阵战栗。她从维丁顿和女佣的口中听到,城中每天都有一百多人染病死去。一旦有人染上瘟疫,就几乎没有生还的可能。人们从废弃的庙宇中将诸神的偶像搬了出来,摆放在大街上。神像前摆满了供品和祭品,但这些大神们没能阻止瘟疫的爆发。死亡人数急剧增加,尸体都来不及下葬掩埋。有的人全家老少都染病而亡,顿成绝户,却没有亲人替他们主持后事。掌管部队的军官是一位铁腕人物。如果说,这个城市还没有发生聚众骚乱和烧杀抢掠,那要归功于他的意志和决心。他下令让士兵掩埋无人认领的尸体,还亲手枪毙一名拒不执行命令的军官。

凯蒂内心十分恐惧,心头犹如压着重石,身体时常颤栗不止。人们总是轻描淡写地说,只要采取合理的预防措施,风险就微不足道,可是她早被吓得魂飞魄散。她的脑海中反复酝酿着疯狂的逃跑计划。逃走,只要能逃走,她随时都可以动身。只要能逃到某个安全的地方,她可以孤身而去,除了随身物品,什么都不带。她很想把事情的经过告诉维丁顿,博得他的同情,请他出手帮忙,好让她逃回香港。当然,她也可以向瓦尔特屈膝求饶,对他倾诉内心的恐惧。尽管瓦尔特仍然恨她,但他一定还有人之常情,因此也会同情她的。

然而,逃走绝无可能。如果真的逃走了,她又能逃到哪儿去呢?她不可能回娘家了。母亲让她看清了一个事实:女儿一旦嫁出去,就像是泼出去的水，别指望着能收回去。此外，她也不愿回到母亲身边。她很想去找查理，但查理已经不要她了。倘若她突然站在查理面前，她心里清楚他会说什么，他的嘴巴里说不出什么好话来。他的脸上会露出阴沉沉的表情，那双迷人的眼睛背后隐藏着狡猾和诡计。她攥紧了双拳，真想狠狠地羞辱他一顿，就像他当时羞辱自己一样。有时候，她的心中滋生了疯狂的念头，真希望瓦尔特能闹到法院离婚，把她给毁了，同时把查理也给毁了。查理说了那么多浑话，眼下回想起来，她都觉得满脸臊红，羞愧不止。

三十五

凯蒂第一次与维丁顿聊天时，主动把话题引到查理身上。他们刚到的那天晚上，维丁顿提到过查理。她谎称查理与她丈夫只是点头之交。

“我对他一点儿也不喜欢，”维丁顿说，“我觉得这个人很没劲。”

“看来你交朋友挺挑剔的，”凯蒂回应道，很快恢复了往日轻松幽默的说话风格，“他可是全香港最受欢迎的人呢。”

“这个我知道，他很擅长广泛结交，非常熟谙为人之道。他还有一个本领，就是无论见到谁，都给人一见如故、相见恨晚的感觉。只要不给他带来麻烦，他也能出手帮帮别人，要是他帮不上忙，他也让你觉得，他已尽了最大的努力。”

“这样的本领无疑充满魅力。”

“魅力？这样的魅力有点儿让人讨厌。如果一个人没有多大魅力，但为人诚实，跟他交往起来，心里会更放松。我和查理·唐森算是老相识了，有一两次，我把他的伪善面具给戳穿了——要知道，我这人无足轻重，只是海关里的低级官员——在我看来，除了自己，他对谁都漠不关心。”

凯蒂慵懒地坐在椅子上，面带微笑看着他，不时转动着手指上的婚戒。

“他当然会继续高升，他对为官之道谙熟于心。有生之年，我肯定要称他为‘阁下’的。他走进会场时，我还得起立致敬呢。”

“在多数人眼里，他理应步步高升。他的工作能力很强，这是大家公认的！”

“很强？这都是胡说！他就是个蠢货。他看上去精明干练，工作上卓有成效，但那些都是装出来的，实际并非如此。他就像欧亚混血职员，做事全靠拼死力。”

“为什么大家都夸他聪明呢？”

“因为这个世上蠢人太多。如果有人占据高位，又平易近人，还时不时拍拍别人的肩膀，对他们说，会尽力帮他们，人们自然觉得他很聪明。当然，这还要归功于他的太太。说起来，他的太太倒是很能干。她头脑清醒，思路敏捷，常给丈夫出谋划策。查理·唐森有她这个贤内助，自然高枕无忧，绝不会做出蠢事来。对政府公职人员来说，要想仕途畅达，这是必不可少的。官场上不需要聪明人，聪明人主意多，很容易招惹是非。官场上需要有魅力、懂世故的人，需要四平八稳的人。当然，查理·唐森肯定能登上仕途的顶峰。”

“我很好奇，你为什么讨厌他？”

“我并没有讨厌他。”

“你倒是对他太太颇为青睐。”凯蒂微笑道。

“我是个老派的矮男人，喜欢有教养的女人。”

"我倒希望她真的有教养,衣着再得体点。"

"她的衣着不得体吗?我从未留意过。"

"据说,他们夫妻琴瑟和谐,恩爱有加。"凯蒂一边说着,一边透过睫毛望着他。

"查理对她太太情深意笃,这一点确实令人称道。要我说,这是他身上最大的优点了。"

"中肯的赞美。"

"他喜欢跟别的女人打情骂俏,那都是逢场作戏。他这个人精明过人,对风流韵事有所节制,不想惹上不必要的麻烦。其实,他并非多情之人,只不过爱慕虚荣罢了,很喜欢被人崇拜。他的身体早已发福,如今刚过四十,就贪图享受了。当年他刚到殖民地时,长得英俊潇洒,仪表堂堂,我听他太太常拿他的风流事打趣逗闷子。"

"他跟别的女人有染,他太太就不在乎吗?"

"不在乎,她知道这种事不长久。她说,她真想跟查理的小情人们交交朋友,可惜她们都是平庸之辈。她还说,那些与她丈夫有一腿的女人,都是些稀奇古怪的二流货色,连她都觉得脸上无光。"

三十六

维丁顿离开后,凯蒂对他的无心之言反复咀嚼。这些话听在耳中,自然十分难受。虽说她内心悸动不止,但又不得不强力掩饰。他说的话全都是实情,细细咂摸,心中不免隐隐作痛。她知道查理很蠢,爱虚荣,对别人的奉承趋之若鹜。她还清楚记得,他曾踌躇满志,对她侃侃而谈,无非是想说他是个聪明人。他总喜欢搞一些小把戏,还要津津乐道。她如此痴情地爱着这种人,仅仅因为……仅仅因为他有迷人的眼睛与优美的身材。唉,她真是太轻贱了!她很想鄙视他,如果仅仅只是恨他,那就说明她还爱他。这个薄情寡义之徒,她早该擦亮眼睛!倒是瓦尔特一向对他鄙夷不屑。唉,要是能彻底忘掉他,那该多好啊!她对查理意乱情迷,竟然被他老婆当作茶余饭后的笑料。多萝西本想跟她交个朋友,但又觉得她是个二流货色。要是母亲知道了这事,一定怒不可遏!念及至此,凯蒂苦涩地一笑。

然而,到了晚上,她又梦见查理。他用双臂紧紧搂住她,吻她的嘴唇,激情似火。虽说他年过四十,身体发福,可那又有什么关系呢?想到这儿,她嫣然一笑,柔情似水。她的心中真是割舍不断啊!他的幼稚劲与虚荣心,反倒让她更加爱他,怜惜他,体恤他。凯蒂从梦中醒来后,不禁潸然泪下。

她在梦中的哭泣竟是如此悲伤!她不知道为什么。

三十七

凯蒂每天都能见到维丁顿。下班后,维丁顿都会来到平房,拜访费恩夫妇。一个星期后,他们俩早已十分熟识,犹如故人。放在平时,这样的熟悉程度恐怕得用一年时间。曾有一次,凯蒂跟他说,若是没有他,她真不知道该怎么办呢。他哈哈大笑,回答道:

"你瞧,这个地方,只有你我二人是在坚实的地面上行走,悄无声息,和平安宁。修女们是在天堂里行走,而你的丈夫是在——黑暗中行走。"

凯蒂哈哈一笑，显得漫不经心，但不明白维丁顿想说什么。维丁顿正用欢快的蓝色小眼睛审视着她。他态度和蔼，却全神贯注，令她心中惶恐不安。她早就发现，维丁顿是个鬼精明的家伙。她已察觉到，维丁顿对她和瓦尔特的关系心生好奇，困惑不解。凯蒂趁势故布疑阵，乐在其中。她对维丁顿甚有好感，知道他对自己也无恶意。虽说他并不睿智，也不机敏，但他能对事物做出精辟透彻、引人入胜的分析。他的光秃秃的脑袋下，长着一张滑稽的孩子脸。他纵声大笑时，满脸皱纹，开口说话时，常引人发噱。他在帝国前哨站工作多年，常常找不到白种人聊天，由此造就出了任意而为的怪异性格。他满口时尚，却又刁钻古怪；他说话坦诚率直，常常令人耳目一新；他笑对人生，显得玩世不恭；他讥讽殖民地香港，尖酸刻薄；他对湄潭府的中国官僚以及肆虐这座城市的霍乱也嗤之以鼻。无论是讲悲剧故事，还是讲英雄传奇，他都能讲出荒唐可笑的意味来。他在中国生活了二十年，阅历丰富，积累了大量奇闻轶事。听了他的各种故事，不免让人觉得，地球真是个怪诞、奇诡与荒唐之地。

维丁顿否认自己是个中国通（他信誓旦旦地说，那些汉学家们狂热得很，如同发了情的兔子），但他能说一口流利的中文。他读书不多，他的知识都是从相互交谈中学来的。他经常给凯蒂讲中国小说与历史故事。他讲故事的口气油滑轻浮（这也合乎他的本性），但内容却妙趣横生，尽显温良。在凯蒂看来，他早就潜移默化地接受了中国人的观点：欧洲乃蛮夷之邦，欧人都过着愚蠢透顶的生活。其实，只有置身中国，才会发现这个说法确有一定的合理性。此前，凯蒂耳中所听到的中国，尽是什么颓废堕落啊，肮脏不堪啊，还有糟糕得难以言表啊。眼下却是她重新认识中国的好时机，仿佛遮蔽中国的一道帷幕被迅速掀起了一角，她在飞快的一瞥中，窥见了一个丰富多彩、意味隽永的世界——这是她在梦中都没见过的世界。维丁顿坐在那儿,举杯畅饮,滔滔不绝,不时开怀大笑。

“难道你不觉得自己太贪杯了吗?”凯蒂贸然问道。

“这是我人生的一大乐趣啊!”他说,“还有,喝酒能将霍乱拒之门外。”

他每次离开时,总是醉意朦胧,但并没有酩酊大醉。他借酒助兴,笑逐颜开,但并不令人讨厌。

一天晚上,瓦尔特下班比平时要早,就请他留下来吃饭。一件奇事发生了。他们喝完汤,吃好鱼,男仆端上鸡肉,随手将一盆新做的色拉递给凯蒂。

“上帝啊,你们千万别吃色拉!”维丁顿见状后惊呼。

“是吗? 我们每天晚上都吃。”

“凯蒂很喜欢色拉。”瓦尔特说。

他把色拉递给维丁顿,维丁顿使劲摇了摇头。

“非常感谢,我还没想过自杀。”

瓦尔特淡然一笑,径自吃了起来,维丁顿没再说什么。奇怪的是,他突然变得沉默寡言起来。晚饭后不久,他就走了。

他们每天都吃色拉,这的确是事实。他们来这儿两天后,厨子带着中国人特有的漫不经心,把色拉端了上来。凯蒂不假思索地吃了起来,瓦尔特迅速向前探起了身子。

“你不能吃色拉。这个仆人疯了,竟然做起了色拉!”

“为什么不呢?”凯蒂用眼睛正视着他。

“吃色拉很危险,眼下更不能吃,你会没命的!”

“我正求之不得呢!”凯蒂说。

她阴沉着脸,继续大吃起来。她心里清楚,自己无视危险,并非出于某种冒险精神。她用讥讽的目光注视着瓦尔特,发觉他的脸色

略显苍白。当色拉端到他的面前,他也动手吃了起来。厨子认为他

们很喜欢色拉,所以每天晚上都要做色拉。他们每天都在吃色拉,无异于自寻死路,如此冒险,实在是荒唐。凯蒂平时对疫病感到恐惧,之所以要这样做,既是对瓦尔特实施恶意的报复,也是藐视内心深处的绝望和恐惧。

三十八

第二天下午,维丁顿来到平房。他刚一坐下,就问她想不想到外面走走。来这儿后,她还从未出过门,于是便欣然同意。

“这儿能散步的地方恐怕不多,”他说,“不过,我们可以到小山上走走。”

“嗯,好的,就到牌坊那儿去,我在阳台上经常能看到。”

仆人打开沉重的大门,他们走进浮尘弥漫的巷子中。没走几步,凯蒂突然惊慌失措起来。她紧紧抓住维丁顿的胳膊,发出了一声恐惧的大喊。

“快看!”

“怎么了?”

有个人仰面躺在墙角,双腿直挺挺地伸着,双臂耷拉在脑袋上。他身穿一件打满补丁的蓝色衣衫,头发蓬乱邋遢,一个典型的中国乞丐模样。

“看样子他已经死了。”凯蒂神情紧张地说道。

“的确死了。我们走吧,你最好别扭头看,散步回来后,我让人把尸体搬走。”

可是凯蒂浑身剧烈地颤抖,几乎挪不动步子。

“我以前从没见过死人。”

“如此说来，你得尽快适应起来。在你离开湄潭府之前，还会看到很多死人！”

他拉起她的手，挎在他的胳膊中。他们默默无言，走了一会儿。

“这个人死于霍乱吗？”她忍不住问道。

“我想是的。”

他们登上小山，来到牌坊前。牌坊上雕刻着丰富多彩的图案。它巍然耸立，雄奇壮观，寓意深长，仿佛是邻近地区的一个重要地标。他们在基座上坐了下来，俯瞰着广袤的平原。一座座绿草丛生的矮小墓冢布满了山坡，密密麻麻的。这些坟茔的排列散乱无章，毫无规则，总让人觉得墓土之下，死人定是被胡乱埋在一起，拥挤不堪的。在一片绿色稻田中，一条狭窄的土路蜿蜒曲折，伸向远方。
100 一个男童骑在水牛背上，缓缓走在回家的路上。三个农民头戴宽边草帽，吃力地挑着重担，趔趔趄趄地向前走去。白天的暑气散去后，坐在牌坊那儿，和煦的晚风拂面而来，令人心旷神怡。眺望广袤无边的田野，能给饱受折磨的内心带来宁静与惆怅。不过，凯蒂还是忘不掉那个死去的乞丐。

“每天都在死人，可你仍然谈笑风生，开怀痛饮，你是怎么做到的？”她突然问道。

维丁顿没有回答。他转过身子，看了看她，随后将手搭在她的手臂上。

“说实话，这个地方不适合女人，”他神情严肃地说道，“你为什么不走呢？”

她透过长长的睫毛朝他斜视了一眼，嘴唇上掠过一丝微笑。

“我倒觉得，越是在这样的环境下，妻子越应该陪在丈夫身边。”

“他们给我发来电报,说你和费恩一起来,我大吃一惊。当时,我的第一反应便是,你也许是个护士吧,反正护理病人都是在白天。我本以为你是个冷面无情的女人,一旦有人住院落在你手中,你定会把他整得七荤八素。我第一次去平房,看见你坐在躺椅上休息,惊讶得都说不出话来。你看上去虚弱不堪,脸色苍白,精疲力竭。”

“一连奔波九天,就别指望我气色红润,满面春光了。”

“你现在看上去仍然如此。就恕我直言不讳了,你的心情极度沮丧。”

凯蒂不由得满脸绯红起来。不过,她却哈哈一笑,尽力装出快乐的样子来。

“很遗憾你不喜欢我的外表。我天生一副沮丧样,那是因为我的鼻梁高。十二岁时,我就知道这个缺陷了。黯然神伤时,就更加难看。不过,你可不知道哩,当年有多少英俊少年排着队想安慰我呢。”

维丁顿平静地看着她,一双蓝眼睛微微发亮。她知道,自己说的话,他一个字都不信。不过,只要他不说破内情,她就一点儿也不在乎。

“我知道,你们俩结婚时间不长,但你和你丈夫肯定是恩爱夫妻,情深意笃。我深信,你到这儿来,绝不是他的意思。也许,那是因为你不愿独自留在香港。”

“你的理解合情合理。”她淡淡地说道。

“是的,但这并不是事实。”

她等着他继续说下去,对他所说的话有所忌惮。维丁顿精明过人,她早就了然于胸。维丁顿向来直言不讳,对心中所想毫不隐瞒,她对此心知肚明,却无法抵制内心的渴望,想听一听他对自己的评价。

“我总觉得，你根本不爱你的丈夫。我想，你很不喜欢他，如果你恨他，我一点儿也不惊讶。不过，我可以肯定，你很怕他。”

维丁顿的话深深触动了她。她扭头朝别处看了一会儿，不想让他察觉。

“我想，你不喜欢我的丈夫。”她用淡然而嘲讽的口气说道。

“我敬重你的丈夫，他是个有头脑、有品格的人。说实话，头脑、品德兼而有之，并非常人。我想，你并不了解他在这儿的工作，他也没有对你畅所欲言。如果有谁能单枪匹马扑灭这场可怕的瘟疫，这个人就非他莫属了。他每天都在救治病人，整治城里的环境，竭尽全力来清洁饮用水源。瘟疫病区，他照去不误；脏乱危险，他毫不在乎。每天，他都要冒二十次的生命危险在工作。他得到了虞上校的鼎力支持，并说服上校，由他来调度当地的驻军。他甚至给当地的长官打气鼓劲，这个老官僚也想有所作为。修道院的那些修女们对他特别信任，把他当作大英雄呢。”

“那么你呢？”

“说到底，这并不是他的本职工作，对吧？他只是一个细菌学家。他到这儿来，并不是响应什么人的号召。我也看不出，他远道而来，是因为他对这些奄奄待毙的中国人心怀悲悯，充满同情。他与沃森的情况并不相同。沃森有博大的人类情怀。尽管他是一位传教士，但他对什么基督教徒、佛教徒、儒教徒，都一视同仁，归根结底，他们都是人。你丈夫来这座城市，并非因为十万个中国人死于霍乱，让他感到痛心疾首。他来这儿，也不是因为他对科学研究兴趣浓厚。他到这儿来，究竟是出于什么目的呢？”

“那你还是去问他本人吧。”

“看见你们一起来了，我很好奇。有时候，我想知道，你们俩单独相处时，各自会有什么表现。我去你们家时，你们都在演戏，两个人都在演，演技相当拙劣。我说的都是实话。如果这就是你们的最佳水平，你们去剧团演出，一周连三十先令也赚不到手。”

“我不懂你在说什么。”凯蒂微笑道，故作轻松状，但她知道样子很假。

“你是个天生丽质的女人，可你丈夫从来都不正眼看你一下，这真是咄咄怪事。他对你说话时，听上去不像是他本人的声音，而像是别人的声音。”

“你觉得他不爱我吗？”凯蒂低声问道，嗓音嘶哑，一脸轻松的状态突然消失。

“我不知道，我不知道，是不是因为他对你十分反感，只要一走近你，浑身就直起鸡皮疙瘩？或者说，他痴情地爱着你，不过是出于某种原因，不想让真情流露出来？我还想过，你们俩到这儿来，是不是想自杀殉情？”

维丁顿投来怵然的一瞥，随后又审慎地望着她。那晚吃色拉时，维丁顿的眼里发出的也是这般审慎的目光。

“我想，你对几片莴苣叶子看得太重了，”她满不在乎地说道，随后站了起来，“我们回去吧，我敢肯定，你很想喝一杯威士忌加苏打水了。”

“不管怎么说，你到这儿来，不是想当英雄，你被瘟疫吓得要死。你敢肯定你不会走吗？”

“这跟你有什么关系呢？”

“我可以帮你。”

“我这黯然神伤的外表，也让你动情了？你看看我的侧影，跟我说，我的鼻子是不是有点儿长？”他若有所思地望着她，明亮的眼睛里露出了嘲弄与讥讽的目光。不过，那眼神里还夹杂着一道阴影，犹如河边的大树在水中形成的倒影——其中透露出特别的善意。

突然,凯蒂泪如泉涌。

“你真的不走吗?”

“是的。”

他们从雄伟壮观的牌坊下穿过,径直朝山下走去。他们回到平房时,又看见了那具乞丐的尸体。他挽住她的胳膊,她却把胳膊抽了出来,一动不动地站在那儿。

“是不是很可怕?”维丁顿问。

“什么可怕? 死亡吗?”

“是的,死亡让世间万物变得微不足道。他已经不成人样了,你看着他,几乎很难相信,他原本是个活生生的人。更难想象的是,几年前,他还是个天真的孩子,在小山上活蹦乱跳放风筝呢。”

这会儿,她遏制不住自己的情绪,抽抽搭搭地哭了起来。

三十九

几天后,维丁顿坐在平房里,手捧一大杯威士忌加苏打水,向凯蒂讲起了那座修道院。

“修道院院长是个卓越不凡的女性,”他说,“修女们跟我说,她出身法国大家族,但没有说是哪个家族。据说,院长不希望别人议论此事。”

“要是你感兴趣,为什么不去问她呢?”凯蒂微笑道。

“如果你对她有所了解,你就知道,贸然向她提问是不可能的。”

“既然她都让你肃然起敬了,那么肯定是位卓越不凡的女性。”

“她让我捎了口信给你，要我转告你，你自然不希望冒着危险去疫区的中心地带。不过，你要是不介意的话，她想领你参观一下修道院，并视之为莫大的荣幸。”

“非常感谢她的好意，真没想到，她会把我放在心上。”

“我跟她提起过你。每个星期，我都要去那儿两三次，只想看看能不能帮上忙。可以肯定，你丈夫向她们介绍过你。你要有思想准备，她们对你丈夫佩服得五体投地。”

“你是天主教徒吗？”

他的小眼睛眨了几眨，滑稽的孩子脸上露出了微笑，皱纹满面。

“你干吗对我挤眉弄眼？”凯蒂打趣地问道。

“你是说，进教堂能有什么好处吧？嗯，我不是天主教徒，我是英国国教的信徒。我想，如果我说你没有信仰，不会冒犯你吧……十年前，院长来这儿时，带着七个修女同来，结果七个人死得只剩三个了。你瞧，风调雨顺的时候，湄潭府也不是什么疗养胜地。她们居住在市中心，那儿都是穷人区。她们没日没夜地工作，从来都不知道休息。”

“修道院现在只有三位修女和院长吗？”

“那倒不是，后来又来了几个修女，眼下有六个人呢。霍乱初期，有个修女染病死了，但是从广东又来了两位。”

凯蒂微微哆嗦了一下。

“你冷吗？”

“不冷，只是打了个寒噤。”

“她们离开法国，就永远回不去了。她们和新教传教士们大不相同，那些人动不动就回国休假一年。我想，不能回国，可能是世界上最难忍受的事情了。英国人的恋土情结并不是很强，我们置身世界任何地方都会无忧无虑。但是我觉得，对法国人来说，故国情怀相当深厚,几乎是割不断的血脉联系。因此,这些修女们一旦远离故土,心中永远不会感到释然。在我看来,她们做出如此重大的牺牲,真可谓感天动地啊。假如我是天主教徒,我也会觉得,这一切都是理所应当的。”

凯蒂平静地朝他看去,这个矮个子男人的情思让她捉摸不透。她心中嘀咕,他是不是故意在唱高调?他灌下了那么多威士忌酒,也许,他说的只是醉话罢了。

“你若不信,亲自去看看。”他早就看穿了她的心思。他一边说着,一边露出调侃的微笑,“去那儿的危险性,不比生吃西红柿大多少。”

“既然你都不怕,我有什么好怕的?”

“要是你去了,肯定感兴趣,那个地方倒有点儿像法国。”

四十

他们乘坐舢板来到河对岸,码头上停着一乘轿子。凯蒂坐在上面,被抬到小山上,来到水闸附近。就是在这个地方,那些苦力们从河中打水。他们用肩膀挑着两只沉重的木桶,在田埂上来往穿梭,河水一路洒出来,打湿了路面,仿佛刚刚下过一场大雨。抬着凯蒂的轿夫们大声而急促地吆喝着,好让苦力们让路。

“现在市面上十分萧条,”走在一旁的维丁顿说道,“放在平时,苦力们摩肩接踵,从帆船上挑起货物,上上下下,你只能从拥挤的人流中穿过去。”

这儿的街巷狭窄曲折。凯蒂完全失去了方向感,不知道自己身在何处。很多商店关门大吉。在来湄潭府的旅途中,她早就对脏乱差的中国街道见怪不怪了。这里的街道却堆满了几个星期的垃圾和废弃物,臭气熏天,她只好用手绢掩鼻而过。穿行在中国的城镇,她对人群的围观不胜厌烦,可是眼下,她却只能感受到人们朝她投来漠然的一瞥。街道上的行人零落稀疏,不再像平时那样拥挤不堪了。他们专心做着自己的事情,看上去心有余悸或无精打采。时不时,他们从某幢房屋前经过,凯蒂能听见哐当哐当的敲锣声与呼天抢地的哭喊声,还有不知名的乐器奏出来的悠长哀曲。在紧闭的两扇大门背后,显然是有人病逝了。

"我们到了。"维丁顿终于开口道。

轿子停放在一处狭小的走廊中,走廊两侧是悠长的白墙,拱顶上悬挂着一个十字架。凯蒂从轿中走下来,维丁顿摁响了门铃。

一个中国小女孩把门打开。维丁顿说了一两句中文后,小女孩把他们带到走廊一侧的厢房中。房间里有一张大桌子,桌子上蒙着一块花格子油布,墙根处摆着几把硬木椅子,厅堂前安放着一座仁慈圣母马利亚的石膏雕像。不一会儿,一位修女走了进来,她身形矮胖,颜面朴素,脸颊红润,长着一双快乐的眼睛。维丁顿向她引介了凯蒂,管她叫圣约瑟芙修女。

"你是费恩医生的太太吗?"她用法语问道,神情喜悦,随后又说院长将亲自接待他们。

圣约瑟芙修女不会说英语,凯蒂的法语比较蹩脚。不过,维丁顿却能说一口流利但并不地道的法语,只听他侃侃而谈,不断插科打诨,直说得这位修女忍俊不禁。她发出轻松爽朗的大笑,凯蒂颇感意外,她原以为信教的人都不苟言笑。这个修女的甜美纯真与快乐的情绪触动了她的心弦。

四十一

门打开了。在凯蒂的印象中,那扇门不是自然而然打开的,而是像秋千一样,沿着铰链慢慢荡开的。女修道院院长走进狭小的房间。她在门口站了片刻,朝哈哈大笑的圣约瑟芙修女看了看,又打量着满脸皱纹、面似小丑的维丁顿,嘴角露出一丝庄重的微笑。随后,她迈步走过来,朝凯蒂伸出手。

“你就是费恩太太吗?”她主动招呼,她的英语带有浓重的口音,但发音还算正确。她朝凯蒂躬身示意,“能够结识优秀而勇敢的医生的太太,真是莫大的荣幸。”

凯蒂发现院长用审视的目光久久地看着她,可她并不觉得尴尬。她的目光直截了当,但一点儿也不粗鲁失礼。你只会觉得,这个女人的本职工作就是对别人评头品足,从不需要遮遮掩掩。她用庄重而亲切的语气请来客就座,自己也坐了下来。圣约瑟芙修女依然面带微笑,但却一言不发,静静地站在院长的身后。

“我知道你们英国人喜欢喝茶,”院长说,“我事先预订了一些。不过,要是他们按中国口味来沏茶,我就只能表示抱歉了。我知道,维丁顿先生喜欢威士忌,可是我却没有办法请他喝了。”

她微笑着说道,庄重的眼神里带着一丝调侃。

“得了,院长,看你说的,就好像我是个十足的酒鬼似的。”

“你敢说,你滴酒不沾吗,维丁顿先生?”

“我敢说,我喝酒从未喝高过。”

院长哈哈大笑,并将这些打趣的话翻译给圣约瑟芙修女听。她用亲切而友好的眼神注视着维丁顿。

“我们必须对维丁顿先生的嗜好给予谅解。有那么两三次，我们囊空如洗，身无分文，真不知道拿什么来喂饱这些孤儿，正是维丁顿先生雪中送炭，解了我们的燃眉之急。”

这时，刚才开门的那个华人女孩走了进来。她的手里端着一个盆子，盆子里有一把茶壶和几个中国茶杯，还有一小块叫“玛德琳蛋糕”的法式点心。

“你们一定要尝尝法式点心，”院长说，“今天早上，圣约瑟芙修女专门为你们做的。”

他们几个人开始拉起了家常。院长问凯蒂来中国多久了，从香港到此地的行程是不是让她疲惫不堪。她还问她是否去过法国，问她是否适应香港的天气。她们的交谈都是日常琐事，但气氛相当友好，周边环境也让她们的谈话别具风味。会客厅清静优雅，你几乎很难相信，这里竟是人口稠密的闹市区。这是一个相对和平与安宁的地方。外面的世界，瘟疫正在肆虐，市民们惊魂未定，躁动不安。如狼似虎的士兵们靠着坚强的意志维持着秩序。在修道院的院墙内，医务室里挤满了身染疫病、奄奄一息的士兵。修女们抚养的孤儿中，四分之一已经死去。

不知何故，凯蒂对院长印象深刻。院长嘘寒问暖的时候，凯蒂仔细端详着这位令她肃然起敬的女士。她全身一袭白色修道袍，袍子上唯一的颜色是烙刻在胸前的红心。她是一位中年妇女，年纪约莫四五十岁，很难说清楚，因为她皮肤光滑白皙，脸上皱纹很少。她举止端庄，稳重自信，双手清瘦优美，坚强有力。由此可以断定，她已过了青春年华。她的脸很长，嘴巴很大，长着一口整齐的大牙。鼻子尽管不算小，但却生得精致秀美。不过，稀疏黝黑的眉毛下，那双眼睛让她的脸看上去神情紧张，凄凄切切。这双眼睛又大又黑，并不冷淡,平静而坚定的眼神格外引人注目。无论谁第一眼看见院长,都会觉得,她年轻时定是个曼妙美女,但片刻后又会意识到,岁月虽已流逝,但鲜明的个性却让她更具魅力。她的声音深厚低沉,不疾不徐。无论是说英语,还是法语,她的语速都徐缓有度。不过,她威严不凡的气度却最为引人瞩目,这种气度是基督教慈善事业所锤炼出来的。从她的身上可以感受到某种领导气质,让别人听命于她,对她俯首帖耳,似乎是天经地义的事情。不过,她在发号施令时,显得平易近人。不难看出,她对教会的威严了然于胸,因而感到底气十足。凯蒂总觉得,尽管她气度不凡,威势凛人,但她对人性的弱点充满仁慈和宽容。院长听着维丁顿信口开河,无所顾忌,脸上仍带着庄重的微笑,但是可以肯定,她的内心定是产生了滑稽可笑的感觉。

凯蒂隐隐约约感到,她的身上还有其他品质,但说不清是什么。院长说话亲切诚恳,举止端庄高雅,倒是这个说不清的品质让凯蒂觉得,自己只是一个笨拙的小学生。她与她之间判若云泥,别如霄壤。

四十二

“先生什么也没吃。”圣约瑟芙修女说。

“满族人的饭菜败坏了先生的好胃口。”院长回应道。

圣约瑟芙修女脸上的笑容不见了,随即露出一本正经的表情来。维丁顿用淘气的目光看了她们一眼,随手拿起一块点心。凯蒂听出话中有话,但觉得一头雾水。

"为了证明你们说这话很不公平,院长,今晚的美味佳肴我就弃之不顾了。"

"如果费恩太太肯赏光,想在修道院里看一看,我很乐意做你的向导。"她朝凯蒂转过身来,脸上还带着对维丁顿不以为然的微笑。"很抱歉,眼下修道院里杂乱无章。我们有大量的工作要做,可我们的人手远远不够。虞上校叫我们腾出医务室,全部让给染病的士兵。为了收留孤儿,我们只好把餐厅改成医院。"

她恭候在大门旁,让凯蒂首先通过,圣约瑟芙修女和维丁顿紧随其后。他们沿着清凉的白色走廊一路走去,首先进了一间大屋子。屋子里空荡荡的,一大群中国女童正在专心致志地绣花。客人们进来时,她们都起身示意。院长拿起几块刺绣作品,向凯蒂介绍起来。

"尽管城里发生了瘟疫,可我们一直坚持不懈。她们绣花的时候,就不会过分担心外面的危险了。"

她们来到第二个房间,里面有一些更小的女童,她们正在做着简单的缝补活。到了第三个房间,她们看到一个中国修女正在照看几个幼童,幼童们正嬉嬉闹闹地玩耍着。院长进去后,她们都一窝蜂地围到她的身边。她们长着黑色的中国眼睛,黑色的头发。她们拉住院长的手,躲在她宽大的裙子下。院长的庄重面孔浮现出一丝迷人的微笑,用手抚摸着她们的脑袋,说了几句打趣的话。尽管凯蒂对中文一无所知,但是她知道,院长所说的话充满爱意。凯蒂心中咯噔了一下。这些幼童尽管穿上了统一的制服,但是她们都身形矮小,瘦骨嶙峋,长着扁平的鼻子,看上去简直不成人样。她们的模样并不讨人喜欢,可院长站在她们中间,犹如慈善女神一般。她要离开房间时,孩子们依依不舍,紧紧拉住她不放。她只好带着微笑,好生哄劝,轻轻用力掰开她们的小手,抽身而出。在她们的眼里,这

位端庄肃穆的院长和蔼可亲,一点儿也不可怕。

"当然,你是知道的,"她们来到走廊上,院长说,"这些孩子都是弃婴。她们的父母都不想要了,我们拿出一点钱,他们才愿意送到这儿来。否则,他们才不会自找麻烦,可能随便找个地方,就弃之不顾了。"她朝圣约瑟芙修女转过身去,问道:"今天送来了几个?"

"四个。"

"眼下瘟疫肆虐,他们更是将女婴当作毫无用处的拖累,迫不及待地处理掉。"

她领着凯蒂去看女婴的宿舍。她们从一道大门前经过,只见门上写着"医务室"的字样。凯蒂听到一阵阵的呻吟声,还有痛苦的嚎叫声,仿佛不是人发出来似的。

"我就不带你去看医务室了,"院长用平静的语调说道,"那儿的情形惨不忍睹。"她突然想到了什么,"费恩医生今天在不在那儿?"

她带着询问的目光,看了看圣约瑟芙修女。她开心地笑了笑,推开大门,走了进去。大门打开时,凯蒂听到里面传来更加恐怖的叫声,她朝后退缩了一下。过了片刻,圣约瑟芙修女回来了。

"他不在。前面刚来过,可能还会再来。"

"六号病人怎么样了?"

"可怜的孩子,她已经死了。"

院长双手合十,嘴唇翕动着,默默地祈祷了几下。

她们穿过庭院时,凯蒂看到地上并排放着两具尸首,上面只盖着一块蓝布。院长朝维丁顿转过身去。

"床位十分短缺,我们只好让两个病人睡一张床。一旦有病人去世,我们就立刻腾出床位,安排其他病人。"她冲凯蒂微微一笑,说道,"现在,我带你去看看我们的小礼拜堂,这是我们最引以为豪的地方。前不久,一位法国朋友赠送了一尊真人大小的圣母马利亚塑像。”

四十三

礼拜堂只是一间狭长、矮小的屋子,墙壁被粉刷成白色,里面摆放着一排排的松木板凳。礼拜堂的末端是圣坛,圣坛上矗立着那座塑像。塑像是用熟石膏做成的,表面漆成天然的色彩,油光锃亮,簇新耀眼。塑像背后是一幅耶稣受难的油画,十字架的底端有两位马利亚①,她们的神情极度悲伤。油画技法不佳,黑色颜料随意泼洒,作画之人对色彩之美毫无眼光。四周的墙壁上贴着一整套耶稣受难的油画,它们都出自同一个作画人的拙劣之手。教堂粗陋难看,俗不可耐。

两位修女走进礼拜堂后,跪下祈祷,随后站了起来。院长又和凯蒂拉起了家常。

“易碎品运到时,全都碎了,可施主捐赠的这尊塑像,从巴黎一路运到这儿,没有一丝儿破损。这真是人间奇迹啊!”

维丁顿居心叵测的眼睛眨动了一下,但他管住了自己的嘴巴。

“圣坛上的装饰物,墙上的耶稣受难画,都是我们的姐妹圣安塞米尔画的。”院长用手画了个十字,随后说道,“她是一个真正的画家,很不幸,她染上疫病升天了。你不觉得这些油画很漂亮吗?”

凯蒂在迟疑中勉强点头称是。圣坛上布满了一束束的纸花,一

---

① 指圣母马利亚和抹大拉的马利亚。

座座烛台华丽耀眼。

“我们在这儿做祈福圣礼,就有得天独厚的条件了。”

“嗯?”凯蒂支应着,但没听明白。

“面对眼下这场可怕的灾难,它给我们带来了莫大的安慰。”

她们离开礼拜堂,重新回到他们刚才见面的客厅。

“走之前,你想看看我们今天早上收容的弃婴吗?”

“很想看。”凯蒂说。

院长领着他们走进过道另一侧的一个小房间。桌子上蒙着一块布,布的下面有活物在蠕动。照看婴儿的修女把布揭开后,四个赤身裸体的婴儿露了出来。她们通体发红,四肢舞动着,甚是有趣,小小的中国脸拧成了怪模怪样的表情。她们看上去不像是人类,更像是某个不为人知的古怪动物。不过,此情此景颇有点儿令人动容。院长面带微笑,津津有味地看着她们。

“她们非常活泼可爱。有时候,弃婴被送进来的时候,几乎只剩下一口气了。她们一到修道院,我们就给她们施洗礼。”

“要是您丈夫见到这些孩子,一定会很高兴的。”圣约瑟芙修女说,“我想,他会跟孩子玩上一个小时。要是小家伙们哭了,他就把她们抱起来,在胳膊中摇来晃去,哄得她们舒舒服服,到末了,这些孩子都会开心地笑起来。”

不知不觉间,凯蒂和维丁顿来到了修道院的大门口。凯蒂对院长领他们参观深表感谢,院长毕恭毕敬地朝她躬身施礼,作出了既高贵又谦和的姿态。

“这是我的莫大荣幸。你可不知道啊,你的丈夫仁慈善良,一直对我们鼎力相助,他可是上天惠赐给我们的大礼啊。我很高兴你和他夫唱妇随,结伴同来。他每天下班回家后,能得到你的爱心,能看到你的甜美笑容,将获得巨大的精神慰藉。你一定要好好照顾他,别让他太辛苦了。为了我们所有的人,你可要好好地照顾他。”

凯蒂满脸绯红,一下子不知道说什么好。院长伸出手,凯蒂与她握手时,能感觉到一双冷静、深思的眼睛注视着自己。院长带着若即若离的超然神态,露出了心领神会的表情。

圣约瑟芙修女关上修道院的大门,凯蒂迈步登上了轿子。他们穿过狭长、曲折的街道,踏上了回程。维丁顿漫不经心地说着什么,凯蒂没有吱声。他回头看了一眼,只见两侧的轿帘已放了下来,轿子里的凯蒂看不见了。维丁顿一言不发地朝前走去。他们来到河边的时候,凯蒂从轿子里走了出来,维丁顿不无吃惊地看到她泪流满面。

“怎么回事?”他问,满是皱纹的脸上露出惊慌的表情。

“没什么,”她强做微笑道,“有点犯傻呗。”

四十四

已故传教士的粗陋客厅里,又只剩下凯蒂孤零零一个人了。她躺在长椅上,面对着窗户,神情恍惚,注视着河对面的那座寺庙(傍晚时分,小河迷蒙,景色秀丽)。她尽力平复内心复杂的情绪,难以置信的是,修道院之行竟让她深受震撼。她来这儿后无事可做,本是出于好奇才去修道院的。很多日子里,她隔着小河,眺望着这座高墙环绕的城市,也颇想去看一看那些神秘的街道。

可是一旦走进修道院,她似乎被带到另外一个世界,一个在空间与时间上都很陌生的世界。那些空荡荡的房间,以及白色的走廊,既庄严又简朴,似乎拥有某种遥不可及、神秘莫测的精神。那个小小的礼拜堂,是那么丑陋,那么粗俗,但是它的简陋不堪却隐含着悲天悯人的情怀,它所拥有的内涵是那些气势恢宏的大教堂所付之阙如的。与大教堂的彩色玻璃及其精美图画比起来,这个礼拜堂显得相当寒碜,然而,它却拥有美好的信仰,心怀仁善、慈爱之心,由此呈现出了精致优雅的灵魂之美。在瘟疫肆虐时期,这家修道院仍然有条不紊地忙活着,面对死亡的威胁镇定自若,脚踏实地,尽管太过实用而不免有点可笑,但却令人印象深刻。圣约瑟芙修女打开医务室的大门时,凯蒂在一瞬间所听到的可怕叫声仍然在耳边回响。

她们对瓦尔特的评价太出乎她的意料了。首先是圣约瑟芙修女,随后是院长,都对他赞赏有加,尤其是院长在夸奖他时,语气温和,声调柔婉。说来也真奇怪,听到她们不断称赞瓦尔特,她在内心深处也浮现出了一丝自豪感。维丁顿跟她讲过瓦尔特的工作,但是这两位修女津津乐道的不仅仅是瓦尔特聪明能干(在香港时,她就清楚大家都觉得他很睿智),而且还有他的细心周到与温柔体贴。说真的,瓦尔特确实是个非常温柔体贴之人。当你生病时,他对你的关怀无微不至。他睿智过人,从不动辄恼怒。他在诊治病人时,和颜悦色,冷静淡定,能教人心宁气定。他的身上似乎具有某种魔力,只要现身眼前,立马就能祛病解痛,妙手回春。她心里清楚,她将再也看不到他那柔情似水的目光了。此前,她对这样的眼神熟视无睹,还曾一度见之必恼。如今,她开始明白,他的内心包蕴着如此巨大的博爱情怀。不可思议的是,他正将满腔的仁爱之心倾注在这些可怜的病人身上,对他们关怀备至,照料有加。她的心中并无任何妒意,而是涌上了一阵空荡的失落感。那情形仿佛是早就习以为常、不以为意的一根精神支柱,却在突然之间被撤走了,她顿感头重脚轻,如同失去重心一般,开始脚步不稳、摇摇晃晃起来。

以前,她压根儿都不把瓦尔特放在眼里。眼下,她只能对自己心生鄙夷了。当初,她对他不屑一顾,他定是心知肚明,但却欣然接受,毫无怨言。她是个傻女人,可他心里一清二楚,却毫不介意,因为他爱她。现在,她对他已不再怨恨,也不再憎恶,而是感到无比敬畏,心中茫然困惑。她不得不承认,他身上具有卓越不凡的品质。有时候,她甚至觉得他身上还有某种奇怪的、不为人知的伟大之处。说来匪夷所思,她竟然没能爱上瓦尔特,而是爱上一个显然不值一提的负心男。这些漫长的日子以来,她不断作出反思,终于对查尔斯·唐森的人品作出了准确的评估:他就是一个碌碌平庸的家伙,一个人格猥琐的二流货色。她对他的爱意仍滞留心间,要是能把它彻底清除出去,那该多好啊!她想永远忘掉他。

维丁顿也给予瓦尔特高度的评价,只有她本人对瓦尔特的优点视而不见。这是为什么呢?这是因为瓦尔特爱她,而她却不爱瓦尔特。一个人因为爱你,你却因此鄙视他,人的内心世界究竟是怎么回事?不过,维丁顿曾坦言相告,他并不喜欢瓦尔特,男人们一般都不太喜欢他。但两位修女却对他怀有某种深情厚爱,那可是一目了然。对女人来说,他是个与众不同的男人。虽说他为人腼腆,但却有一颗至诚至善之心。

四十五

不过,最让凯蒂深受触动的还是修道院里的那两位修女。先是圣约瑟芙修女,她活泼快乐,脸色红润,十年前与院长等人结伴同行,千里迢迢来到中国。她亲眼目睹同伴们或因病而亡,或是在赤贫、思乡中死于他乡,但仍然保持着乐观向上、无忧无虑的精神状态。究竟是什么力量驱使她变得如此豁达,如此其乐陶陶呢?还有修道院院长。凯蒂想象着自己又一次站在她的面前，又一次感到相形见绌，措颜无地。她为人朴素，不苟言笑，但身上却透着一股与生俱来、令人敬畏的高贵气质。可以想象，这样的人任谁见了都会肃然起敬的。圣约瑟芙修女的站姿，每一个细微的动作，还有她回话时的语调，无一不表明她对院长毕恭毕敬，俯首帖耳。维丁顿虽然洒脱不羁，口无遮拦，但是与院长说话时，却低眉顺眼，不敢造次。其实，无须维丁顿告诉她院长出身法国名门大家，凯蒂也能从她的一举手一投足中看出她的显赫家世来。她的身上有一种说一不二、不容违拗的威严气度。她既像大家闺秀那样雍容高贵，又如同圣人一般谦逊低调。她坚毅端庄、饱经沧桑的脸上透着冷静克制的神态，但同时又饱含着殷切关怀，显得和蔼可亲，怪不得那些孤儿们围拢在她的身旁，吵吵闹闹，毫不害怕，感受着她的博爱情怀。院长看着那四个刚送来的女婴，脸上挂着甜美而又意味深长的微笑，那微笑如同一缕阳光，照耀在野性而孤寂的荒原上。圣约瑟芙修女无意间提到瓦尔特喜欢孩子时，凯蒂的内心莫名其妙地为之一动。她知道，瓦尔特非常渴望她能生个孩子。瓦尔特虽然沉默寡言，但是在哄逗孩子方面算得上得心应手，尽显可爱、善良与温情。他在这方面的能力，她从来都没有怀疑过，而大多数男人在照看孩子时都傻头傻脑、笨手笨脚的。瓦尔特真是个奇特之人！

不过，她在怅触甚深的同时，心头又掠过一丝阴影（犹如银白色的天空闪过一片暗影），清晰可见，却挥之不去，于是顿感忐忑。她从严肃而活泼的圣约瑟芙修女身上，更多地从端庄优雅的院长身上，感受到了某种令她压抑的隔膜。她们待人友好，甚至热情洋溢，但同时又在遮掩着什么，但她不知道被遮掩的究竟是什么。她意识到，自己只不过是个素不相识的普通来客而已，她与两位修女之间存在着巨大的障碍。她们说着各自不同的语言，不仅说法有别，而且想法迥异。当修道院的大门对她关上后,她觉得修女们也将她从脑海中彻底清除出去了。随后,她们又马不停蹄地投入到刚才被耽搁的工作中去。对她们来说,这个世界仿佛根本不存在她这个人似的。她觉得,自己不仅被关在了那个小小的修道院的门外,而且也被关在了她的灵魂苦苦追寻的某个精神花园的门外。突然之间,她的心头涌现出了从未有过的落寞与孤独感。此前她失声痛哭,其原因也正在于此。

她疲惫不堪地靠在椅子上,仰头长叹道:"唉,我真是个卑微无用之人!"

四十六

那天,瓦尔特回来得比平时稍早,凯蒂正躺在窗户前的长椅上,天色已近黄昏。

"要不要把灯点上?"瓦尔特问。

"晚饭做好后,他们会把灯端进来。"

谈起这样的家常琐事,瓦尔特说话的语气总是十分轻松随意,仿佛他们俩是亲密无间的朋友似的。从他的言谈举止中,丝毫都看不出他对凯蒂存有怨怼之情。他从不与凯蒂正眼相视,也从不冲凯蒂笑脸相待,但是对她却谦恭有礼,态度温和。

"瓦尔特,瘟疫结束后,你觉得我们该怎么办呢?"她问。

他沉默片刻后才回答。凯蒂看不清他的脸。

"我没想过。"

以前,凯蒂总是不假思索地说出心中所想,从未意识到说话前要深思熟虑。可是现在，她对瓦尔特心存忌惮，一开口就觉得嘴唇颤抖，心脏在剧烈跳动。

“今天下午，我去修道院了。”

“听说了。”

凯蒂没想好怎么措辞，只能硬着头皮问道：

“你把我带到这儿来，是不是真想让我去死？”

“我要是你的话，就好自为之，凯蒂。我觉得，与其讨论将来的打算，还不如把它忘掉为好。”

“可是你忘不了，我也忘不了。自从来这儿后，我翻来覆去想了很多，你愿意听听我的想法吗？”

“当然愿意。”

“我以前对你很过分，我在外面出轨了。”

他纹丝不动地站在那儿，凯蒂感受到了某种莫名的恐惧。

“我不知道你是否明白我的意思。对女人来说，那档子事一旦结束了，就没有任何意义了，可女人永远搞不懂男人的态度。”说这话时，凯蒂语气急促，声音生硬。她甚至觉得这声音都不是自己说出来的。“你知道查理的为人，你也知道他的所作所为。是的，你说得对！他就是个卑鄙龌龊的小人。如果我和他不是同类，我也不会被他欺骗。我不奢求你原谅我，更不奢求你一如既往地爱我，可是，我们难道不能以朋友相待吗？每天都有成千上万的人被瘟疫夺走生命，那些修道院的修女们……”

“她们和这事有什么关系呢？”瓦尔特打断了凯蒂的话。

“我也说不清，我今天去那儿的时候，产生了一种奇特的感觉。她们所做的一切都很有意义，情况虽然相当糟糕，但她们的自我牺牲精神令人钦佩。我反倒觉得自己是个荒唐可笑、不可理喻之人。我想说，一个傻女人对你不忠，你却因此而痛苦不堪。其实，我就是个微不足道、无足轻重的女人,根本不值得你如此劳神费心。”

瓦尔特没有吱声,但也没有抬脚离开,似乎在等待她的下文。

“维丁顿先生和修女们把你的善行义举都告诉我了。瓦尔特,我为你感到自豪。”

“你过去可不是这样,总对我嗤之以鼻,现在依然如此吧?”

“难道你不知道我很怕你吗?”

他又沉默无语。

他终于开口说道:“我不明白你的意思,不知道你到底想怎样?”

“我不想怎么样,只希望你能更快乐一些。”

凯蒂感到瓦尔特挺直了身体,他说话的声音冷冰冰的。

“倘若你觉得我不快乐,那么你误会我了。我每天都忙得不可开交,根本无暇顾及你。”

“我在想,要是我去修道院帮忙,修女们会同意吗?她们现在正缺人手。如果能让我尽绵薄之力,我会对她们感激不尽的。”

“在那儿干活可不轻松,也不快乐,恐怕干不了多久,你就嫌它枯燥乏味了。”

“你就这么瞧不起我吗,瓦尔特?”

“那倒不是,”他迟疑了一下,声音里透着古怪,“我是瞧不起我自己。”

四十七

晚饭后,瓦尔特照例坐在油灯下看书。每天晚上他都如此。凯蒂躺下后，他就去实验室，这个实验室是用一个空房间改造而成的。瓦尔特要在那儿工作，直到深夜。他每晚都睡得很少，凯蒂也不知道他究竟在做什么实验。关于自己的工作，瓦尔特只字不提。其实，他以前对工作也不肯吐露详情。他是个天性不爱张扬的人。凯蒂对瓦尔特刚才所说的话反复揣摩，他们的谈话没有达到任何目的。她对他仍然知之甚少，甚至搞不清瓦尔特所说的话，究竟是真还是假。既然她都成了瓦尔特的灾星祸害，那么在他眼里，她是不是已经完全不存在了？曾几何时，瓦尔特还爱着她的时候，一听她说话，就感到心旷神怡。现在，他已不爱她了，无论她说什么，瓦尔特都会觉得索然无味。心念至此，她顿感羞愧不已。

凯蒂仔细端详着丈夫。在灯光的映照下，他的侧影棱角分明，犹如雕塑一般。他五官端正，长得眉清目秀，但神情庄重严肃，透着冷峻之气。他的眼睛随着书页翻动而移动着。除此以外，他全身凝然不动，隐约中让人感到惶恐不安。谁能想到，这张硬朗的脸会因为激情而变得柔情蜜意起来呢？这个想法让凯蒂心生厌恶，竟忍不住打了个寒战。虽说他外表英俊，为人诚实可靠，又很有天分，但凯蒂就是无法爱上他，说起来真有点儿费解。不过，从此以后，她将不再屈从于瓦尔特的爱抚了。想到这儿，她感到释然。

他强迫自己来到这个地方，是不是真想要了她的性命？凯蒂追问这个问题时，他总是避而不答。想到这个谜团，凯蒂又是沉迷其中，又是惶恐不安。瓦尔特宅心仁厚，真的难以相信，他竟会如此居心叵测，心怀恶意？他肯定只是想吓唬吓唬她而已，旨在报复一下查理（这倒符合他喜欢冷嘲热讽的秉性）。或是出于固执，或是担心被人当作傻瓜，瓦尔特还是固执地将她带到这个险恶的地方。

的确，他刚才说什么他瞧不起他自己。他说这话是什么意思呢？凯蒂再次端详那张平静、冷峻的脸庞。此时此刻，瓦尔特似乎并没有意识到她的存在,好像屋子里根本没她这个人似的。

"你为什么瞧不起你自己呢?"凯蒂脱口问道,好像刚才的谈话压根儿就没有中断过。瓦尔特放下手中的书,若有所思地看着凯蒂,仿佛正把思绪从某个遥远的地方拉回来。

"因为我爱你。"

凯蒂满脸燃起一片绯红,眼睛朝别处看去。瓦尔特凝视着她,目光冷峻而坚毅,让她不堪忍受。这会儿,她明白了瓦尔特的意思。过了好一阵子,她才说道:

"我觉得,你这样对我有失公平。因为我愚蠢、轻浮和粗俗,就对我大加指责,这很不公平!我成长的环境就是这样,我认识的女孩子也都是这样。好比一个人没有音乐鉴赏力,觉得交响乐枯燥乏味,你就不能责怪他。因为我并不具备某些品质,你就指责我,你觉得公平吗?我从来都没有伪装过自己,故意欺骗你。我就是一个长相漂亮、生性快乐的女孩子。你不会到集市的货摊上去买珍珠项链或貂皮大衣,在那种地方,你只能买到锡制的小喇叭,或者玩具气球什么的。"

"我并没有指责你。"

他的声音里透着疲惫,凯蒂开始有点不耐烦了。难道他就不能像她一样恍然明悟,在恐怖与死亡阴影的笼罩下,与那些在修道院里令人敬畏的美丽心灵相比,他们之间的是非恩怨是多么微不足道啊!一个愚蠢的女人红杏出墙,真有那么重要吗?面对治病救人的崇高事业,他怎么能对这些凡尘琐事费心劳神、耿耿于怀呢?说来也真奇怪,聪明睿智的瓦尔特竟如此轻重不分!他给布娃娃穿上了华丽的礼服,把她摆进神龛,顶礼膜拜,结果却发现,布娃娃只不过是塞满木屑的玩偶而已。正因为如此,他无法原谅自己,也难以原谅凯蒂。他的身心备受摧残,一度活在自欺欺人的幻觉中,可是当幻觉在真相面前摔得粉碎，他以为现实也被摔碎了。没错，他不能原谅她，实际上是因为他无法原谅自己。

凯蒂隐约听到瓦尔特发出一声叹息，迅速朝他瞟了一眼。忽然间，凯蒂心中闪过一个念头，连呼吸也变得急促起来。她努力克制着，差一点儿就要叫出声来。

他如此痛苦不堪，是不是人们常说的“伤心欲绝”？

四十八

接下来的一整天，凯蒂都在想着修道院。第三天早上，瓦尔特走后没多久，凯蒂就带着女佣，坐上一顶轿子赶往河对岸。天还没大亮，一群中国人蜂拥着登上渡船。他们有的穿着乡下人常穿的蓝色布衣，有的穿着体面的黑色长袍。他们的脸上透着怪异的表情，犹如一群僵尸穿越水面，正奔向黑暗的冥府。上岸后，他们在码头上呆立片刻，神情茫然，仿佛不知道究竟要去哪儿。随后，他们各自散开，三三两两朝山坡上走去。

凌晨时分，小城的街道上空荡冷清，比往常更像是一座死亡之城。零星路人行色匆匆，心不在焉，让人误以为撞见了四下游荡的鬼魂。天空没有一丝儿云彩，初升的太阳正洒下温暖的柔光。很难想象，在这个舒心愉悦、清新迷人的早晨，这座城市正被可怕的瘟疫扼住了命门，倒卧在地，奄奄一息，如同一个人被一只魔爪卡住了脖子，性命危在旦夕。更让人难以置信的是，人们痛苦挣扎着，充满恐惧地走向死亡，而周围的世界竟然无动于衷（蓝天犹如童心一般清澈纯净）。轿子在修道院的门前停下，一个乞丐从地上站起来，向凯蒂乞讨。他身上的衣衫破烂不堪，颜色早已褪去，也看不出原来的式样，仿佛是从垃圾堆里捡回来似的。衣服的破烂处露出了粗糙、坚硬的皮肤，黑黢黢的，犹如加工过的山羊皮。他的双腿赤裸在外，看上去瘦弱不支。他眼窝凹陷，目光狂乱，一头灰发乱蓬蓬的，看起来就像是个疯子。凯蒂被吓得立马转过身去。轿夫们厉声呵斥，命令他赶紧走开，可那乞丐纠缠不休。为了尽快脱身，凯蒂只好给了他几文钱。

修道院的门打开了，女佣上前说明来意：凯蒂想要拜见院长。随后，凯蒂又被领进那间狭小的会客厅。厅里有一扇窗户，好像从来都没打开过似的。她在会客厅里坐了很久，心中嘀咕，究竟有没有人进去通报过？后来，院长终于来了。

“请你务必原谅，让你久等了，”她说，“没想到你今天会来，我刚才手头很忙。”

“真对不起，打扰您了，我恐怕来得不是时候。”

院长冲她微微一笑，神情既严肃又亲切。她招呼凯蒂坐了下来，凯蒂发觉她双眼红肿，显然是刚刚哭过，心中吃惊不已。在她心目中，院长是不会因为红尘俗事而轻易大动感情的。

“出什么事了？”凯蒂吞吞吐吐地问，“要不我先回去，改天再来拜访您？”

“不，不用。告诉我，我能为你做什么吗？刚才只是，只是——昨晚有个姐妹去世了。”她说话时，声音颤抖，眼里噙着泪水。“我本不该感到悲伤难过，因为我知道，她的善良、纯洁的灵魂一定会进入天堂，她是个圣徒。人要克服软弱，并非易事，要让我一直保持理智，我恐怕无法做到。”

“听到这消息，我也感到难过，真的非常难过！”凯蒂说。

凯蒂一向富有同情心，一边说着，一边抽噎起来。

“十年前，这个姐妹和我一起从巴黎来到这儿。我们同来的那批人中，现在只剩下三个了。记得轮船驶出马赛港，我们几个人站在船尾（或是你们所说的船头），对着圣母马利亚的金身塑像，向她祷告。自从皈依我主后，我最大的心愿就是能被派到中国来，可是当我看到陆地渐渐远去，还是忍不住流下了眼泪。我是院长，却没给她们树立好榜样。昨晚离世的姐妹——她的名字叫圣弗朗西斯·泽维尔——她拉住我的手，反而劝我不要悲伤难过。她对我说：无论我们身在何处，法国与我们同在，上帝与我们同在！”

院长端庄严肃的面容因为悲伤而扭曲变形。她拧不过人性中的悲悯之心，可是理智和信仰又要她必须控制住眼泪。如此窥探院长内心深处的痛苦挣扎，凯蒂感到甚为不妥，于是便把目光转向了别处。

“我和她父亲一直有书信往来。她和我一样，都是家中的独生女。她的家乡在布列塔尼，父母以打鱼为生。他们听到噩耗后，一定很难过。唉！这可怕的瘟疫，什么时候才能结束啊？今天早上，又有两个女孩病倒了，除非有奇迹发生，否则谁也救不了她们。这些中国人对瘟疫没什么抵抗力。圣弗朗西斯修女走了，这对我们来说是一个巨大损失。眼下，还有这么多的活儿要做，我们的人手比以往任何时候都少。在中国其他地方的修道院，有不少热心的姐妹们很想过来帮忙。只要我们一声召唤，她们可以抛弃一切——其实，她们什么也没有——赶过来帮忙。可是，让她们到这儿来，简直等于送死。所以，只要我们这些姐妹还能撑得住，我可不想让其他人再做牺牲了。”

“您的话让我备受鼓舞，院长。”凯蒂说，“你们遭遇如此不幸，我还以为来得不是时候呢。那天您说，姐妹们事务繁忙，应接不暇，我当时就想，能否让我过来帮忙呢？只要我能派上点用场，您让我做什么都行,就算您让我去擦地板,我都会感激不尽的。"

院长被凯蒂的话给逗乐了。她的情绪变化竟然如此迅速,凯蒂略感惊讶。

"怎么能让你擦地板呢? 这活儿一向是这些孤儿们做的。"院长停顿片刻,用慈祥的眼神看着凯蒂。"亲爱的孩子,你能陪丈夫一起来,就足够了。很多妻子都不如你这么勇敢呢。还有,瓦尔特忙碌一天回家,让他享受家的安宁与舒适,那可是你最胜任的工作了。相信我,他需要你付出全部的爱,需要你给予无微不至的关心。"

院长用超然与审视的眼光看着凯蒂,亲切中似乎隐含着嘲讽的意味,凯蒂不敢轻易对视她的目光。"每天从睁眼到闭眼,我都无所事事,百无聊赖,"凯蒂说,"我总觉得,你们忙得不可开交,而我却游手好闲,无所作为,真有点儿无地自容啊。我不想给你们添麻烦,也不应该拒绝您的好意,浪费您的时间。可我真心实意想来帮忙,倘若您能让我尽一份绵薄之力,那可是对我莫大的恩赐啊。"

"你的身子骨看上去有点弱。前天你来看望我们,我们非常高兴。不过,我发现你的脸色甚是苍白,圣约瑟芙修女还以为你怀孕了呢!"

"不,没有!"凯蒂大叫着否认,脸一下子红了。

院长发出银铃般清脆的笑声。

"这没什么好害羞的,亲爱的孩子,这样的推测也不是没有可能。你结婚多久了?"

"我的脸色虽然苍白,但身体却十分结实。我向您保证,不管干什么累活,我都不怕。"

这时,院长完全恢复了往日的神态,不经意间又露出常见的威仪。她朝凯蒂上上下下打量着,凯蒂感到一阵无可名状的紧张。

"你会说中文吗?"

“不会。”凯蒂回答道。

“唉,那就有点遗憾了。要是你会中文,我就让你负责管理那些大孩子。现在事情倒有点儿难办了,恐怕她们不太好——不太好‘管教’,是用这个词吗?”院长用试探的语气问道。

“我能帮修女们护理病人吗?我对霍乱一点都不怕,我来照顾那些染病的小女孩或士兵吧。”

院长表情严肃起来,若有所思地看了看凯蒂的脸,随后摇了摇头。

“你可不知道霍乱有多吓人。真的很可怕!医务室由那些士兵照应,我们只需派个姐妹在那儿盯着。至于照看那些小女孩……不,不!我想你丈夫不会让你去的。说实在的,那儿的场面触目惊心。”

“我慢慢就习惯了。”

“不,这个肯定不行!这些都是我们的职责,也是我们的分内之事,毫无必要把你给牵扯进来。”

“听您这么说,我觉得自己很不中用,一无是处。我竟然一点忙也帮不上,真是难以置信。”

“你跟你丈夫谈过吗?”

“谈过了。”

院长盯着她看,似乎看透了她的心思。凯蒂露出一脸焦急而诚恳的神色,院长看在眼里,忍不住笑了。

“你是新教徒吧?”她问。

“是的。”

“这倒没关系。沃森先生——就是故世的那位传教士——也是新教中人。在我们看来,这没有什么大不了的。他对我们十分关心,我们非常感激他。”

一丝笑容在凯蒂脸上掠过,但她没有说话。院长想了一会儿,随后站起身来。

“你真是个热心肠的好人。我想,我会找点事情让你来做。弗朗西斯修女去世后,我们的确应付不了这么多的活儿。你什么时候能来?”

“现在就行!”

“你真是雪中送炭啊!听你这么说,我很高兴。”

“我向您保证,我会竭尽全力工作!您能给我这个宝贵的机会,我真的非常感谢。”

院长拉开会客室的门,正待出门时,犹豫了一下,又用睿智的目光朝凯蒂审视了一番。随后,她把手轻轻搭在凯蒂的胳膊上,说道:

“你知道吗,亲爱的孩子,无论在凡尘俗世,还是在修道院,无论是工作还是休息,人都不可能获得安宁。只有在灵魂深处,人才能找到安宁。”

凯蒂心里一惊,但院长已迅速转身离去。

四十九

在修道院里工作,凯蒂感到精神振奋。每天旭日东升,她就赶往修道院。夕阳西下,当金色晚霞染遍那条窄窄的小河以及河面上密密麻麻的帆船时,她才回到平房的家中。院长安排她去照看那些年幼的孤儿。当年,凯蒂的母亲从家乡利物浦来到伦敦,她可是做家务活的行家里手。凯蒂虽说为人轻佻,但在这方面尽得母亲真传。她精通厨艺,更是擅长针线活。每逢提及此事,她都会用玩笑的口吻自嘲一番。她的专长崭露头角后,院长做出专门安排,让她指导那些做针线活的年轻女孩。这些女孩子会说一点儿法语,凯蒂每天跟她们学几句中文,所以管理起来倒也没什么困难。有时候,她还去管管年龄更小的孤儿,防止她们调皮捣乱。她的主要任务就是帮她们穿衣脱衣,需要休息时,就张罗着她们休息。修道院里还有很多被遗弃的婴儿,主要由奶妈们负责照看。凯蒂遵照吩咐,也时不时去关照一下。在凯蒂看来,她做的都是些琐碎小事,她很希望能承担一些更艰巨的工作。她多次提出请求,但院长并没有同意。出于对院长的敬畏,她也没有纠缠不休。

起初几天,凯蒂对这些小女孩略有嫌恶,不得不设法加以克服。她们都身穿丑陋难看的制服,长着一头硬邦邦的黑发,圆圆的黄色脸蛋,犹如黑李子般的眼睛直勾勾地看人。她记得第一次到访修道院时,院长目光柔和,面色慈祥亲切,那些丑陋的小家伙们围住她依依不舍。她可不允许自己的内心屈从于一己好恶。现在,不管哪个孩子摔倒在地,或是磕痛了牙齿,凯蒂都会把这些嚎啕大哭的小家伙们搂在怀里,温言软语地安慰他们。虽然小家伙们听不懂她在说什么,但是她用双臂搂搂拍拍,用温柔的脸颊摩挲挂满泪水的小脸,能给她们带来慰藉与安抚。凯蒂最初的生疏感很快消失了,那些小家伙们一点儿都不怕她,一有什么事就跑来找她。能够获得孩子们的信任,凯蒂自然特别高兴。那些年岁稍大的孩子也是如此。凯蒂教她们针线活,她们报之以轻松愉快、乖巧伶俐的微笑。说上一句赞美的话,能给她们带来欢欣和快乐,凯蒂的情绪也会受到感染。她觉得孩子们喜欢她,心中自是欣喜与自豪,也打心眼里喜欢这些孩子。

不过,有一个孩子却让凯蒂感到难以适应。这个女孩大约六岁,罹患严重的脑积水,智力低下,矮小的身躯顶着一个晃悠悠的大脑袋，长着一双空洞无神的大眼睛，嘴巴里不停地流着口水，嘶哑的喉咙里时不时吐出几个含混不清的字眼来。这个女孩让凯蒂感到恶心欲吐，忌惮不已。可是不知出于什么原因，这个痴呆的孩子对凯蒂产生了强烈的依恋之情。凯蒂在大房间里来回走动，照料孩子，她总跟在身后，如影随形。她用手紧紧抓住凯蒂的裙子，把脸贴在她的膝盖上来回磨蹭着。她还想拉住凯蒂的双手抚弄，凯蒂感到恶心不止，浑身一阵哆嗦。她知道小女孩渴望得到爱抚，可是无论如何，她都无法向她伸出双手。

有一次，凯蒂向圣约瑟芙修女提起这个女孩，感叹这孩子活在世上真是遭罪。圣约瑟芙修女听了后，带着微笑向这个残疾的孩子招手示意。那孩子走到她的身旁，把高耸突起的额头在修女的手上磨蹭着。

“可怜的小东西，”修女说，“她被送到这儿的时候，已经奄奄一息了。当时，我恰好就在门口，这真是天意啊！我一分钟也没耽搁，立刻给她施了洗礼。你可不知道，我们费了九牛二虎之力，才把她救活呢。有三四回，我们都觉得，一颗幼小的灵魂就要飞向天堂了。”

凯蒂沉默不语，唠叨不已的圣约瑟芙修女又转谈其他话题。第二天，那个痴呆的小女孩走到凯蒂的身旁，拉住她的手抚弄着。凯蒂鼓足勇气，用手摸了摸小女孩光秃秃的大脑袋，脸上尽力挤出一丝儿微笑。不过，那痴呆的孩子一反常态，突然转身离去，好像对凯蒂兴趣全无。打那天起，她对凯蒂就再也不理不睬了。凯蒂不明白个中的缘由，仍然笑容满面，向她招手示意，试图把她吸引过来，可是那孩子总是扭头走开，好像根本没看见她似的。

五十

修女们百事缠身,一整天都忙得不可开交。她们在简陋不堪的礼拜堂做圣事时,凯蒂才有机会见到她们。第一天,她来到礼拜堂,只见那些女孩子按年龄大小,依次坐在长凳上,她便坐在她们身后。院长看见坐在后排的凯蒂时,便停下脚步跟她说话。

“我们到教堂做礼拜,你大可不必过来,”她说,“你信奉的是新教,有自己的信仰。”

“我是心甘情愿来的,院长!我觉得这儿能让我内心安宁。”

院长神情凝重,朝她看了一会儿,微微颔首。

“当然,你怎么选择都可以。我只想告诉你,到这儿来做礼拜,并不是你的义务。”

没过多久,凯蒂就和圣约瑟芙修女打成了一片,虽然算不上亲密无间,但彼此已熟识相知。圣约瑟芙修女掌管着修道院的财务,负责整个大家庭的吃穿用度,整天忙活得脚不沾地,不得闲暇。她说,只有在礼拜堂做祷告时,她才能够小憩片刻。傍晚时分,凯蒂正陪着孩子们做活,圣约瑟芙修女高高兴兴地跑过来,说她快累倒了,压根儿没空休息。随后,她便坐下来,喋喋不休,与凯蒂闲聊起来。院长不在场,圣约瑟芙修女滔滔不绝,眉飞色舞。她喜欢讲讲笑话,也乐于传播一些流言蜚语,凯蒂在她面前毫无拘束。圣约瑟芙修女的教袍藏不住她心地善良、平易近人的天性。因此,她们俩总是相谈甚欢,乐此不疲。凯蒂毫无顾忌地说着糟糕的法语,一旦出现错误,两人便相视大笑,不以为意。圣约瑟芙修女每天还教她几个汉字。圣约瑟芙修女出生在农民家庭，骨子里还保持着农民的秉性。

“我小时候养过几头牛呢，”圣约瑟芙修女说，“跟当年圣女贞德①一样。不过，我是个坏孩子，没见过天使显灵。幸亏我没有见过，否则，父亲会用鞭子抽我的。他以前经常这么干，不过他可是个好人，只是我那时候太淘气了。我鼓捣出不少恶作剧，现在回想起来，真感到羞愧。”

眼前这个中年修女长得胖墩墩的，幼年时却是个任性不羁的小顽童，心念至此，凯蒂忍俊不禁。即使现在，她的身上还残存着一些孩子气，能让人亲近不疑。她浑身散发着秋日田野的芳香气息——犹如果园里的苹果树硕果累累，原野里的庄稼收割完毕，已安全归仓。她可不像院长，没有圣徒般的悲怆与庄严，而是淳朴简单，无忧无虑，心中充满快乐。

“你从来没想过返回故乡吗，我的好姐妹？”凯蒂问。

“嗯，没想过，如果回家，再回来就太难了。我喜欢这儿的生活，喜欢和这些孤儿们朝夕相处。人生快事，莫过于此了。她们内心善良，招人喜欢。虽说做了修女甚好，可我也有母亲，她把我哺育养大，让我终生难忘。现在，母亲年事已高，要说以后再也不能见她一面，心里真感到难过。幸好，母亲很喜欢她的儿媳妇，我哥哥对母亲也很孝顺。我侄儿已长大成人，农场里又多了一个壮劳力，我想我的哥嫂一定非常开心。我离开法国时，侄儿还是个孩子呢，不过当时就能看出来，他长大后一定身强力壮，可以把一头牛摔倒！”

在这个安静的房间里，凯蒂听圣约瑟芙修女闲谈家事，几乎忘了围墙外的世界里，霍乱正在那儿肆虐咆哮。约瑟芙修女对瘟疫毫不在意，凯蒂深受感染。

---

① 圣女贞德（1412—1431），法国民族英雄，天主教圣人，声称十六岁时遇见过天使，得到“上帝的启示”。

圣约瑟芙修女对其他国家的人带有某种天真的好奇心。她向凯蒂了解伦敦,了解英国,问了各种各样的问题。照她看来,大雾笼罩英国时,即使到了正午,也是伸手不见五指。她问凯蒂是否参加过舞会,是不是住在豪华的大宅子里,她有几个兄弟姐妹,等等。她还经常提到瓦尔特。她说,院长对瓦尔特啧啧称赞,修女们每天都要为他祈祷,凯蒂能有这样一位善良勇敢、聪明睿智的丈夫,真是福分不浅啊。

五十一

她们俩在闲聊唠嗑时,圣约瑟芙修女总不免把话题扯到院长身上。从一开始,凯蒂就意识到,这个说一不二的女人主宰着整个修道院。修道院里的每个人都对她热爱有加,无比钦佩,但同时又充满敬畏之心。虽说她宽厚善良,但凯蒂总觉得,在她面前,自己就像个小学生,每次见到她,都感到很不自在,心中怀着莫名而又尴尬的崇敬之情。圣约瑟芙修女心直口快,急不可耐地谈着院长的家世,希望凯蒂能对她刮目相看。院长出身豪门望族,祖上出过很多历史名人,欧洲半数国王都与她沾亲带故,西班牙的阿方索国王去过她父亲的封地狩猎,家族属下的庄园遍布法国各地。院长能够舍弃家族的荣耀,的确很不容易。凯蒂面带微笑听着,内心深受触动。

“还有,你只要看她一眼,”圣约瑟芙修女说,“就能发现,如此端庄贤淑,自然是名门望族之后了。”

“她的双手真是太美了,我以前从未见过。”凯蒂说。

“是啊。你知道吗,她是个心灵手巧之人,脏活累活都不怕。她可是我们的好院长!”

她们来到这个城市后,一切从零开始。她们修建修道院时,院长亲自设计,亲任监工。她们一到此地,就开始拯救那些可怜的弃婴——她们有的被父母扔进了弃婴塔,有的被接生婆直接丢到野外。想当初,她们的房子没有安枕而卧的床榻,窗户上没有遮风挡雨的玻璃。(“一切从零开始,”圣约瑟芙修女说,“情况真是糟糕透了。”)她们囊空如洗,身无分文,不能支付工人工钱,甚至连基本生计都难以维持。她们的日子过得就像农民——法国的农民。院长是怎么说来着?她说,她们吃的那些东西啊,替她父亲干活的农民只会用来喂猪。困难时候,院长就把这些人教女孩召集起来,一起跪下来虔诚祷告,祈盼仁慈的圣母马利亚解救危难。到了第二天,邮递员真就送来了一千法郎的汇单,就有陌生人,或是英国人(还是新教徒呢),甚至是中国人,主动上门捐赠来了,可她们仍跪在那儿祈祷呢。还有一次,她们实在走投无路了,就对着仁慈圣母马利亚庄严起誓:只要能保佑她们渡过难关,她们就熟背《九连祷》①,以示感恩,表达敬意。你能相信吗?就在第二天,那个风趣幽默的维丁顿先生来了,说什么我们饥肠辘辘,食不果腹,看来急需一大盘子烤羊肉,随手就捐给我们一百美元。

这个小矮人可真有趣!你看他那脑袋光秃秃的,一双精明的小眼睛滴溜溜乱转,很会讲笑话,逗闷子。我的上帝,他简直在糟践法语啊!不过,我们经常被他逗得哈哈大笑。他总有一副好心情,发生了可怕的瘟疫,却悠闲自在,活像是在度假似的。他跟法国人一样,乐天无忧,诙谐睿智。要不是口音浓重,你都很难相信他是个英国人。不过,圣约瑟芙修女时常认为,他是故意把音发错,就是想逗

① 圣诞节前连续九日祈祷的祷告词。

人一乐。他的某些做法有点问题，不过那是他的私事（圣约瑟芙修女嗟叹了一声，耸耸肩，摇了摇头），更何况他还是个单身汉，年纪又不大。

“他的哪些做法有问题？”凯蒂笑着问。

“难道你不知道吗？从我嘴里说出来，简直就是罪过，我本不该在背后嚼他的舌根。他跟一个中国女孩同居了，确切地说，不是汉族人，是满族人。那个女的好像是个公主，爱他爱得神魂颠倒的。”

“真是太不可思议了！”凯蒂说。

“的确如此，我敢向你保证，这可是千真万确的事儿。他可坏着呢，不会跟你说的。你们俩第一次来修道院时，他不愿品尝我精心制作的玛德琳蛋糕。院长不是说，满人的饭菜把他的胃口都给败坏了吗？这可是你亲耳听到的。她说的就是这件事呗。也该让你知道这事儿的来龙去脉，说起来令人啧啧称奇。爆发革命[1]的时候，他正好在汉口工作。满人遭到屠戮，维丁顿这个好心的小矮人救了一户贵族全家人的命，这户人家和皇室沾亲带故。从此，这个满人女孩痴情地爱上了他——嗯，后来怎么回事，你就自己想象吧。维丁顿离开汉口后，这个女孩竟离家出走，一路相随。眼下，她跟着维丁顿，如胶似漆，形影不离，维丁顿只能听之任之，不得不收留她。可怜的家伙啊！我想，他一定很喜欢这个女孩。要我说，这些满族女孩还是十分迷人的。哎呀，我手头还有上千件的活儿要做，我却坐在这儿闲聊，我不是个好教徒啊，说起来真惭愧！”

① 指辛亥革命。

五十二

凯蒂有一种奇怪的感觉：自己正变得成熟起来。这种感觉占住心田，时常令她分心走神。看看他人的生活，聆听不同的人生见解，能激发她的想象力。她重新振作起来，精神面貌焕然一新，内心变得更加强大。此前，她心烦意乱，不知所从，只能哭哭啼啼，可是眼下，无论面对何种境况，她都能开怀大笑，不以为意。她自己也感到惊讶，甚至困惑。遇到了这场可怕的瘟疫，发生一些变化，倒也十分正常。她知道，身边那些染病的人奄奄待毙，但是她已放下了包袱，不再胡思乱想了。院长不准她踏足诊疗室，可是那道紧闭的大门却激发了她的好奇心。她很想寻机偷窥，可是要做到不为人知，却十分困难。一旦被发现了，她不知道院长会怎么处罚她，要是被赶出修道院，那就糟糕透了。她现在全身心扑在孩子们的身上，倘若被撵走了，这些孩子保准会想她的。其实，她也不清楚，要是真的走了，这些孩子们究竟会怎么样。

有一天，她突然意识到，已有一个星期没有想过查理·唐森，梦里也没了他的身影。她的心脏咯噔一下撞在肋骨上：她的相思病不治而愈了！现在想起查尔斯，心中已毫无感觉，她已不再爱他。啊，她终于解脱了！身心解放了！往事真是不堪回首。当初，她对查尔斯爱得痴情迷狂，简直不可思议！她还生出执念：他如此薄情寡义，自己宁可一死了之。她总觉得，情感一旦破灭，人生就会索然无味，唯有痛苦相伴始终。默念至此，她哑然失笑。查理，一个卑鄙龌龊的家伙！当时，她真是蠢透了！此时此刻，她冷静自问：她究竟看中他什么了？幸亏维丁顿对此一无所知，否则，她永远都受不了他的鄙视与嘲讽。她获得了解脱，彻底的解脱，最终的解脱！她忍不住纵声大笑。

孩子们蹦蹦跳跳，正在做游戏。平时，她都习惯性地站在一旁，满脸微笑，宽容地看着她们。如果她们过于闹腾了，就适当管束一下，保证她们在嬉笑玩耍时，不至于受伤。今天，她也兴高采烈，与孩子们打成一片，仿佛自己又回到了童年时代。有她参与游戏，这些小女孩十分开心。她们在房间里追逐打闹，尖叫声此起彼伏，高兴异常，近乎疯狂。由于极度兴奋，她们欢腾雀跃，发出了震耳欲聋的吵闹声。

突然，门打开了，院长站在了门口。凯蒂顿觉尴尬不已，从十几个狂喊乱叫、纠缠不放的小女孩中间挣脱出来。

“你就是用这个方法管孩子的吗？”院长问道，嘴角挂着微笑。

“我们在做游戏，院长，她们非常兴奋。都是我不对，是我带着她们瞎胡闹的。”

院长走进房间，孩子们照例围到她的身旁。她用双手搂住孩子们精瘦的肩膀，开玩笑地揪一揪她们黄色的小耳朵。她用柔和的目光注视着凯蒂，凯蒂满脸羞红，呼吸变得急促起来。她的一双眼睛水灵灵，亮晶晶，一头靓丽的秀发在嬉戏打闹中变得蓬松凌乱，却仍然不失俊俏迷人。

“你真漂亮，可爱的孩子，”院长说，“任谁看你一眼，都会感到赏心悦目，怪不得这些孩子都喜欢你。”

凯蒂羞得满脸通红。她也不知道为什么，眼泪突然在眼眶里打转，她赶紧用双手掩面遮挡。

“哎呀，院长，您真让我羞愧难当。”

“好了，别再犯傻了。美丽也是上帝惠赐的礼物，它是人间最为珍贵的礼物之一。如果有幸拥有美丽，就应该开心快乐，对上帝的恩惠感恩不尽。如果美丽不属于我们，别人的美丽带给我们快乐，我们也应该心怀感激。”

院长又面带微笑，轻轻地拍了拍凯蒂柔软的脸蛋，仿佛她也是个孩子。

五十三

自从来修道院工作后，凯蒂就很少见到维丁顿了。有几次，他曾赶到渡口来接她，两人一起去山坡上散步。他时不时过来喝杯威士忌加苏打水，但是却很少留下来吃饭。不过，有一个星期天，维丁顿提议，他们俩带上午饭，乘坐轿子，去一家寺庙游览。这座庙宇位于城外十英里处，是佛教徒们烧香拜佛的名刹圣地。院长硬是让凯蒂每周休假一天，星期天不用去修道院工作。瓦尔特仍然一如既往，忙得不可开交。

她和维丁顿一早出发，希望在炎热的中午前赶到寺庙。他们坐着轿子，穿行在狭窄的田埂上，四周是一片片的稻田。他们时不时经过竹林环抱、友好亲切的农舍。凯蒂尽情享受着这悠闲自在的郊游。此前被禁锢在喧嚣的城市中，眼下饱览着广阔的田园风景，她感到心旷神怡。他们来到寺庙后，只见错落有致的低矮房屋沿河而立，树林掩映，景致旖旎。在僧侣们的引领下，他们穿过几座空寂人稀、庄严肃穆的院落，参观了几个寺庙殿堂，殿堂里供奉着面相各异的佛教众神。大雄宝殿里矗立着一尊佛陀塑像，佛面幽远，神情悲悯，若有所思，嘴角边挂着若有若无的淡淡微笑。整体来看，这座寺庙破败萧索,往日的辉煌气势早已衰萎湮灭。一座座佛像积满了尘垢,久无信徒顶礼膜拜了。这些和尚们似乎逆来顺受,他们逗留在寺内,仿佛正在等候一纸辞退文书,然后便弃庙而去。方丈主持对客人彬彬有礼,他那一脸的微笑,隐含着行将离职的自嘲。过不了几日,庙里的和尚们就将离开这座绿荫掩映的宜人圣地,各自散去。摇摇欲坠、无人打理的庙堂将遭遇狂风暴雨的摧残,经受大自然的肆意侵扰。野生的藤蔓将爬满死气沉沉的神像,庭院里将杂树丛生,荒草密布。此后,这儿不再是神圣的神灵居所,将成为黑暗的魑魅魍魉之地。

五十四

凯蒂和维丁顿来到一座小亭,在台阶上坐下。亭子由四根红漆柱子支撑,青瓦铺顶,高悬着一口黄铜大钟。他们俯瞰着河面,只见河水缓缓流淌着,拐过几道弯,奔向了瘟疫肆虐的城市。他们能看见城墙上密布的垛口。天气异常酷热,犹如一道裹尸布,笼罩在城池的上方。小河的流淌极其缓慢,但动感清晰可见,让人慨叹世事易逝,心生悲凉。逝者如斯,水过无痕,何处能寻觅到踪迹?在凯蒂眼里,世间万物,包括芸芸众生,犹如大江小河中的水滴,在奔泻流淌中,既亲密无间,又相隔遥远,共同汇成一股无名的洪流,最终注入汪洋大海之中。既然万事万物皆是转瞬即逝,无以足观,世人为何还要对琐屑小事斤斤计较,导致彼此间龃龉不断,愀然不乐呢?这可真是荒唐可笑,堪堪可悲啊!

“你知道哈立顿·加顿斯那个地方吗?”凯蒂问维丁顿,一双美

丽的眼睛含着微笑。

“不知道,怎么啦?”

“没什么。那个地方远在万里之外,我的家人就在那儿。”

“你想家了?”

“不是。”

“再过两个月,你就能离开这儿了。瘟疫发病的势头正在减缓,天气转凉后,这场灾难就彻底结束了。”

“我还有点儿舍不得走呢。”

有一会儿,凯蒂想到了将来的打算。她还不清楚瓦尔特有什么计划,他对此闭口不谈。他依然冰冷如水,谦恭有礼,沉默寡言,显得不可捉摸。他们俩就像河中的两滴水,悄无声息,不知道会流到哪儿去。在他们眼里,或是在旁人看来,这两滴水虽说个性十足,但置身在这滔滔洪流中,就泯然众人矣。

“当心这些修女让你改信天主教。”维丁顿说道,一副嬉皮笑脸的模样。

“她们太忙了,没时间劝人信教呢,她们可都是一等一的大好人。不过——我不知道该怎么说——我和她们之间仍然隔着一堵墙,但我不清楚这堵墙是什么。她们好像拥有某种神秘的力量,能让生活变得更有意义,而我却没有这种力量。这不是信仰问题,而是某种更加深层的东西,更有价值的东西。她们生活在另一个世界,跟我们完全不同。在她们眼里,我们都是陌路人。每天傍晚,我一走出修道院的大门,就有一种感觉,对她们来说,我已经不复存在了。”

“我明白,这股神秘的力量伤了你的自尊心吧?”他语带讥讽地回应道。

“是的,伤了我的自尊心。”

凯蒂耸了耸肩膀,随后面带微笑,慢慢转头看着他。

“你和满族公主同居的事,怎么对我闭口不提呢?”

“这些多嘴多舌的老婆子,她们都跟你胡说些什么了?我敢说,修女们嚼舌海关官员的私生活,也算是一种罪过。”

“何必这么神经过敏嘛?”

维丁顿的眼珠滴溜溜乱转,那样子十分狡黠。他微微耸了耸肩膀。

“这种事没什么好张扬的。我想,它对我的仕途晋升不会起到加分的作用。”

“你很喜欢她吗?”

他抬头看了看,一张丑陋的小脸露出淘气男孩的神情。

“为了跟着我,她抛弃了生活中的一切。她背井离乡,离开家人,四处漂泊,不顾自尊。这么多年来,她义无反顾地跟着我。有那么两三回,我都把她送走了,可她还是跑了回来。有一次,我从她身边溜掉,可她还是把我给找到了。现在,这种白费力气的事儿,我再也不想做了。我这后半辈子只好跟她过了。”

“她定是痴情地爱着你。”

“要我说,这种情感真是十分古怪。”他支应着,困惑不解地皱起了眉头。“如果我抛弃她,她保准要寻短见,对于这一点,我毫不怀疑。这倒不是因为她憎恨我,而是因为没有我,她就不想活了。这种情感真是十分古怪,却又不能置之不理,它常在人的内心掀起波澜。”

“不过,爱而不是被爱,才是最重要的。有些人被人爱着,却不知道心怀感激,而被爱的人不爱她们,只会招人厌烦。”

“我可没有被‘她们’爱过,”他回应道,“只被‘她’爱过。”

“她真是一位公主吗?”

“才不是呢。修女们添油加醋，夸大其词罢了。她出身名门世家，革命期间，这个家族遭遇灭门之灾。虽说她不是公主，但颇有大家闺秀风范。”

他的语气里带着自豪，凯蒂的眼里闪过一丝微笑。

“那么，你打算后半生待在这儿吗？”

“待在中国？是的，离开中国，那她怎么办呢？退休后，我就在北京置办一处四合院，在那儿了此残生。”

“你有孩子吗？”

“没有。”

凯蒂用好奇的眼神看着他。奇怪得很，一个异族女孩竟然如此死心塌地，爱上了这个秃顶猴脸的矮男人。维丁顿说起这个女孩子，显得漫不经心，口无遮拦。尽管如此，凯蒂却能强烈地感受到这个女孩浓烈而忠贞的爱情，内心深处荡起了波澜。

“哈立顿·加顿斯似乎遥不可及啊。”她微笑道。

“怎么说起这个来了？”

“我也不知道为什么。生活是多么奇妙无比啊！我感觉自己先是在池塘边生活了大半辈子，却在突然间看到了汪洋大海。它让我激动得喘不过气来，更让我感到欣喜若狂。我可不想死，我要活下去，我的内心鼓足了重新生活的勇气。我觉得自己很像是扬帆远航的老水手，正在探寻一片不为人知的海域。我的内心强烈渴望着探寻未知的世界。”

维丁顿看着凯蒂，若有所思。凯蒂一双出神的眼睛凝望着平坦如镜的河面。两个小水滴悄无声息地流淌着，悄无声息地流向了黑暗而永恒的大海。

“我能拜访那位满族女孩吗？”凯蒂突然抬头问道。

“行，可她不会讲英文。”

“你真是太好了。你为我做了那么多的事,兴许我能用我的方式向她问好致意。”

维丁顿的脸上浮现出略带嘲讽的微笑,但他却用诙谐的方式答道:

“改天我亲自接你过来,我让她敬你一杯茉莉香茶。”

凯蒂不想告诉维丁顿,打一开始,这个跨国恋故事就不可思议地激发了她的好奇心与想象。这个满族公主已经变成了某个耸然而立的标识,隐隐约约并坚持不懈地向她招手示意。这位公主用捉摸不透的手势指向了一个神秘莫测的精神国度。

五十五

然而,一两天后,凯蒂有了一个意外的发现。

那天,她照旧来到修道院工作,所做的第一件事就是给孩子洗漱、穿衣。修女们觉得夜晚的冷风伤人,很喜欢紧闭门窗,致使宿舍内的空气污浊窒闷。凯蒂从空气清新的早晨走进孩子们的宿舍,总感到些许不适,每次都急不可耐地开窗通气。可是那天,她却突然感到头晕目眩,恶心不已。她伫立在窗户旁,尽力让自己恢复镇定。以前从未出现过如此糟糕的状况。不一会儿,她感到一阵强烈的反胃,便大口呕吐起来。她发出一声大叫,把孩子们都给吓坏了。一个大孩子跑过来,想扶一扶凯蒂,但看到她脸色煞白,浑身发抖后,突然止住脚步,大声惊呼:霍乱!染上瘟疫的念头在凯蒂的脑海中一闪而过。随后,濒临死亡的感觉传遍全身,她不禁感到万分恐惧。死神在她的血管里奔腾咆哮,她竭力挣扎着。一阵头昏眼花袭来,她的眼前一片漆黑。

凯蒂睁开眼睛的时候,起初不知道自己身在何处,她似乎正躺在地板上。她轻轻地动了动脑袋,觉得自己枕着一个枕头。她记不清刚才发生了什么。院长跪在她的身旁,把溴盐举到她的鼻子前。圣约瑟芙修女站立一旁,正注视着她。这时,染病的念头又浮现在脑海中:霍乱!她在修女们的脸上看到了惊恐的神色。圣约瑟芙修女显得身形高大,轮廓一片模糊。恐惧再次袭上心头。

“唉,院长,院长,”她抽噎着说道,“我是不是快要死了?我不想死。”

“别紧张,你不会死。”院长说。

院长显得镇定自若,眼睛里甚至带有几分欢快的神色。

“可是我染上了霍乱,瓦尔特在哪?派人去叫他了吗?啊,院长,院长。”

凯蒂放声大哭起来。院长把手伸了过来,凯蒂一把抓住,仿佛抓住一根救命稻草似的,死死不放。

“好了,好了,亲爱的孩子,千万别犯傻了,你没有染上霍乱,也没有生病。”

“瓦尔特在哪儿?”

“你丈夫正忙得不可开交,不用打扰他了。再过五分钟,你就全好了。”

凯蒂用疲惫不堪的眼神注视着院长。面对霍乱,院长竟能如此镇定自若?这未免太冷漠无情了吧。

“再静静地平躺一会儿,”院长说,“你什么事都没有,无须感到惊慌。”

凯蒂觉得心跳一阵狂乱。她早已对霍乱习以为常,见怪不怪,总觉得自己是不可能染上瘟疫的。唉,她真是蠢透了!她知道自己就快死了，心中十分恐惧。孩子们搬来一把长长的藤条椅，把它放在窗户旁。

“好了，我们扶你起来，”院长说，“躺到藤条椅上，你会更舒服些。你能站起来吗？”

院长用双手托在凯蒂的腋下，圣约瑟芙修女扶着她站了起来。她躺到藤条椅上，浑身疲乏无力。

“我还是把窗户关上吧，”圣约瑟芙修女说，“清晨的空气吹过来，对她身体不好。”

“不要，不要，”凯蒂说，“请不要关窗。”

看到窗外的蓝天白云，她感觉有了信心。她虽然浑身还在颤抖，但心情好多了。两位修女默默无语地看了她片刻后，圣约瑟芙修女对院长说着什么，凯蒂没有听懂。随后，院长坐到椅子旁，拉住她的手。“听我说，亲爱的孩子……”

院长问了一两个问题，凯蒂做了回答，但不知道她的用意何在。她的双唇颤动着，几乎连话都说不清。

“这是毋庸置疑的，”圣约瑟芙修女说，“这种事瞒不过我的眼睛。”

圣约瑟芙修女轻轻地笑了起来，凯蒂察觉到她神色兴奋，心情激动。院长依然握住凯蒂的手，脸上露出柔和慈祥的微笑。

“这档子事，圣约瑟芙修女比我更有经验，亲爱的孩子，她一眼就看出是怎么回事。显然，她的判断是正确的。”

“究竟是怎么回事？”凯蒂焦急地问道。

“这是再清楚不过的事情了，难道你从来都没有想到过吗？你怀孕了，亲爱的孩子。”

凯蒂听后大吃一惊，浑身为之一颤。她双脚朝地上一蹬，仿佛要跳起来。

“躺着别动，躺着别动。”院长说。

凯蒂满脸一阵羞红，随即用双手捂住胸口。

“这不可能，这不是真的。”

“她说什么？”圣约瑟芙修女问。

院长替她翻译，圣约瑟芙修女宽大的脸上泛起了红光，露出喜悦的神情。

“不可能出错，我可以用名誉担保。”

“你们结婚多长时间了，我的孩子？”院长问，“什么？我嫂子结婚这么长时间，都生过两个孩子了。”

凯蒂躺回到长椅上，死亡之心重新升起。

“我感到十分羞愧。”她咕哝着。

“难道是因为怀孕吗？为什么？还有什么比结婚生孩子更自然的事情吗？”

“费恩医生听到喜讯后，一定很高兴。”圣约瑟芙修女说。

“是的，想想看，对丈夫来说，这可是天大的喜事啊，他保准喜出望外。你看看他平时与孩子们在一起的样子，与孩子们玩耍时脸上的神情，你就应该明白：如果有了自己的孩子，他定会欣喜若狂。”

有一会儿，凯蒂没有说话。两位修女用温柔专注的目光凝视着她，院长在她的手上摩挲起来。

“以前从没想到过，我真是太傻了，”凯蒂说，“不管怎么说，没有染上霍乱，也算是万幸。我现在感觉好多了，我要继续工作。”

“今天就不用了，亲爱的孩子。你刚才晕倒过，最好回家好好休息。”

“不，不，我宁可待在这儿工作。”

“那可不行，万一你出了什么意外，我怎么向我们优秀的费恩医生交代呢？如果你想要工作，那就明天或后天再来，但是今天，你必须乖乖地休息。我会派人雇顶轿子过来,要不要让做针线活的大女孩陪你回去?"

"不,不用了,我一个人回家能行。"

五十六

凯蒂躺在床上,百叶窗已经关上。午饭后,仆人们都去午睡了。早上,她得知自己怀孕(眼下可以肯定是真的),心中感到惊慌。回家后,她一直想理清头绪,但脑子里一片空白。她思维凌乱,难以聚精会神。突然,她听到一阵脚步声,那是皮靴走路的声音,不可能是男仆。她意识到这个人只能是她丈夫,心头一阵恐慌。瓦尔特走进起居室,凯蒂听见他叫了自己一下,但没有吱声。片刻沉默后,她听见了敲门声。

"谁呀?"

"我能进来吗?"

凯蒂从床上爬起来,悄悄穿上了一件晨衣。

"进来吧。"

瓦尔特推门而入。百叶窗幸好关上了,她的脸笼罩在阴影中,看不清。

"我想我没把你吵醒吧,我敲门敲得很轻很轻。"

"我没有午睡。"

瓦尔特走到窗户边,随手将百叶窗打开,一股温暖的阳光照进了房间。

"有什么事吗?"凯蒂问,"怎么这么早就回来了?"

“修女们说,你身体很不舒服,我想,我最好回家一趟,看看你怎么样了。”

一阵愤怒掠过她的全身。

“如果我染上了霍乱,你会说什么呢?”

“如果染上了霍乱,今天早上你就不可能回家了。”

凯蒂走到梳妆台旁,拿起梳子,梳着自己的乱发,她想多一点时间赢得主动。头发梳好后,她坐了下来,点上一支烟。

“今天早上,我身体很不舒服,院长认为我最好回家休息。现在,我的身子完全恢复了。明天,我还要照常去修道院工作。”

“究竟出什么事了?”

“她们没告诉你吗?”

“没有,院长说,让你亲口告诉我。”

瓦尔特双眼凝视着她的脸,以前他很少这样。这样的注视是出于职业本能,而不是出于个人情感。凯蒂的目光躲躲闪闪,随后她强迫自己与他正眼相视。

“我怀孕了。”凯蒂说。

她对瓦尔特的禀性早已习惯。你对他说出一件事后,本以为他会发出感叹,但得到的反应却是沉默。这一次,凯蒂再也无法忍受了。瓦尔特一声不吭,身体一动不动,他的脸色毫无变化,一双黑色眼睛凝然不动——这些都说明他已听见了。凯蒂突然觉得很想大哭一场。如果丈夫爱他的妻子,妻子也爱丈夫,那么在这个激动人心的时刻,夫妻俩定会深情地拥抱。他的沉默让凯蒂忍无可忍,她率先打破沉默。

“我以前从未朝这方面想过,我也不知道为什么。我真是太愚蠢了,但是……出于这样或那样……”

“怀孕多久了?估计什么时候分娩?”

这些话似乎是从牙缝里艰难挤出来的。凯蒂觉得,他的嗓子与自己的嗓子一样干涩。可恶的是,她在说话时,双唇不停地颤抖着。只要他不是铁石心肠之人,这事儿一定能引起他的同情。

“我想有两三个月了吧。”

“我是孩子的父亲吗?”

她倒吸了一口冷气。瓦尔特的声音隐隐发颤。他一向冷静而克制,一丝一毫的情感流露反倒让人感到心悸。这可不是什么好事啊。不知为什么,她突然想到自己在香港见过一件仪器,上面有一根指针。据说,这根指针稍有移动,就说明千里之外发生了地震,成千上万的人已经在天灾中丧生。她看着瓦尔特,只见他脸色煞白,阴森可怕,这样的脸色凯蒂领教过一两次。瓦尔特低头向下,目光左右游移。

“嗯?”

凯蒂握紧了双手。她心里清楚,如果说“是”的话,对他来说就有千钧之重(意味着他拥有了世界),那么,她就会重获瓦尔特的信任。毫无疑问,她会重获他的信任,因为这是他一直以来的愿望。此后,瓦尔特就会宽恕自己。她心里明白,瓦尔特爱她爱得如此情深意笃,尽管那么腼腆羞涩,但时刻准备着倾情表白。她也明白,瓦尔特不是那种睚眦必报的小人,只要提供一个借口,一个让他深受触动的借口,他定会原谅她,彻底地原谅她。她完全相信,瓦尔特定会既往不咎,对过去绝口不提。虽说他冷漠无情,性格怪僻,但他既不是卑鄙无耻之人,也不是小肚鸡肠之人。如果说“是”的话,一切都会发生彻底的改变。

再说,她内心急切渴盼着得到同情。她意外地获悉自己怀孕,心中涌起各种莫名其妙的希望以及未曾起过的念头。她内心感到软弱,又夹杂着恐惧。她觉得孤立无援,亲朋好友遥不可及。尽管她对母亲已毫无牵挂,但那天早晨,她却突然充满渴望,想回到她的身边。她急需帮助,急需安慰,可她不爱瓦尔特,她心里明白,自己永远都不会爱他。然而,此时此刻,她却全身心地渴望瓦尔特能用双臂拥抱自己。她可以将头贴在他的胸前,只要偎依在他的怀中,她就能痛痛快快地大哭一场。她真希望瓦尔特能热吻自己,真希望自己能用双臂勾住他的脖子。

凯蒂开始抽泣起来。她已经多次说谎,说起谎来易如反掌,如果说谎能让你受益,那就再说一次谎,又有什么要紧呢?谎言,谎言,谎言究竟是什么?说一个“是”字,是多么轻而易举的事啊。她看见了瓦尔特柔情似水的眼睛,他张开的双臂朝自己伸了过来。可是她说不出口,她也不知道为什么,自己就是说不出口。在已经过去的痛苦不堪的几个星期里,她见识了那么多的人和事:查尔斯冷漠无情,霍乱夺人性命,修女们兢兢业业,更加奇怪的是,还有那滑稽可笑的矮个子酒鬼维丁顿。所有这一切都使她发生了彻底的改变,甚至连她都不认识她自己了。尽管她的内心受到了深深的触动,但是她的灵魂深处有一位旁观者,正用惊慌与愕然的眼神注视着她。她必须把真相说出来,随意撒谎似乎好不值当。她的思绪在不可思议地飘荡着。突然,她想到了墙角下死去的那个乞丐。她怎么会想到那个乞丐呢?她不再抽泣,可是眼泪却止不住,正顺着脸颊汩汩地流下来。最后,她终于回答了瓦尔特的问题:他是不是孩子的父亲。

“我不知道。”她说。

瓦尔特勉强一笑,凯蒂浑身一震。

“挺尴尬的,对吧?”他说。

他的回应符合他的性格,这与凯蒂的预判完全吻合,但也让她的心猛地一沉。她想知道,瓦尔特是否意识到,对她来说,说真话多么困难啊(与此同时,她也意识到,说真话一点儿也不困难,而且势在必然);瓦尔特是否对她的话深信不疑?她的回答是:我不知道,我不知道。这个回答回荡在她的脑海中,眼下要想收回来,已经不可能了。她从手提包里掏出手绢,擦干了眼泪。他们俩谁都没有说话。她的床头柜上有一个热水壶,瓦尔特替她倒了一杯水,把水递给她,端着杯子让她喝水。她留意到瓦尔特的手显见消瘦,这双手曾是那么雅致,修长,手指纤巧,可是眼下,看上去瘦骨嶙峋的。他的手微微颤抖着,他能控制住脸上的表情,但他的手泄露了他的内心。

“我刚才哭了,你不必放在心上,”她说,“真的没什么,眼泪不停地往外流,我遏制不住。”

她喝完水后,瓦尔特把杯子放了回去。他坐到一把椅子上,点上一根烟,随后轻轻叹了口气。曾有一两次,瓦尔特发出过同样的叹气声,每次都让她揪心不已。看看他现在的样子,出神发愣的目光凝视着窗外。凯蒂感到惊讶,在过去几个星期里,他变得如此瘦弱不堪,而她竟然毫无察觉。他的太阳穴凹陷了下去,颧骨在脸颊上高高地凸了起来。他身上的衣服松松垮垮地垂下来,仿佛穿上了尺码大一号的衣服。他的脸晒得黑黑的,苍白中透着青绿。他废寝忘食、含辛茹苦地工作着,看上去疲惫不堪。尽管她心中悲戚,焦躁不安,但是却对他充满同情。她帮不上瓦尔特的忙,她不忍心继续想下去。

瓦尔特用手捂住额头,仿佛脑袋正在疼痛。凯蒂能感觉到,瓦尔特的脑海中也疯狂地回荡着这句话:我不知道,我不知道。奇怪的是,这个郁郁寡欢、冷漠而腼腆的男人竟然会喜欢孩子,而大多数男人对自己的亲生骨血都毫无兴趣。那些修女们曾不止一次提到过此事,不仅深受感动,而且津津乐道。既然他对这些古怪的中国女婴都如此喜爱，要是换成他自己的亲生骨肉，那又会怎么样呢？凯蒂咬紧嘴唇，以免又一次哭起来。

瓦尔特看了看手表。

“恐怕我得回城里去了，我今天有很多工作要做，你自己在家能行吗？”

“嗯，能行，不用为我担心。”

“我想，今天晚上你最好不要等我吃饭，我要很晚才能回家。我会在虞上校那儿吃点东西。”

“好的。”

他站了起来。

“如果我是你的话，今天什么事都不做，你最好放松自己。我走之前，你需要我做什么吗？”

“不用了，谢谢你，我会没事的。”

他停顿片刻，仿佛心中迟疑不决，随后，他突然拿起帽子，眼睛没有看她，径直走出房间。她听见他穿过庭院的脚步声，一阵可怕的孤独感袭上她的心头，眼下再无必要自我克制了。顷刻间，她泪流满面，任由自己释放情绪。

五十七

那天晚上，天气闷热。凯蒂坐在窗户前，双眼凝望着那座金碧辉煌的中国庙宇，在星光的掩映下，只见庙宇的屋顶灰蒙蒙一片。瓦尔特终于下班回家了。凯蒂哭过的眼睛感到沉甸甸的，但她却显得镇静自若。尽管所发生的一切让她饱受煎熬，或许是因为心力交痒，她反倒变得出奇地平静。

“我以为你已经睡了。”瓦尔特进屋后说道。

“我没有睡意，我觉得坐着会更凉快些。你吃过晚饭了吗？”

“吃过了。”

瓦尔特在狭长的房间里来回踱步。凯蒂知道，他有话要说，但神色尴尬，不知道如何开口。凯蒂并不着急，而是耐心等待着。最终，瓦尔特突然说道：

“你下午和我说的事，我一直在思考，我觉得你最好离开这个地方。我已经和虞上校打过招呼了，他会派人护送你离开。你可以把女佣带上，路上很安全的。”

“我能去哪儿呢？”

“回到你妈妈身边。”

“你觉得，她见到我会很高兴吗？”

他沉默了一会儿，显得犹豫不决，一副若有所思的样子。

“那你到香港去。”

“我去香港做什么呢？”

“你需要得到悉心照料，要是硬让你留在这儿，那是很不公平的。”

一丝微笑掠过她的嘴唇，这是苦涩的微笑，也是坦诚愉悦的微笑。她朝瓦尔特瞥了一眼，差一点笑出声来。

“我不明白，你为什么如此担心我的健康呢？”

他走到窗户边，伫立在那儿，看着窗外的夜色，繁星在清澈无云的夜空中闪烁着。

“你的情况特殊，此地不宜长留。”

她注视着瓦尔特，只见他衣着单薄，在夜色的反衬下，全身发白。他的优雅侧影透着凶险，但说来奇怪，此时此刻她并不感到害怕。

“当初你硬逼着我到这儿来，是不是想要我的命?”她突然问道。

过了良久，瓦尔特都没有回答，凯蒂以为他对自己的问题充耳不闻。

“起初是的。”

她的心头猛然一凛。瓦尔特第一次承认了他的真实意图，可是她并不记恨他，此刻的心情也令她吃惊不已。他对瓦尔特由衷钦佩，同时又觉得他有点儿可笑。不知为何，她却突然想到了查理·唐森。眼下看来，这个家伙只是一个卑鄙无耻的大混蛋。

“你冒这种危险，真有点儿可怕，”她回应道，“我在想，要是我真的死在这儿，你那脆弱的良心能原谅你自己吗?”

“可是你没有死，而且活得很好。”

“是的，这是我一生中过得最开心的一段日子。”

她在内心深处十分渴望能得到他的宽恕。无论怎样，他们俩都还活着。生活在这个恐怖与萧索的环境中，竟然还对出轨这类荒唐事耿耿于怀，显然是不合时宜的。可怕的死神近在咫尺，随时能夺人性命，犹如农夫挖出土豆一般容易。此时此刻，如果还在乎别人的身体是否清白，那真是愚蠢之至啊。她多么希望瓦尔特能够明白，查理这种人何足挂齿。眼下，她的脑海中已勾勒不出他的模样来了。她对查理的痴爱早已灰飞烟灭，心中不剩一丝一毫的感情！他们俩所干出的那档子事早就失去了意义。她已经洗心革面，悔不当初，曾经委身求欢的荒唐之举，如今已无关紧要。她很想对瓦尔特说:“喂！难道你不觉得，我们犯傻的时间还不够久吗？我们彼此斗气，互不相让，跟个孩子似的。难道我们就不能重归于好、以友相待吗？即使我们做不成相爱的鸳鸯，难道就不能成为要好的朋友吗?”

瓦尔特一动不动地站着,在灯光的映照下,脸色发白,面无表情,模样吓人。她对瓦尔特没有信任感,如果言语不当,他就当面摆出一副冰冷严肃的面孔来。她现在总算明白了,他之所以极度敏感,那是因为尖酸刻薄与冷嘲热讽是他的自我保护手段。一旦他的情感受到伤害,他就迅速把内心封闭起来。曾几何时,瓦尔特的木讷迟钝让她不胜恼怒。毫无疑问,他感到最窝火最闹心的还是虚荣心所遭受的创痛。她隐隐约约地感到,这是世上最难医治的创痛。也真奇怪,男人把妻子的忠贞看得比什么都重。当初,她与查理私会交往,希望能获得全然不同的感觉,让自己变成另外一个女人,可是她却依然如故,毫无改变。如今,她只觉得生活安宁,精神比以前更加饱满。她多么希望自己能对瓦尔特说:这个孩子是他的!这句谎言对她来说已无关紧要,但是对他而言将无疑是巨大的安慰。或许,这样说也不算是什么谎言。可笑的是,她的某个心结使她不愿正视这个能使她受益的推断。男人们真是愚不可及!在繁衍生命的过程中,他们所发挥的作用是多么微不足道啊。倒是女人们身怀六甲,饱受漫长的艰辛,最终还要在剧痛中临盆生产。然而,男人们仅仅与女人有过短暂的房事,就要提出如此荒唐可笑的要求。这么短暂的行为与他对孩子的情感之间,真有那么重要的关系吗?凯蒂的思绪开始飘移到了将要诞生的孩子身上。她想着这个孩子,既不是因为心存怜爱,也不是发自身为人母的天性,而是出于毫无来由的好奇心。

“我想,你还是把这事儿再考虑一下吧。”瓦尔特打破长时间的沉默说道。

“什么事?”

他微微侧过身子,仿佛感到吃惊。

“考虑一下什么时候走啊。”

“可我不想走。”

“为什么不想走?”

“我很喜欢修道院里的工作,我也在发挥着一点作用。你打算在这儿待多久,我也愿意待多久。”

“我应该告诉你,以你目前的身体状况,很有可能染上疫病的。”

“你的一片好意我心领了。”她微笑着说道,语带讥讽。

“你想留在这儿,不会是因为我吧?”

她迟疑片刻。瓦尔特并不知道,他在她此刻的心中所激起的最强烈、最始料未及的情感竟然是怜悯。

“当然不是,因为你不爱我了,我经常在想,我让你厌烦透了。”

“为了几个古板乏味的修女和一群中国孤儿,你倒是挺卖力的,没想到你会变成这样。”

他的嘴角掠过一丝微笑。

“你这么鄙视我,我认为是很不公平的,你对我的判断实在是大错特错。你如此愚不可及,那就不是我的问题了。”

“倘若你执意要留下来,那我当然悉听尊便了。”

“很抱歉,没能给你一次展示雅量的机会。”要与他一本正经地对话,她感到甚是困难。“其实,你说得很对。我想留下来,不仅仅是为了那些孤儿。你看,我处在一个十分尴尬的位置,这个世界上,我竟然无人可以去投奔。我知道,所有的人都把我当成了累赘。我也知道,没有人在乎我的死活。”

瓦尔特皱起了眉头,但他并没有生气。

“我们把事情弄得一团糟了,是吧?”他说。

“你还想和我离婚吗?我早就无所谓了。”

“你一定知道,我带你到这儿来,就已经宽恕了你的过失。”

“我不知道,你看,我对出轨这类事没有研究。将来离开这儿,我们该怎么办呢?我们还会生活在一起吗?”

“你不觉得,将来的事情只能顺其自然吗?”

他的声音喑哑疲倦,死气沉沉的。

五十八

两三天后,维丁顿到修道院去接凯蒂(因为她不愿在家休息,所以又立刻投入了工作)。他兑现此前的诺言,带着凯蒂同他的满族情人把盏品茗。凯蒂不止一次在维丁顿的家中吃过饭。这是一栋方方正正、富丽堂皇的白色楼房,这样的楼房遍布中国各地,都是给海关官员专门建造的。这幢楼房的餐厅与客厅,都装饰着整洁、厚实的家具。它们看上去既像是办公室,又像是宾馆,但怎么看都不像是住所。不难理解,房客们来了一批,又走了一批,只是把这儿当作临时住处。可是你永远都不会想到,这里的二楼悄然演绎着神秘的浪漫爱情故事。他们登上一段楼梯后,维丁顿打开一扇门。凯蒂走进一个大房间,里面家具不多,四周的白色墙壁上挂着各式各样的书法卷轴。屋子里有一张黑檀木八仙桌和几把黑檀木扶手椅,上面都雕刻着大量花饰。那位满族女孩正端坐在一把高背扶手椅上。凯蒂和维丁顿进屋时,她起身站了起来,但没有朝前走动半步。

“来客了。”维丁顿说完后,又用中文说了几句。凯蒂与她握手问好。她身穿一件长长的绣花旗袍,显得亭亭玉立,个头比凯蒂熟悉的中国南方人明显要高。她的上身套着一件淡绿色的丝绸短衣,紧绷绷的袖子盖住了手腕。她的一头黑发梳得精致整洁，上面戴着满族妇女的头饰。她的脸上打着粉底，脸颊上涂着一层厚厚的胭脂，修剪过的眉毛宛如一条细长的黑线，嘴唇上抹着浓重的口红。她戴着这副面具，微微斜视的黑色大眼睛熠熠发光，犹如两块液态的黑玉。她的样子更像是一尊偶像，而不是一个寻常女子。她举止舒缓有致，显得沉稳镇定。在凯蒂的眼里，她略带羞涩，却又充满强烈的好奇心。维丁顿在引介的时候，她用眼睛看着凯蒂，一连点了两三次头。凯蒂注意到了她的双手，这双手异乎寻常，十分纤细修长，肤色犹如象牙般洁白，指甲上还涂画着精美的图案。凯蒂觉得自己从未见过如此柔美、如此优雅的双手，其可爱之状无与伦比，而千百年来的文化与教养都写在这双手上。

她说话不多，但声音高亢，如同果园里清脆悦耳的鸟鸣声。维丁顿为凯蒂做着翻译，说她很高兴见到凯蒂，问凯蒂芳龄多大，育有几个孩子，等等。他们坐在八仙桌旁的三张高背椅子上。男仆端上来几碗沁着茉莉花香的淡茶，那位满族女孩递给凯蒂一听绿色包装的三炮台牌香烟。除了那张八仙桌和椅子外，房间里的家具相当稀少。一张宽大的床铺上，有一只绣花枕头，还有两个檀木柜子。

“她整日在家，都做些什么呢？”凯蒂问。

“她喜欢画画，有时候也写写诗，但大部分时间里，她闲坐无事。她偶尔抽点大烟，但很有节制。也幸亏如此，因为我的职责之一就是禁止鸦片贸易。”

“你抽大烟吗？”凯蒂问。

“很少抽。不瞒你说，我更喜欢威士忌。”

房间里弥漫着一股淡淡的苦涩味，一点儿也不难闻，而且别有味道，带着异域情致。

“告诉她，我很抱歉不能和她直接交谈，否则，我们俩会有说不完的话。”

满族女孩听过翻译后,迅速朝凯蒂投来一瞥,眼神里透着一丝微笑。她穿着那身漂亮的衣服,大大方方地坐在那儿,显得端庄迷人。在那张精心化妆过的脸上,一双机敏的眼睛望着前方,镇定自若,显得高深莫测。她的样子似梦似幻,如同一幅淑女画像。她的典雅高贵让凯蒂感到自惭形秽。此前,凯蒂对中国从不关注,即使偶尔有所留意,但内心满是鄙夷不屑。眼下,命运之手将她抛到了中国,让她旅居此地,身不由己。此时此刻,她似乎突然明白了什么叫“遥远”与“神秘”。这儿就是那个古老的东方,幽暗晦明的东方,高深莫测的东方。她对这个优雅女子惊鸿一瞥,就能发现相对于东方而言,西方人所追求的信念与理想顿显粗鄙不堪。这里的人们生活在一个截然不同的空间,过着迥然有别的生活。看见这尊粉白黛黑、目光机警的偶像时,凯蒂产生了奇怪的感觉。与她相比,芸芸众生整日里忙忙碌碌,含辛茹苦,就有点儿荒诞可笑了。在这个五彩缤纷的面具背后,似乎隐藏着丰富、深邃、意味深长的人生奥秘。她修长精致的双手与纤纤玉指,则掌控着那把打开人生奥秘的钥匙。

“她每天坐在那儿,都想什么呢?”凯蒂问。

“什么都没想。”维丁顿笑道。

“她真是人间尤物,告诉她,我从未见过如此优美的双手。我很纳闷,她到底看中你什么了?”

维丁顿面带着微笑,翻译了她的问题。

“她说我是个大好人。”

“看样子,她是因为男人的美德而坠入爱河的。”凯蒂带着讥讽说道。

那个满族女孩只笑过一次。当时,凯蒂为了寻找话题,对她佩戴的玉镯啧啧称赞。满族女孩把镯子摘了下来,凯蒂试着戴到自己的手腕上，尽管她的手很小，但手镯就是戴不进去。满族女孩见此情景，如同孩子般咯咯地笑了。她用中文对维丁顿说着什么，然后把家里的女佣叫了过来，对着女佣吩咐了几句。不一会儿，女佣就拿来一双十分漂亮的满族女鞋。

"要是这双鞋合你的脚，她就送给你，"维丁顿说，"它们在卧室里很好用。"

"我试了，很合脚。"凯蒂满意地说道，但是她却注意到维丁顿一脸坏笑。

"她穿在脚上很大吗？"凯蒂又立马问道。

"大得像条船。"

凯蒂大笑，维丁顿翻译后，满族女孩和女佣也都哈哈笑了。

稍后，凯蒂和维丁顿一起上山散步。凯蒂面带微笑，扭头看着维丁顿。

"你从来都没跟我说过，你对她情深意笃啊。"

"你凭什么认定，我对她情深意笃呢？"

"我从你的眼神里看到的。说来奇怪，这样的爱倒像是爱着一个幽灵，爱着一个梦境。男人们总是不可捉摸。我原以为，你跟其他男人没什么不同，现在看来，我对你一点儿也不了解。"

他们快到凯蒂家的平房时，维丁顿突然问道：

"你怎么会想到要见她呢？"

凯蒂犹豫了片刻，随后作出了回答。

"我一直在寻找某样东西，但我不知道是什么。可是我觉得，把它搞清楚，对我来说至关重要，如果能找到它，我的人生将大为改观。也许那些修女们知道，可是我与她们相处时，她们都把秘密藏得严严实实，不愿意与我一道分享。我也不知道我是怎么想到的。我总觉得，见到这位满族女孩后，我对我所追寻的东西会略有所知。

如果她知道是什么,兴许会告诉我。”

“你凭什么认定,她一定知道呢?”

凯蒂斜着脑袋瞥了他一眼,没有回答,却反过来问他。

“你知道那是什么吗?”

他笑了笑,耸了耸肩。

“那就是‘道’。为了寻找‘道’,有些人吸食鸦片,有些人信仰上帝,有些人沉湎于威士忌,有些人寄希望于爱情。这就是那一成不变的‘道’,人对‘道’的追寻永无止境。”

五十九

凯蒂又愉快地投入到修道院的日常工作中。尽管每天早上,她都感到身体不适,但她精神抖擞,情绪饱满。修女们对她关心备至,这让她大感惊讶。以前,她在走廊里遇到那些修女们,她们仅仅道一声早安而已,可是现在,她们随便找个理由,就走进凯蒂的房间,专门看望她,跟她聊上几句,兴奋得跟个孩子似的。圣约瑟芙修女更是絮叨不止,时时叫人腻烦。她对凯蒂说,过去这些天,她是如何推断出她怀孕的事儿。起初,她“有点儿怀疑”,后来“并不感到意外”,凯蒂晕倒后,她更是“确定无疑,一眼就能看出”。她对凯蒂详尽描述她嫂子当年分娩时的情形,幸亏凯蒂生性乐观,机敏豁达,听完后并无一丝儿心惊肉跳的感觉。圣约瑟芙修女兴高采烈,还跟她讲起她早年的成长环境(父亲有座农场,绿草茵茵,一条小河蜿蜒流过,堤岸上,挺拔的白杨树在微风中轻轻摇曳),其中掺杂了许多迷人而亲切的宗教内容。在她眼里,像凯蒂这样的异教徒,对分娩之事是懵懂无知的。因此，有一天，她就对凯蒂讲起了天使报喜的故事。

“每次读到《圣经》上的这段话，我都不免喜极而泣，”她说，“我也不知道为什么，但它能给我带来奇妙的感受。”

随后，圣约瑟芙修女说起了法语，那些字句听在耳中甚是陌生。她平静而准确地背着经文：“天使进去，对她说：‘蒙大恩的女子，我问你安，主与你同在了！’”①

凯蒂怀孕的消息传遍整个修道院，犹如一阵微风吹过满眼白花的果园。一想到凯蒂怀上了孩子，这些不能生育的女人们既心神不宁，又兴奋不已。她们对凯蒂又是担心，又是挂念。她们都是农民或渔民的女儿，总是直截了当地打量着凯蒂的身体变化，但一颗颗童真未泯之心充满敬畏。她们对凯蒂的妊娠症状甚是担忧，却又感到高兴，甚至不可思议地欣喜不已。圣约瑟芙修女告诉凯蒂，大家都在为她祈祷呢。圣马丁修女说什么很遗憾，凯蒂不是天主教徒，却受到了院长的批评。院长说，谁都能成为优秀的女人（用她的原话来说，美妙的女人），即使是新教徒，这世间的万物，上帝早有安排。

修女们如此关心，凯蒂既深受感动，又觉得有趣。然而，让她异常惊讶的是，连严肃庄重的院长也对她殷勤有加。平日里，她对凯蒂彬彬有礼，却总是保持着某种距离。眼下，她对凯蒂的态度带有某种母性的温柔，声音里多了一份柔和的语气，眼神里突然透出了笑意，仿佛凯蒂还是个孩子，刚刚做了一件机灵有趣的事儿——凯蒂心中感动不已。院长的心灵犹如一片灰暗的海洋，水面上平静无波，水底下却剧烈翻腾，其深沉与广袤令人敬畏，然而在一缕阳光的

① 引文出自《圣经·新约·路加福音》第一章第二十八节。

照耀下，刹那间又变得机敏异常，显得友好而欢快。院长常在傍晚时分到凯蒂的房间里坐坐。

“我得随时留意你呀，别让你累坏了身子，我的孩子。”她说。随后，她为自己找了个一眼就能看穿的借口，“否则，费恩医生永远都不会原谅我的。哼，英国人真是太能装了！他明明心里高兴得不得了，可别人一提这事儿，他脸都白了。”

她拿起凯蒂的手，深情地摩挲着。

“费恩医生跟我说，他希望你离开这儿，但是你拒绝了，因为你舍不得离开我们。你很善良，亲爱的孩子。我想让你知道，我们非常感谢你的帮忙。不过，我觉得你也不想离开他。这样反倒更好了，你可以陪在他身边，他很需要你。费恩医生真是令人钦佩！唉，要是没了他，我们真不知道该怎么办呢。”

“我很高兴，他能为你们做一点事情。”凯蒂说。

“你一定要全心全意地去爱他，亲爱的，他真是了不起啊！”

凯蒂莞尔一笑，心中却发出了一声长叹。现在，她只想为瓦尔特做一件事，却不知道如何去做。她希望能得到瓦尔特的宽恕，不是为了她，而是为了瓦尔特。宽恕能给瓦尔特的内心带来安宁，如果主动去求他，那肯定是不管用的。倘若他心中起疑，发现她这样做，不是自求心安，而是想让他释怀，那么在自尊心的驱使下，他定是执拗不已，无论如何都不会答应的（说来奇怪，她对他的自尊心已不再气恼，反而觉得情有可原，心中对他又多了一层怜惜）。唯一可能的是，抓住某个意外的契机，让他丢掉戒备之心。她觉得瓦尔特也希望以昂扬的激情，来消除怨怼之心，摆脱梦魇，从而获得自救。凯蒂心想，可怜的瓦尔特迂腐透顶，若是激起他强烈的逆反情绪，只会让他在自闭中越陷越深。

唉，人世烦恼多多，人生转瞬即逝，竟然还要如此折磨自己，岂不是太可悲了吗?

六十

院长和凯蒂只交谈过三四次,其中一两次还不到十分钟,但凯蒂对她印象至深。院长犹如一片原野,第一眼看去,恢弘壮阔,却难以亲近,但时隔不久,你就会发现,在巍巍群山的掩映下,美丽的河流蜿蜒流淌,草场翠色欲滴,在茂密的果树林中,零星点缀着笑脸相迎的小村落。尽管你对这些舒心宜人的景色感到惊艳,从中获得慰藉,然而在这片风吹日晒的黄褐色土地上,却不会产生宾至如归的感觉。要想与院长成为至交密友,几乎是不可能的。她的身上带有某种超然的品格,凯蒂和其他修女都能感受到。圣约瑟芙修女虽然幽默健谈,但她与院长之间也存在着显而易见的鸿沟。院长与你走在同一块土地上,共同打理着日常事务,却生活在一个让你难以企及的高度。她能给你带来某种奇怪的感觉,既让你心生畏惧,又让你充满敬意。

她曾对凯蒂说:“信教者对着耶稣不停祷告,那还不够;信教者应能独自祷告。”

尽管她的谈话总夹杂着她的信仰,但凯蒂觉得,她开口闭口谈起宗教,其实很自然,倒不是要存心感化异教徒。在院长眼里,她自然是个无知的罪人,但她感到诧异的是,院长宽宏大度,竟对此毫不理会,从无不满。

一天晚上,她们俩并肩而坐,促膝谈心。白昼越来越短,美丽的晚霞赏心悦目,却又带着些许伤感。院长看上去疲惫不堪,一张悲悯的脸庞憔悴而苍白，那双优雅的黑色眼睛也失去了往日的光芒。虽说她很疲劳，但却难得好兴致，主动跟凯蒂说起了知心话。

“对我来说，今天是个值得纪念的日子，我的孩子，”她打破沉思对凯蒂说，“今天是我决定入教的周年纪念日。要不要皈依我主，我整整想了两年呢。我对主的召唤心存顾虑，内心备受煎熬。我担心皈依我主后，日后又会被世俗杂念所吞噬。不过，那天早晨，我在领受圣餐时，暗暗发下誓言：天黑前，一定要将我的决定告诉我亲爱的母亲。圣餐仪式结束后，我祈求我主福泽，赐我灵魂安宁，而我也得到了回应：当汝无欲无求，灵魂自然安宁。”

院长沉浸在对往昔的回忆中。

“就在那天，我们的朋友威尔诺夫人，瞒着亲友，不辞而别，去了卡梅尔修道院。她知道，亲友对她的做法并不赞成。威尔诺夫人是位寡妇，她觉得有权作出自己的选择。这位可敬的寡妇离家出走时，我的一位表姐赶去送行，傍晚时分返回，心中颇受感动。之前，我从未向母亲谈过我的想法，一想到我跟她谈话的场面，浑身颤抖不已。然而，我在领受圣餐时所做的决定，绝不会放弃。于是，我就向我的表姐问了很多问题。表面上，母亲专心编着绣花罩毯，但我说的每句话，她都听在耳中。我一边问，一边在想：如果今天非说不可，那就一分钟也不要耽搁。

“奇怪的是，我对当时的场景记忆犹新。我们坐在一张圆桌旁，桌子上铺着一块红布。我们都在绿色台灯下忙着。两位表姐都在，大家正给客厅里的椅子做着罩毯。想想看，打路易十四时代起，这些椅子就没了罩毯。它们刚买来时，颜色褪尽，破旧不堪。母亲说，这些椅子真是太难看了。

“我想好了一套说辞，却难以启齿。几分钟后，母亲却突然开口。她对我说：‘你朋友的行为，我感到很难理解。不辞而别，尤其对亲友不辞而别,我很不喜欢,这么做太过分了,不合我的胃口。有教养的女人,不管做什么,都不应该招致别人非议。如果你真想出门远行,我们心中不免悲伤,可是我希望,你不要落荒而逃,搞得像罪犯一样。'

"开口的时候到了,但我天性懦弱,最后只能说:'放心吧,妈妈,我可没那个胆量。'

"母亲没有回应。我后悔不迭,因为我还是不敢把心里话说出来。我似乎听见上帝对圣彼得说:'彼得,你爱我吗?'唉,我真是个懦弱无能之人,真是个忘恩负义之人! 我贪图安逸,不愿抛弃世俗生活,舍不得离别家人,喜欢消遣娱乐。我沉湎在这些痛苦不堪的杂念中。后来,母亲对我说,仿佛刚才的谈话还没有中断:'尽管如此,我的奥黛特,我想,你这辈子不做出一番大事来,是心有不甘的。'

"我沉湎在各种顾虑和杂念中,心脏怦怦乱跳,可是我的两位表姐并不知道,所以还在静静地忙活着。突然,母亲放下手中的罩毯,目不转睛地看着我。她说:'哎,亲爱的孩子,我敢肯定,你也很想出家修行,当一名修女。'

"'你不是在开玩笑吧,我的好妈妈?'我说,'我心中所想与平生夙愿,全被你说出来了。'

"'是的,'还没等我说完,两位表姐就大声说道,'这两年,奥黛特一门心思想着这事呢。不过,您肯定不会答应的,姨妈,您千万不能答应啊!'

"'亲爱的孩子们,如果这是神的旨意,'母亲说,'我们又有什么权利阻止呢?'

"这时,我的两位表姐开始插科打诨,问我怎么处理那些俗世的小物件,叽叽喳喳地斗起嘴来,争论着不同的小物件都应该归谁。

快乐的气氛转瞬即过，后来我们全都哭了。随后，我听见父亲上楼的脚步声。”

院长停顿片刻，接着发出一声长叹。

“父亲心中十分难受。我是他的独生女，况且，父亲对女儿的感情通常更深。”

“柔肠一寸，未必都是好事啊。”凯蒂微笑着说。

“能将一寸柔肠化作一片慈爱，奉献给耶稣，那就是天大的好事了。”

这时，一个小女孩跑来，要找院长。她的手里拿着一个漂亮的玩具，兴致勃勃的，要给院长看。院长伸出优美雅致的双手，搂住小女孩的肩膀，小女孩高兴地依偎在她的身上。凯蒂心有所动，留意到了院长脸上的微笑。这微笑是那么甜美，又是那么超然。

“孤儿们全都爱戴您，真是令人感动啊，院长，”凯蒂说，“要是我也能收获一片爱心，我定会感到自豪的。”

院长又一次露出超然而美好的微笑。

“要想赢得别人的爱心，只有一个办法，那就是，全心全意去爱别人，别人才会爱你。”

六十一

那天傍晚，瓦尔特没有回家。通常，他在城里若是有事耽搁，不能准时下班，总会托人捎个口信回来。凯蒂等了他一会儿，后来只好独自坐下吃饭，看着桌子上的各色菜肴，却毫无胃口，敷衍着吃了几口。瘟疫流行，食品短缺，但中国厨子总能将丰盛晚餐摆在面前。

晚饭后,凯蒂蜷坐在窗户边那把长长的藤条椅上,陶醉在繁星满天的美丽夜色中。此刻万籁俱寂,凯蒂心情放松。

她没有拿本书来读读。杂乱的思绪漂浮在大脑的表层,犹如朵朵散碎的白云倒映在平静的湖面上。她很累,抓不住那些飘忽的思绪,无法对所发生的事凝神思考。她跟那些修女们促膝谈心,所得到的印象各不相同,但究竟有什么收获,心中一片茫然。修女们的苦修生活,让她深受感动,但奇怪的是,引导她们苦修的信仰,却让她无动于衷。她难以想象,自己哪一天也会被她们充满激情的信仰所俘获。她发出一声轻轻的感叹:要是伟大、圣洁的信念之光能照亮她的心灵,或许她的一切困难就能迎刃而解了。不止一次,她都抑制不住,想把个人的不幸遭遇及其根源向院长倾诉,但她没那份胆量。她可不想被坚忍克己的院长看成是坏女人。对院长来说,她的所作所为自然是无法饶恕的罪过。可说来奇怪,她本人反倒觉得,这并非什么多大的罪恶,充其量只是一桩蠢事或丑事而已。

也许是出于愚钝的天性,她觉得自己与唐森的私情固然令人遗憾,甚至让人厌恶,但这种事情应该被遗忘,而不该让她悔恨终生。就像在宴会上,一不小心举止失当,虽说无可挽回,令人追悔莫及,但若是过分在意,难以释怀,也没有多大意义。一想到查理,她的心为之一颤。她想到了查理魁梧的身材与西装革履,想到了他的暧昧的下颌,想到了他昂首挺胸、尽收肚腹的站姿。查理显然是个多血质类型的人,那些细小的红色血管在他的脸颊上形成网络状。她曾经迷恋查理的两道浓眉,现在看来,那里面隐藏着肉欲,令人厌恶的肉欲。

将来怎么办呢?真奇怪,她对自己的将来漠不关心,她对未来根本看不清。也许,生完孩子后,她就死了。她的妹妹多丽丝身体一直比她健壮,可在临产时几乎丧命。(她已尽了女人的本分,为新晋的从男爵家生下了继承人！一想到母亲志满意得的样子，凯蒂不禁哑然失笑。）未来的前景如此模糊不清，这就意味着她注定看不到未来。瓦尔特可能会让她的母亲照看孩子——如果孩子能顺利生下来。她对瓦尔特太了解了，即使他搞不清是不是孩子的父亲，但他一定会善待这个孩子。不管怎么说，瓦尔特是个值得信赖的人，他行事光明磊落。他身上还有那么多优秀品质——毫不自私，看重荣誉，智力超群，情感丰富，然而他并不那么可爱，这是多么令人遗憾的事啊。现在，她一点儿也不怕他了，而是为他感到惋惜。与此同时，她又忍不住认为，他这人还有点儿荒唐可笑。他对她用情至深，最终把自己弄得脆弱不堪。凯蒂甚至觉得，她可以利用他的这份感情，来引诱他宽恕自己。这个想法时刻萦绕在她的心头。瓦尔特宽恕别人后，心灵就能安顿下来。唯有这样，才能弥补她对他所造成的伤害。只可惜，他一点儿幽默感也没有。她能想象，未来某一天，他们俩回忆各自如何折磨对方时，能够一起开怀大笑。

她感到困了，于是便提着油灯走进卧室，脱去衣服，躺到床上，不一会儿就睡着了。

六十二

她被一阵咚咚咚的敲门声吵醒了。起初，她还没有完全从梦中醒来，不敢相信那声音是真的。但是敲门声一直没停，她才意识到声音是从院门传来的。院子里漆黑一片。她拿出手表，借着表上的夜光看了看，时间是凌晨两点半。肯定是瓦尔特回来了——他回来得真是太晚了——这个时候，他没法喊醒仆人。敲门声还在响着，越来越大，在寂静的深夜，这声音听上去令人心惊肉跳。敲门声终于停了，她听到有人拉开了沉重的门闩。瓦尔特从来都没这么晚回来过，可怜的人啊，他一定累坏了！她真希望他能理智一些，直接上床休息，别再像往日那样，又一头钻进实验室了。

凯蒂听见好几个人在说话，接着，这些人进了院子。她感到奇怪的是，以前瓦尔特回来晚了，为了避免打扰她，尽可能蹑手蹑脚，不弄出一点儿响动。有两三个人快速登上木质楼梯，走进了隔壁的屋间。凯蒂被吓了一跳，她在心底里一直害怕当地人制造的排外暴乱。不会出什么事了吧？她的心跳开始加速，但她还没有把事情弄清楚，就有人穿过走廊，敲起了卧室的门。

"费恩太太。"

她听出来了，是维丁顿的声音。

"嗯，什么事啊？"

"你能马上起床吗？我有重要的事跟你说。"

她从床上爬起来，穿上一件晨衣。她打开门锁，拉开了门。她打量着维丁顿，只见他下身穿着一条中式裤子，上身披着一件丝绸外套。仆人站在他的身后，手里提着一盏马灯。仆人后面还有三个身穿卡其布军装的中国士兵。看见维丁顿脸上惊慌失措的神色，凯蒂着实吓了一跳。维丁顿的头发蓬乱不堪，仿佛刚从床上爬起来似的。

"出什么事了？"她屏住呼吸问道。

"你一定要保持镇静。现在一刻也不要耽搁，赶紧穿好衣服，马上跟我走。"

"到底出什么事了？是不是城里出乱子了？"

看到那几个士兵，她马上明白过来。一定是城里发生了骚乱，这些士兵是来保护她的。

"你丈夫病了,我们想让你马上去看看。"

"瓦尔特病了?"她大叫道。

"你不要紧张,我也不知道是怎么回事。虞上校派这位长官来通知我,让我马上带你去官衙一趟。"

凯蒂盯着维丁顿发愣,心里陡然感到一股冷意袭来,片刻后才转过身去。

"我两分钟就好。"

"我也是刚刚被叫起来的,"维丁顿回应道,"是在梦中被叫醒的,我只披了件外套,随便穿了一双鞋就赶来了。"

凯蒂没听清他在说什么。她借着点点的星光,随手抓了几件衣服,匆匆忙忙穿上。她的手指忽然变得笨拙起来,费了老半天也扣不上扣子。她拿起一条晚间常用的粤式披肩,围在肩膀上。

"我还没有戴帽子,那就不用戴了吧?"

"不用戴。"

仆人提着马灯,走在前面引路。他们几个人匆匆下了台阶,走出了大门。

"当心别摔倒了,"维丁顿提醒道,"你还是挽住我的胳膊吧。"

几个士兵紧紧地跟在他们身后。

"虞上校派来了轿子,他们在河对岸等着我们。"

他们步履匆匆,下了山。凯蒂的嘴唇瑟瑟发抖,想问话,却开不了口,她害怕听到那个可怕的答案。他们很快来到岸边,一条小船停在那儿,船头亮着一线微弱的灯光。

"他是不是得了霍乱?"她还是忍不住问道。

"恐怕是的。"

她失声叫了起来,突然止住了脚步。

"我想,我们还是抓紧赶路吧!"

维丁顿伸手扶她上了小船。河面不宽，河水几乎凝滞不动。他们几个人站在船头，一个身背孩子的女人在用力摇桨，小船缓慢地向对岸驶去。

“他是今天下午犯病的，”维丁顿说道，“不对，应该是昨天下午。”

“为什么不派人来叫我呢？”

他们俩小声嘀咕着，其实声音大了也没有关系。黑暗中，凯蒂能感到维丁顿十分焦躁不安。

“虞上校本想通知你，但瓦尔特不让。虞上校一直在他身旁陪着。”

“虽说如此，他也应该派人来叫我。太不近人情了！”

“你丈夫知道，你从未见过霍乱病人。那个样子很吓人，很恐怖，他可不想让你看到。”

“但他毕竟是我的丈夫啊。”她哽咽着说道，维丁顿没有答话。

“为什么现在又派人叫我去呢？”

维丁顿伸手挽住了她的胳膊。

“亲爱的，你一定要挺住，一定要做最坏的打算。”

她心中一阵悲痛，失声大哭。她发现那三个中国士兵正看着她，便稍稍侧过身子。这一瞬间，她瞥见了他们带着惊恐的白色眼神。

“他快要死了吗？”

“我只知道这位长官带来的口信，是虞上校派他过来找我的。根据我的判断，他的病情可能很严重吧。”

“难道一点希望都没有了吗？”

“非常抱歉，如果我们不快点赶到那儿，恐怕都见不到他最后一面了。”

她浑身颤抖着，眼泪顺着脸颊扑簌簌地流了下来。

“我就说嘛，他工作劳累过度，身体没有抵抗力了。”

她十分生气地把胳膊从他的手中挣开。维丁顿竟然还能用低沉、痛苦的声音说话，她心中恼怒。

他们抵达河对岸，两名中国苦力站在岸边，搀扶她下了船。轿子备好了，她坐上去，维丁顿又安慰她说：

“你要尽力保持镇静，千万要克制。”

“让轿夫们走快点。”

“都吩咐过了，他们会以最快速度赶路的。”

那位报信的长官已坐上轿子，从凯蒂的轿子旁经过时，对几个轿夫大声吆喝了几句。轿夫们干净利落地起轿，把轿杠稳稳地压在肩膀上，随后步履矫健地出发了，维丁顿的轿子紧紧地跟在后面。他们在山路上一路小跑，每顶轿子前，都有人打着灯笼领路。他们路过哨卡时，只见守卫高举着火把等候着。那位长官朝守卫大喝了一声，守卫打开一扇门让他们通过。这时，守卫高声叫嚷着什么，轿夫们大声呼应着。在这个死寂的夜晚，他们用陌生的语言发出来的吼叫声神秘难懂，令人胆战心惊。他们踩着巷子里又湿又滑的鹅卵石路面一路疾行。那位长官的轿夫们不小心踉跄了一下，凯蒂听见他发出愤怒的斥责，轿夫们大声辩解着。随后，前面的轿子又继续向前，穿行在蜿蜒曲折的街道上。夜半时分，整个城市寂静无声，宛如一座死城。他们急匆匆走过一条狭窄的小巷，转过一道弯，随后又小跑着爬过一段台阶。轿夫们大步流星，快速前行，无人说话，一个个累得气喘吁吁。有一个轿夫满头大汗，汗水不断流进眼里。他掏出一块破旧的手帕，一边走着，一边擦汗。他们左拐右转，仿佛在一个迷宫里急速地绕来绕去。在商店百叶窗的阴影下，有时会躺着一个人影，你无法断定的是，这个熟睡的人是否会在清晨醒来，或是永远都沉睡不起。狭窄的街道上空荡荡的，悄无声息，甚是瘆人。冷不丁，传来一阵狗的狂吠声，神情紧张的凯蒂被吓得心惊肉跳。她不知道他们要去哪儿，路似乎永远没有尽头。他们就不能再快点吗？再快点！再快点！时间不断在流逝。刻不容缓啊，否则就太晚了。

六十三

他们沿着一段长长的、光秃秃的院墙走了一阵子，突然来到两侧设有岗亭的大门前。轿夫们将轿子轻轻放下来，维丁顿赶紧跑过来，凯蒂已迈步下了轿子。那位长官用力敲着门，大喊了几声，一道侧门打开后，他们走了进去。这是一座四四方方的大宅院，墙根处和屋檐下，一群士兵裹着毯子，紧贴着墙根，蜷缩成一团。他们停下脚步，那位长官和一个像在站岗的卫兵说了几句，然后转过头来，对维丁顿说着什么。

“他还活着，”维丁顿低声说道，“脚下当心。”

那几个提灯笼的人仍然走在前面，他们跟在后面。他们穿过那座大院，上了一大截台阶，进了另一道大门，来到另一个大院子。这座院子的一侧有一个长长的厢房，里面有灯，灯光从窗户纸上透出来，映衬出窗格上雕琢精美的图案来。提灯笼的人带着他们穿过这座院子，朝这个厢房走去。那位长官敲了敲门，门立刻被打开了。他朝凯蒂看了一眼，然后退到一边。

“你进去吧。”维丁顿说。

这座厢房又矮又长，屋子里点着几盏冒烟的油灯，光线晦暗不明,气氛阴森不祥,三四个勤务兵四下里站着。正对着大门的墙根,有一张小床,床上躺着一个人,他的身上盖着被子,一名军官纹丝不动地立在床头。

凯蒂急匆匆走了过去,趴到小床边。瓦尔特躺在那儿,紧闭着双眼,昏暗的灯光下,他的脸色犹如死人般苍白。他全身毫无动静,模样吓人。

"瓦尔特!瓦尔特!"她急切地叫道,声音低沉,充满惊惧。

瓦尔特的身体微微一动,也许只是影子动了一下。这一次的动静十分微弱,如同一缕轻风无声地飘过,你感觉不到它的存在,但顷刻间,平静的水面泛起了层层涟漪。

"瓦尔特!瓦尔特!跟我说话。"

瓦尔特慢慢睁开眼睛,仿佛费了九牛二虎之力,才抬起那沉重的眼皮。他没有朝床边的凯蒂看去,只是盯着几寸之遥的那面墙壁。他开口说话了,但声音很小,气若游丝,脸上隐隐带着一丝微笑。

"真是糟糕透了。"他说。

凯蒂赶紧屏息静气地听着,可是他再也没有说话了。他的身体也毫无动静,只见一双冰冷的黑色眼睛死盯着那面粉刷一新的白墙(难道他看到什么神秘的东西了吗?)。凯蒂转身站了起来,神色黯然,对站在床头的那位军官说:

"肯定能找到办法救他,你们可不能光站在那儿袖手旁观吧?"

她双手紧紧地握了起来。维丁顿跟站在床头的军官说了几句。

"他们竭尽全力进行了抢救。军医一直对他悉心治疗,他是你丈夫一手教出来的疫病医生。你丈夫教给他的所有办法,他都尝试过了。"

"就是那位医生吗?"

“不，他就是虞上校，一直陪护在你丈夫身边，寸步未离。”

凯蒂心乱如麻，她朝虞上校瞅了一眼。虞上校身材高大，体型粗壮，身穿卡其布军装，显得焦虑不安。他的眼睛在看着瓦尔特，凯蒂发现那双眼睛里噙着泪水后，心口不禁一阵绞痛。这个扁鼻黄脸的男人，竟然还有脸伤心落泪？凯蒂不由得火冒三丈。

“就这么眼睁睁地看着他等死，真是太残酷了！”

“眼下，他起码不再痛苦了。”维丁顿说。

她再次趴到丈夫的床边，那双瘆人的眼睛依旧呆呆地盯着前方。她不知道他的眼睛是否还看得见，也不知道他的耳朵是否还听得见。她把嘴唇凑到了他的耳边。

“瓦尔特，难道我们就没有办法可想了吗？”

她心想，肯定能找到某种续命灵药，只要及时服下去，就能挽救他那正在可怕地枯萎的生命。这时，她的眼睛能更好地适应室内的昏暗光线。她不无恐惧地发现，瓦尔特的脸颊已深深地凹陷下去，几乎都认不出来了。真是不可思议，仅仅过了几个小时，他就面目全非，判若两人了。或者说，他就已经不像是活人，看上去更像是死人了。

凯蒂觉得他好像有话要说，就把耳朵凑得更近一些。

“用不着惊慌，大风大浪都过去了，我现在好多了。”

凯蒂等了一会儿，但他没再说话。他悄无声息地躺着，让她感到撕心裂肺般的痛苦。他就这么直挺挺地躺在那儿，也让她感到恐惧。他似乎摆好了装殓入棺的姿势，就等着入土为安了。这时，有一个人——不知道是医生，还是殓妆师——走了过来，他抬手示意凯蒂让开。他趴到这个垂死病人的床边，用一块肮脏的破布抹湿他的嘴唇。凯蒂站直了身体，用绝望的目光朝维丁顿看去。

“难道就毫无希望了吗？”她低声问道。

他摇了摇头。

“他还能支撑多长时间?”

“不好说,也许一个小时。”

凯蒂朝空荡荡的屋子里扫视了一遍,目光落在虎背熊腰的虞上校身上。

“能让我和他单独待一会儿吗?”她说,“只要一分钟。”

“当然可以,如果你愿意。”

维丁顿走到虞上校身旁,跟他说了起来,虞上校轻轻鞠了一躬,随后低声发出指令。

“我们在门外的台阶上等你,”大家往外走的时候,维丁顿对她说,“有事你就叫我们。”

凯蒂对所发生的事感到难以置信。她精神恍惚,意识混乱不清,犹如一剂麻醉药迅速流遍全身。她知道瓦尔特马上就要死了,但她心存一个念头:消除那些荼毒他灵魂的积怨,让他平静安详地离开人世。值此弥留之际,倘若他能对她释然无怨,就会心安意适,瞑目而逝了。这当口,凯蒂念兹在兹的不是她自己,而是瓦尔特。

“瓦尔特,我恳求你原谅我。”她趴在他的身旁说道。由于担心他的身体不堪承重,她小心翼翼,没有去碰他。“我背叛过你,我要向你赔罪道歉。我对此痛心不已,追悔莫及。”

他什么也没说,好像根本没有听见似的,她只好又重复刚才的道歉。她有一种奇怪的感觉,他的灵魂犹如一只振翅拍打的飞蛾,一双翅膀因负载仇恨而变得沉重不堪。

“亲爱的。”

一片阴影掠过他那苍白而凹陷的脸颊。他的脸看上去丝毫未动,但却产生了令人恐惧的痉挛效果。她以前从来都没有用“亲爱的”一词来叫过他。也许,他的行将死灭的大脑中闪过一个混乱不清、困惑不解的念头：这个词语只是她用来称呼小狗小猫、襁褓中的婴儿、摩托车的惯用语罢了。这时，令人揪心的事情发生了，她看见两滴眼泪从他干瘪的脸颊上缓慢流了下来。她攥紧了双拳，使尽浑身力气，控制着自己的情绪。

“啊，亲爱的，我的宝贝，如果你爱过我——我知道你爱过我，而我却十分可恨——那么，我请求你宽恕我。我想悔过自新，痛改前非，可是却没有机会了。希望你大发慈悲，我请求你宽恕我。”

她止住话头，屏声静气地看着瓦尔特，情深意浓地等待他的回应。她看见他想说话，她的心怦然一跳。如果他能在弥留之际，消除内心深处的幽怨，她就能稍稍弥补她对他所造成的伤害。他的嘴唇翕动着，眼睛并没有看她，仍然空洞洞地看着那面白墙。她朝他俯过身去，想听清他说什么，但他把话说得非常清楚。

“最后死掉的却是狗。”

她一动不动地僵在那儿，仿佛变成了石头人。她不明白这话是什么意思，一双惊恐而茫然的眼睛注视着他。他的话没有意义，谵妄之言而已。她刚才所说的一番话，瓦尔特一个字也没听懂。

他纹丝不动地躺在那儿，却仍然弥留人间，这简直不可思议。她目不转睛地看着他，他的双眼还没有闭上。她不知道他的呼吸是否已经停止，心头寒意顿生。

“瓦尔特！”她低声呼唤着，“瓦尔特！”

突然，她起身站了起来，一阵恐惧瞬间袭遍全身。她转过身，朝门口跑去。

“你们赶快过来，他似乎不行了……”

大家都进了屋。那位中国医生来到床前，手里拿着一个手电筒。他打开手电筒，检查了瓦尔特的眼睛，随后又把手电筒关上。他用中文说着什么，维丁顿用双手搂住了凯蒂的肩膀。

“恐怕他已经走了。”

凯蒂深深地吐了口气,两行眼泪从眼睛里流了出来。她感到头昏目眩,但不是悲痛欲绝。那些中国人站在病床的周围,束手无策,一个个手足无措,不知如何是好。维丁顿默默无言。片刻后,那些中国人窃窃私语起来。

“我还是先送你回家吧,”维丁顿说,“瓦尔特的遗体也会送过去。”

凯蒂用疲倦的双手捂住额头。她走到瓦尔特的床前,俯下身子,在他的嘴唇上轻轻地吻了吻。这时她已不再哭泣了。

“很抱歉,给你们带来这么多的麻烦。”

凯蒂离开时,军官们向她敬礼,凯蒂神色严峻地鞠躬回应。他们穿过院子,各自上了轿子。她看见维丁顿点了一支烟,一缕烟雾在空中飘逝。人的生命犹如烟雾!

六十四

这时,天色已经破晓。街道上,一个中国人正在卸下店铺门板。昏暗不明的室内,一位妇女就着蜡烛的微弱光亮正在洗脸、洗手。街角的一家茶馆里,几个中国人正在吃着早点。黎明时分,黯淡而阴冷的光线犹如小偷一般,溜进了狭窄的街巷。河面上白雾迷蒙,无数帆船的桅杆若隐若现,犹如一支幽灵部队的长矛。他们在过河时,脊背上一阵寒意袭来。凯蒂裹在色彩艳丽的披肩中,蜷缩成一团。他们来到山坡上,俯瞰着迷雾笼罩的河面。耀眼的太阳已经升起,天空晴朗无云。太阳明亮晃眼,一如往日,仿佛什么都没有发生过。

“你要不要去睡一会儿?”他们走进平房时,维丁顿问。

“不用,我在窗户边坐一坐。”

过去几个星期,她常常坐在窗户前眺望,一坐就是很久。她早已对那座宏伟壮观、美丽神秘的庙宇谙熟于心,一眼望去,便顿感心静神定。在正午阳光的照耀下,那座庙宇看上去是那么虚幻而不真实,也把她从现实世界带入到虚无缥缈中。

“我让仆人给你倒点茶。我想,今天上午,他就必须下葬了,我会把一切安排好。”

“谢谢你。”

六十五

三个小时后,瓦尔特的葬礼开始了。他被装殓在一口中式棺木中,不得不躺在一张怪异的床上,得不到应有的安息,可凯蒂感到无能为力,心中惊惧不安。修女们很快获悉瓦尔特的死讯(她们对城里发生的事无所不知),派人送来一个大丽菊扎成的十字花篮。这个花篮显得庄重而正式,似乎出自花店里娴熟技工之手。在中国棺材旁摆放十字花篮,看上去很是怪诞,显得格格不入。一切准备就绪后,大家等待虞上校的到来。此前,他给维丁顿带了口信,要亲自参加瓦尔特的葬礼。他到达现场时,身边只带着一位副官。送葬的人们朝山坡上的墓园走去,六个苦力抬着棺材。他们来到一小块墓冢旁,那里安葬着已故的那位传教士,也就是瓦尔特的前任。维丁顿在传教士的遗物中找到一本英文祈祷书,低声朗读着追悼亡灵的祷文,神情一反常态,脸色十分尴尬。也许,朗读这些庄严而令人生畏的悼文时,他的脑海中闪过一个念头:要是他也染上瘟疫,追他而逝,那么在他的葬礼上,就没有后继者念诵悼文了。棺材被放入墓穴中,掘墓人开始挥锹填土。

这时,光着脑袋站在墓穴旁的虞上校戴上帽子,朝凯蒂庄重地敬了一个军礼。他对维丁顿简短地说着什么,随后带上他的副官走了。苦力们对基督教式的葬礼甚是好奇,一直逗留在那儿观看。后来他们手提抬杠,三三两两,也慢慢地离开了。凯蒂和维丁顿等在那儿,直到墓坑被土填满,并堆起了墓丘。他们将修女们送来的十字花篮摆放在新起的坟堆上。凯蒂没有哭泣。当第一锹土嗖的一声砸在棺木上时,凯蒂曾感到一阵揪心的剧痛。

凯蒂发现维丁顿正等她一同离去。

“你急着要走吗?”她不无愠怒地说道,“我现在还不想回家。”

“我没什么急事,随时听候你的吩咐。”

六十六

他们沿着田埂小道缓步而行,最后来到小山上。山顶矗立着那座贞洁寡妇的牌坊。这座牌坊给凯蒂留下了极为深刻的印象。它是一个象征,但象征着什么,她心里并不清楚。在她看来,这座牌坊颇具讽刺意味,她也不清楚为什么。

“我们坐一会儿吧?我们许久没在这儿坐过了。”广袤的平原在她眼前伸展开去,在晨光的映照下,显得静谧而安宁。

她说:“我在这儿只待了几个星期,却感觉像是过了一辈子。”

他没有回应。有一会儿,她让自己的思绪飘散开去,随后发出一声叹息。

“你认为灵魂不朽吗?”她问。

他似乎对这个问题并不感到惊讶。

“我怎么会知道呢?”

“刚才,他们在装殓前,给瓦尔特洗身,我就看着他。他还非常年轻,这么年轻,不应该死。你还记得你第一次带我散步时,我们看见的那个乞丐吗?当时我感到非常恐惧,倒不是因为他已经死了,而是因为他看上去早就不成人样了,很像是一头死去的动物。眼下瓦尔特死了,他的样子更像是一台废弃停转的机器。正因为如此,所以才让人感到害怕。如果仅仅是一台机器,那么所有这些苦难、伤痛、悲伤,都变得毫无意义了。”

他没有答话,但是他的双眼在下方那片风景如画的田野上逡巡。在这个艳阳高照的早晨,极目远眺,令人心旷神怡。那一块块整齐划一的水稻田,一眼望不到尽头。在很多稻田中,身穿蓝布衣衫的农民正赶着水牛辛勤耕作。此情此景何等祥和宜人啊!凯蒂率先打破了沉默。

“我真不知道该怎么跟你说,我在修道院里的所见所闻,让我深受触动。这些修女们真是太伟大了。与她们相比,我觉得自己一无是处,活得毫无价值。她们舍弃一切,舍弃了她们的家庭,她们的祖国,她们的爱情,她们的孩子,她们的自由。我总觉得,最难舍弃的就是那些微不足道的东西,她们舍弃了鲜花与原野,舍弃了秋日漫步,舍弃了读书与音乐,舍弃了舒适与安逸,她们舍弃了一切,所有的一切。她们之所以如此,是因为她们把生命中的一切都奉献了出来。她们牺牲自我,甘于清贫,逆来顺受,终日劳碌,并在祈祷中度过一生。对她们来说,这个世界就是一个地地道道的流放地。她们心甘情愿地背负着生活的十字架，但是在她们内心深处，一直存在着某种期待——是的，比期待还要更加强烈。那就是一种渴望，对死亡急不可待、充满激情的渴望，渴望死亡能把她们带向那生命永恒的境界。”

凯蒂双手扣在了一起，用极度痛苦的目光朝他看去。

“你怎么看？”她问。

“假如没有什么生命永恒呢？想一想看，要是死亡意味着一切事物都走向终结呢？她们舍弃了一切，可什么都没有得到。她们受到了蒙蔽，都是被愚弄的傻瓜。”

维丁顿沉思片刻后，继续说道：

“我不知道，不知道万一她们孜孜以求的只是一个虚幻的目标，是否真有什么关系？不过，她们活得很美。我由此想到，我们之所以珍视现世生活，毫不厌倦地活着，恰恰是因为美，是人类不时从混乱中创造出来的美，还有人类的绘画、音乐、书籍，以及五彩斑斓的生活。所有这些事物当中，最丰富多彩的美就是生活之美，生活是一件完美的艺术杰作！”

凯蒂发出一声叹息。他所说的话似乎艰涩难懂，她想听到更多的解释。

“你去过交响音乐会吗？”他问。

“去过，”她微笑道，“我对音乐一无所知，但我十分喜欢音乐。”

“乐队的每一位乐手都在演奏他自己的乐器。当错综复杂的和谐乐曲不断流出，向空中传播时，你认为这些乐手们都能了如指掌吗？其实，每位乐手都只关心他们各自演奏的部分，但他们都知道，整首交响乐是优美动人的。尽管没人能完整地听到演奏，但交响乐本身是优美动人的，每位乐手都对自己的角色感到心满意足。”

“那天你提到了‘道’，”凯蒂在他停顿片刻后说，“跟我讲讲什么是‘道’。”

维丁顿朝她稍稍看了一眼，犹豫片刻。随后，一丝微笑浮现在他那张滑稽可笑的脸上。他回答说：

“道即是路，即是走路的人。这是一条永恒之道，所有的生命都是行道者，但是道不是创造出来的，因为道本身即是生命。道无处不在，道虚无飘渺；道生万物，道法自然，万物归道；大道无形，大道无声，大道无象。道是一张恢恢巨网，网眼之大犹如海洋，但是却疏而不漏；道是一座神殿，能够庇护天下万物。大道无迹可寻，无需凭窗苦寻，便可映入眼帘。道家云，摒弃妄念，清心寡欲，顺应自然，清静无为。委屈可以求全，易弯才能求直；灾祸中隐含着福祉，福祉中潜藏着灾祸，谁能说清它们转化的极点呢？追求身体柔顺者，能如初生婴儿；弱小战胜强大，柔和战胜刚烈；战胜自我者坚强无比。”①

“‘道’真的很有意义吗？”

“有时候有。每当我喝完半打威士忌，再仰望天空的时候，‘道’就有意义了。”

两人沉吟不语，后来又是凯蒂打破沉默。

“跟我说说，‘最后死掉的却是狗’，是从谁那儿引来的？”

维丁顿的嘴唇露出了笑意，他对这个问题已有答案。不过，此时此刻，他却一反常态地变得机敏起来。凯蒂没有看他，但维丁顿瞥见她脸上的表情后，灵机一动，并未立即作答。

“如果是引文的话，我也不知道，”他机警地答道，“为什么问起这个来？”

“没什么，我突然想到了这句话，听起来比较耳熟。”

---

① 毛姆原作的最后几句出自小翟里斯（Lionel Giles）的英译本《老子语录》（*The Saying of Lao Tzu*，1905）。查核《道德经》原文，可大致对应如下：“曲则全，枉则直。祸兮福所倚，福兮祸所伏，孰知其极，其无正也？专气致柔，能如婴儿。弱之胜强，柔之胜刚。胜人者有力，自胜者自强。”此处并未采用回译法。

两人又沉吟不语。

“你和你丈夫单独相处时，”维丁顿过了片刻后说道，“我在同那位军医说话，我想了解你丈夫染病的具体细节。”

“是吗？”

“他当时情绪异常激动，我也闹不明白，他说这话是什么意思。我能弄清楚的是，你丈夫是在做实验时染上瘟疫的。”

“他总是躲进实验室做实验。其实，他并不是医生，只是一位细菌学家，这也是他渴望到这儿来的原因。”

“军医讲了很多情况，但我还是没搞清楚，他究竟是意外地染上瘟疫，还是在自己身上做实验造成的。”

凯蒂的脸色唰的一下全白了，这番话让她浑身战栗不止。维丁顿握住她的手。

“很抱歉，我又说起这事儿了，”他轻声说道，“我本想安慰你一下——我知道，在这个时候，说任何安慰的话都没有意义。瓦尔特恪尽职守，为了科学研究，献出了生命，我本以为你会感到自豪的。”

凯蒂有点不耐烦地耸了耸肩。

“瓦尔特是因为伤心而死的。”她说。

维丁顿没有回应。她慢慢转过身，朝他看去，脸色一片煞白。

“他临终前说‘最后死掉的却是狗’，那是什么意思？是从哪儿引来的？”

“这是哥尔斯密①《挽歌》②中的最后一行。”

① 哥尔斯密（1730—1774），十八世纪英国诗人、小说家、剧作家。
② 诗歌全名是《疯狗挽歌》（An Elegy on the Death of a Mad Dog）。

六十七

第二天早上,凯蒂来到修道院。开门的女孩见到她,似乎很惊讶。凯蒂工作几分钟后,院长走了进来。她来到凯蒂身旁,握住她的手说:“很高兴见到你,亲爱的孩子。你能强忍巨大悲伤,一转眼又回到这儿工作,显示出了无与伦比的勇气,还有睿智。可以肯定,你到这儿做一点事情,就不会感到郁郁寡欢了。”

凯蒂垂头朝地面看去,脸微微地红了。她不想让院长看穿她的心思。

“不用说你也知道,我们都对你的遭遇深表同情。”

“谢谢你们。”凯蒂低声说道。

“我们会永远为你祈祷,永远为你丈夫的亡灵祈祷。”

凯蒂没有吱声。院长松开她的手,然后用冷静而威严的口气给她安排了更多工作。她拍了拍两三个孩子的脑袋,朝她们露出超然但很动人的微笑,随后离开,去处理更加要紧的事情。

六十八

一个星期过去了。凯蒂正在做着针线活,院长走进屋子,在她身旁坐下。她朝凯蒂机敏地瞥了一眼。

“你的针线活做得很好,亲爱的。现在的年轻女孩子当中,手艺如此娴熟之人真是难得一见啊。”

“这都是我妈妈教给我的。”

“我相信,你妈妈见到你,一定很高兴。”

凯蒂抬头看着她。从院长的处事风格来看,她刚才所说的话,是不能当成随口而说的客套话的。她继续说道:

“你可敬的丈夫去世后,我还允许你到这儿来,是因为我觉得,工作能让你散心解闷。在当时那种情况下,我觉得让你长途跋涉,一个人回到香港,是很不合适的。让你独自一人枯坐在家,无所事事,终日忧戚悲伤,那也很不合适。不过,事到如今,已经过去八天了,你应该离开这儿。”

“我不想走,院长,我还想待在这儿。”

“你没有理由再待在这儿了。你来这儿是陪你丈夫的,可他已经去世了。你现在有孕在身,过不了多久,就应该由别人来照料,可是在这儿,却很难做到。亲爱的孩子,上帝将这个生命托付给你,你就应该竭尽全力保护好,这可是你的职责所在啊。”

凯蒂沉默片刻后,垂下了目光。

“在这儿工作,我觉得自己是个有用的人。一想到自己是个有用的人,我心里就非常开心。我很希望您能让我继续在这儿工作,直到这场瘟疫结束为止。”

“你为我们所做的一切,我们都深表感谢,”院长说着,脸上露出一丝微笑,“可是现在,疫情开始好转了,到这儿来的风险已经不大,有两位姐妹正从广东赶来,她们很快就要到了。只要她们一来,我们就不想麻烦你了。”

凯蒂的心猛地一沉,院长说话带着不由分说的威严口气。她对院长的性格十分了解,若是再三向她恳求,那也无济于事。院长觉得有必要对凯蒂晓之以理,说话时虽然没有慷慨激昂,但却带着不容置辩的口吻。

“维丁顿先生心地非常善良，是他向我提出来的。”

“我倒希望他不要多管闲事呢。”凯蒂插话说道。

“如果不是他提出来，我也有义务把这事提出来。”院长轻声说道，“眼下这种情况，你不应该留在这儿，而应该和你妈妈在一起。维丁顿先生已经和虞上校安排好，派得力人员护送你离开，并保证整个旅途的绝对安全。维丁顿先生找好了轿夫和苦力，你的女佣会陪着你，你们经过的城镇都已安排妥当。其实，为了让你旅途舒适，大家都已竭尽所能。”

凯蒂抿紧了嘴巴。她心想，这个与她息息相关的事情，至少事先和她商量一下吧。她努力克制内心的情绪，尽量不要说出过激的话来。

“我什么时候动身？”

院长依然显得平静安详。

“你回到香港后，立刻启程回国，越快越好，亲爱的孩子。我们希望，后天一早你就动身。”

“这么快？”

凯蒂差一点儿就要哭了。可事实是明摆着的，修道院虽好，终非久留之地。

“你们大家急着赶着，都想把我打发走。”她伤心地说道。

凯蒂察觉到院长神态放松，认为她已接受了回国的安排。她在不知不觉中，说话的语气更加轻柔温和。凯蒂具有敏锐的幽默感，她心里想着，即便是天主圣徒，也有自行其是的时候，于是眼睛里不无狡黠地眨了眨。

“亲爱的孩子，你有一颗善良的心，说起来我们都非常赞赏。你还有值得钦佩的慈悲胸怀。正因为如此，你才不愿放弃你的志愿者职责。”

凯蒂直勾勾地看着前方，微微耸了耸肩。她心里清楚，自己身上哪有这些高尚的品格啊。她很想留在这儿，那是因为她无处可去。她的内心升起一种莫名的惆怅，在这个世界上，几乎无人在乎她的死活。

“我闹不明白，你为什么不愿回国？”院长和蔼可亲地说道，“在这个国家，很多外国人会不惜代价觅此良机呢！”

“但你们不是这样，对吧，院长？”

“呃，我们的情况不同，亲爱的孩子。我们来这儿的时候，就知道要与故乡生离死别了。”

凯蒂觉得自尊受到了伤害，于是便产生了某种不良的冲动，想要在修女们严密坚实的信仰支柱上找到缝隙。这些笃信天主的修女们，如此超然恬淡，竟能抵御人类一切俗世情感的侵袭。凯蒂倒想看一看，院长身上是否还存在人性的弱点。

“我总在想，要是永远都看不到自己的亲人，看不到生你养你的故乡，有时候是很不好受的。”

院长犹豫了片刻，凯蒂一直注视着她，但是从她安详、美丽、严厉的脸上看不到任何变化。

“我的母亲年纪大了，对她来说，确实难以承受，因为我是她唯一的女儿。她在去世前，当然很想再见到我一面。我希望我能满足她的心愿，可是这已经不可能了。我们只能期待着将来在天堂里相见了。”

“尽管如此，但一个人在想到父母双亲时，难免会扪心自问，如此这般背井离乡，音信全无，究竟是不是正确的选择呢？”

“你是在问我，我对自己所做的选择是否后悔过？”院长突然满脸红光起来，“从来都没有后悔过。从来没有。我放弃了碌碌无为、平庸琐碎的生活,选择了自我牺牲与祈福求安的人生。”

短暂沉默后,院长面露微笑,神态更加轻松地说:

“我想托你帮忙带个小包裹,船到马赛的时候寄出去。我不想在中国的邮局里寄。我马上就拿过来给你。”

“不急,你明天给我也行。”凯蒂说。

“明天你会很忙,没空再到这儿来了,亲爱的。今天晚上,我们就分手道别,对你来说会更方便些。”

院长起身离开房间,宽松的修道袍难以遮掩她的优雅与高贵之气。片刻后,圣约瑟芙修女走了进来,她是来送别的。她祝愿凯蒂旅途愉快,一路平安。她说虞上校派出了最得力的护卫。她说姐妹们经常独自旅行,但从来都没有受到过伤害。她问凯蒂是否喜欢大海。她说,上帝啊,上次在印度洋遇到暴风雨,她晕船晕得很厉害。她说凯蒂的母亲见到女儿后一定很高兴。她说凯蒂一定要照顾好自己,因为她身上怀着孩子,眼下也需要她照顾呢。她说大家都会为她祈祷,她本人也会为她、为她可爱的小宝宝以及可怜而勇敢的费恩医生祈祷。圣约瑟芙修女说了很多,充满善意,情真意切,可是凯蒂深深地觉得,圣约瑟芙修女所关注的只是灵魂不朽。在她眼里,自己只是一个没有血肉之躯的虚空的魂魄。她在心里产生了强烈的冲动,很想抓住这个胖胖的、善良的修女的肩膀,使劲摇晃,大声告诉她:“难道你不知道,我只是一个不幸而孤独的女人吗?我想要得到安慰、同情与鼓励。唉,难道你就不能暂时不谈你的上帝,对我动一点恻隐之心吗?暂时不谈上帝对人间苦难的大慈大悲,对我动一点凡夫俗子的恻隐之心吗?”想到这儿后,她不禁微笑起来:圣约瑟芙修女保准会愕然失色!她本来就怀疑英国人个个都是疯子,如果自己这么一来,她就更加坚信不疑了!

“幸运的是,我坐船旅行,感觉很好,”凯蒂回应道,“我从来都没晕过船。”

院长带着一个干净的小包裹回来了。

“这是我亲自做的手帕,纪念我母亲的命名日,”她说,“她的教名的开头字母,都是我们的小女孩绣出来的。”

圣约瑟芙修女建议凯蒂看一看那些美丽的刺绣和做工。院长毫不犹豫,面带微笑打开了包裹。包裹里的手绢都是用优质细麻布做成,开头字母用复杂的字体绣成,形成一个拱顶状的草莓叶王冠。凯蒂对做工啧啧称赞后,院长又将手绢包了起来,随手把包裹递给她。圣约瑟芙修女说:“好了,夫人,我得走了。”她彬彬有礼,重复一些客套话后,转身离去。凯蒂意识到,她与院长告别的时刻已经到了!她对院长的宽厚善良表达了谢意。两人沿着空荡荡的白色走廊并肩离开。

“船到马赛港的时候,能不能给这个包裹挂号邮寄?”院长说。

“当然可以!”凯蒂说。

她瞥了一眼包裹上的姓名与地址,姓名似乎是名门大姓,但地址却引起了她的格外注意。

“这地方是个城堡,我以前去过,我和几位朋友曾在法国开车旅行过。”

“那倒是很有可能的,”院长说,“城堡每周开放两次,供来客参观游览。”

“要是我生活在如此美丽的城堡,我永远都不会有勇气离开的。”

“这座城堡确实是一处名胜古迹,但它缺少亲切感。如果说,要有什么遗憾的话,倒不是因为这个城堡,反倒是另外一个小城堡,我在那儿度过了我的童年。它坐落在比利牛斯山中,我是在大海的涛声中降临人世的。我不会否认,我多么还想再次听到海浪拍打礁石的声音啊。”

凯蒂意识到，院长揣测出了她的心思，以及自己说话的用意，所以在隐晦地讥笑她。这时，她们俩已经来到修道院那道不起眼的小门。凯蒂没有想到的是，院长伸出双手，拥抱了她，在她的脸颊上吻了吻。院长吻了左侧，又吻了右侧，凯蒂大感意外，内心激动，差点儿就要哭出来。

“再见，亲爱的孩子，上帝会保佑你的。”她把凯蒂拥抱了好一会儿，然后说道，“你要记住，做好本职工作是一件十分平常的事情，也是不值得夸耀的，就好比手脏了，就应该去洗手一样。而热爱本职工作才是最最重要的。当爱与责任融为一体时，人就会拥有高贵的精神，就会获得无与伦比的幸福感。”

修道院的门在她身后最后一次关上了。

六十九

维丁顿和凯蒂徒步登临小山，绕到瓦尔特的墓地祭拜片刻。他们站在牌坊底下挥手告别。凯蒂最后一次凝望那座牌坊，觉得它看上去颇具反讽意味。与之呼应的是，她本人看上去同样具有反讽意味。她抬步上了轿子。

旅途漫漫，日复一日。路旁的景色不断变换，凯蒂的思绪纷繁复杂。就在短短的几个星期前，她走的是这同一条线路，只不过方向完全相反。在她的眼里，周围景色犹如复制一般，又仿佛是从立体镜中看到的那样立体丰满。凯蒂抚今追昔，触景生情，顿感物是人非。挑着行李的苦力队伍，稀稀拉拉拖得很长，走在最前面的有两三个，后面一百码的地方，只有孤零零一个人，落在后面的又有两三个。护卫兵们步履缓慢，踯躅而行，每天只走二十五英里的路程。女佣坐着两人抬的轿子，凯蒂坐着四人抬的轿子，这倒不是因为她的身体更重，而是尊卑有别。他们时不时遇到一小队苦力，肩挑着重担，排成一行，蹒跚而行，或时不时看见中国官员坐在轿车中，用充满好奇的眼睛打量着凯蒂这个白种女人。有时，他们邂逅身穿褪色蓝衣、头戴大草帽的村夫去赶集；有时，他们遇见一位老太或年轻女子，正迈着缠足的小脚，颤巍巍地一路走去。他们这群人翻山越岭，穿过一片片齐整的稻田，路过竹林掩映的温馨农舍。他们在破落不堪的村庄与人口稠密的城市穿行，城池大多高墙环绕，如同天主教弥撒书中描写的那些古城。早秋季节，阳光明媚，天高气爽。黎明将至，粼粼的微光给平整无垠的田野蒙上一层童话般的迷幻色彩。清晨时分，寒气袭人，但随之而来的和煦阳光却十分宜人。凯蒂被温暖包围着，心中感到惬意幸福，美不胜收。

沿途的景物生机盎然，色彩缤纷，变化莫测，带着异域风情，犹如一幅阿拉斯挂毯。面对这幅挂毯，凯蒂脑海里浮出各种幻象，如同挂毯上神秘模糊的图案，频频闪现。这些幻象很不真实。湄潭府高墙环绕，雉堞林立，就像是古戏台上的彩色布景，若隐若现。修道院的修女们，维丁顿，还有爱他的那位满族女子，都是假面舞剧中的奇幻人物。其他人——大街小巷中行色匆匆的路人，那些染病而死的人们，都是些微不足道的无名角色。当然，每一个角色，所有的角色，都有他们存在的意义，但究竟是什么意义呢？他们仿佛是在祭祀的仪式上，表演了一场精心制作、古老久远的舞蹈。你知道那些错综复杂的舞步意味深长，对你而言，理解其深意至关重要，但是你却毫无头绪，找不到一点儿线索。

凯蒂感到难以置信（一位老太从田埂上走来。她的一身蓝衣，在阳光的照射下，如同天青石一般。她的脸上遍布无数细小的皱纹，就像是旧象牙刻出来的面具。她弯腰驼背，挪动着一双小脚，拄着一根长长的黑色拐杖）——凯蒂感到难以置信的是，她和瓦尔特都出演了那场奇特虚幻的舞台剧，还扮演了十分重要的角色。她差一点儿就丢了性命，瓦尔特却以客死他乡而告终，这难道只是一个玩笑吗？

也许，这仅仅是一场大梦而已。她从梦中突然醒来，感到如释重负，唏嘘不已。此前所发生的一切，恍如隔世，遥不可及。这出舞台剧十分奇特，场景是阳光明媚的真实生活，而剧中人的面貌却是那么模糊不清，那情形与凯蒂正在阅读的小说何其相似。更让凯蒂感到吃惊的是，剧中的故事似乎与她浑不相干。她曾对维丁顿的音容笑貌如此熟悉，眼下却发现他的面部轮廓都难以记清了。

那天晚上，他们将抵达西江岸边的那座城市，然后搭乘蒸汽轮船。从那儿出发，只要航行一夜，就能到达香港。

七十

瓦尔特死后，她并没有哭过。起初，她颇感惭愧，如此冷漠无情，实在有点儿可怕。唉，那位中国军官虞上校还眼含泪花呢。丈夫突然离世，她只觉得头昏目眩，不知所措。她感到难以接受的是，丈夫再也不会走进那座平房了。丈夫早晨起床后在苏州浴盆里洗澡的声音，她再也听不见了。他曾经活蹦乱跳地活着，如今却遭遇不幸，撒手人寰。修女们对她基督徒式的泰然自若啧啧称奇，对她忍受丧夫之痛的勇气钦佩有加。不过，维丁顿这个家伙甚是精明。

他在一番吊唁慰问后,凯蒂总觉得他——应该怎么说呢?——惺惺作态,言不由衷。瓦尔特之死,确实让她感到震惊。她不想他死,可是话说回来,她并不爱他,也从未爱过他。悲痛恸哭,自然是合乎情理的得体表现。倘若被别人看透了内心,那真是丑陋得很,可鄙得很。然而,她这一路走来,装模作样,不断地伪装自己。至少最近几个星期以来,她已学会了巧言虚饰。如果说,蒙骗别人有时是迫不得已的话,那么蒙骗自己总是令人鄙视的。她对瓦尔特的悲惨去世感到难过,但她的难过只是最普通的悲伤而已,就像一位熟人去世了,自己也会感到难过一样。她承认,瓦尔特有很多值得钦佩的品质,但她一点儿也不喜欢他,瓦尔特总让她感到乏味。她断不敢说瓦尔特的死让她如释重负,倘若有办法让他起死回生,她保准会竭尽全力。可老实说,瓦尔特走了,她反倒觉得有一丝轻松自在。他们生活在一起,永远不会获得幸福,若想离婚,却又极其艰难。她对心中的这些想法感到震惊,如果别人知道了这些想法,定会把她看成是无情无义、铁石心肠的坏女人。还好,没人知道。她心想,芸芸众生是不是都有这种羞耻难言的内心隐秘?还得时时提防他人的好奇与窥探?

她对未来一片茫然,心中毫无筹划盘算。她唯一能确定的,就是在香港作短暂停留。她期望尽早赶到香港,但心中又不无恐惧。在内心深处,她很想坐着她的藤条椅,永远漫游在那片笑脸相迎、友好亲切的土地上,永远充当人生万花筒的中立旁观者。她愿意在不同的屋檐下度过每一个夜晚。可是眼下,她不得不考虑迫在眉睫的事情:到达香港后,她将住进旅馆,随后作出安排,处理好原先的房子,把家具变卖。没有必要再去找唐森了,他也会顾及脸面,断不会来找她的。尽管如此,她还是很想见他一次,当面告诉他:他压根儿就是一个卑鄙小人!

可是,这么做,又能把查尔斯·唐森怎么样呢?

有一个念头在她的心头不断敲打着,仿佛是在一曲复杂而和谐悦耳的交响乐中,一只竖琴用欢快跳跃的琶音奏出了丰富的旋律。正是这个念头,赋予那些水网稻田以异域风情之美。正是这个念头,使她苍白的嘴唇露出了一丝微笑。她想起一个毛头小伙坐着马车,得意洋洋地赶往集镇,从她身旁一闪而过时,两眼胆大无礼地瞅了她一眼。她一路上经过无数城镇,而正是这个念头,赋予喧嚣的生活以无尽的魔力。那座瘟疫之城犹如一处牢笼,但她已经成功逃脱。此前,她从来都不知道,天空原来是如此湛蓝!穿行在乡村小道上,竹林斜影,婀娜多姿,竟会感到如此心旷神怡!重获自由!正是这个念头在她的心田高歌。尽管她的前途仍然黯淡不明,但是这个念头却光芒四射,如同清晨的阳光,驱散了湄潭府河面的雾霭。重获自由!她不仅仅是从苦闷的婚姻中获得自由,不仅仅是从精神压抑的夫妻关系中获得自由,也不仅仅是从死亡的威胁中获得自由,而是从沉沦堕落的婚外恋中获得自由。这是摆脱一切精神枷锁后获得的自由,这是脱离了躯体的灵魂的自由!有了自由,就会勇气倍增,无所畏惧。今后,无论发生什么,她都会毫不在乎!

七十一

轮船在香港停靠时,凯蒂一直伫立在甲板上,眺望着河面上五彩缤纷、轻快活泼的各色船只。后来,她走进船舱,发现女佣已整理好行李物品。她朝船舱里的镜子照了照。她穿着一件黑色外套——修女们为她染成黑色——但并非为了服丧。她脑子里突然想到,眼下最要紧的,是要注意衣着。身穿丧服,能有效掩盖悄然而至的内心情感。这时,有人敲起了舱门,女佣随手把门打开。

“费恩太太。”

凯蒂转过身来,看到来客的脸后,一下子没认出来。随后,她觉得心脏怦然一跳,满脸绯红起来。这个人竟然是多萝西·唐森!凯蒂从未想过会见到她,顿感手足无措,不知道说什么好。唐森太太走进船舱,激动地伸出双臂,拥抱凯蒂。

“唉,亲爱的,亲爱的,我为你的不幸感到悲痛。”

凯蒂任由她亲吻自己的脸颊。她原本以为,这个女人为人冷漠,不可亲近,见她如此热情洋溢,心中略感惊讶。

“谢谢您的好意。”凯蒂低语道。

“我们到甲板上去,女佣会帮你照看行李的。我们家的男仆都赶过来帮忙。”

她拉住凯蒂的手,凯蒂也任由她领着自己往甲板而去。凯蒂留意到了,她的和蔼可亲、饱经沧桑的脸上写满了关心备至的神情。

“你们这班船提前到了,我差一点儿没赶上,”唐森太太说,“倘若没能接到你,我可就无法原谅我自己了。”

“你不会是专程来接我的吧?”凯蒂惊讶地叫道。

“当然是专门来接你的!”

“你怎么知道我今天到港?”

“维丁顿先生给我发了电报。”

凯蒂转过身去,感到如鲠在喉。可笑的是,这一出乎意料的小小善意,竟让她如此感动,可她不想哭泣。她真希望多萝西·唐森能够走开,可多萝西拉住她放下来的手,用力摩挲着。凯蒂感到尴尬的是,这个腼腆的女人竟然如此情真意切。

“我想请你赏我一个薄面,你在香港停留期间,我和查理想邀请你来我们家小住。”

凯蒂用力把手抽了回来。

“非常感谢您的好意,可是我不能去。”

“你一定要来。你孤身一人住在原来的房子里,肯定不合适,要我说,那也太可怕了。我把家里都布置好了。我给你安排独立的起居室,如果你不愿意和我们一起用餐,也可以在房间里独自享用。我们俩都希望你能来。”

“我没打算住到原来的房子里,我准备在香港宾馆短暂落脚,我可不想给你们添麻烦。”

这个邀请既让凯蒂大感惊讶,又让她困惑不已,左右为难。如果查理是一个正人君子,就不应该让老婆来邀请她。她不想对这夫妻二人欠下一笔人情债。

“哎呀,一想到你竟然去住旅馆,我真是受不了。这个时候住进香港宾馆,你会厌恶不已。宾馆里闲散人多,乐队还不停地演奏爵士乐。就请你答应下来,住到我们家吧。我向你保证,我和查理绝不打扰你。”

“我不知道你们干吗对我这么好。”凯蒂找不到推辞的理由,很难直接而明确地说出“不”字来。“目前情况下,与陌生人同住,我恐怕不是个很好相处的房客。”

“我们可不是陌生人吧?嗨,我们早就认识了嘛,我很想和你成为好朋友呢。”多萝西双手扣在一起,眼睛湿润,声音颤抖起来,失却了冷静、从容与优雅。“我真希望你能够答应,不瞒你说,我很想对你进行补偿。”

凯蒂闹不明白她的意思,不知道查理的老婆要对自己补偿什么。

“想当初,我不太喜欢你,我觉得你太前卫了。说实话,我是个老派人。当时,我太褊狭了。”

凯蒂迅速瞥了她一眼,她的意思是说她当初觉得凯蒂太粗鄙。凯蒂心里想着这些,并没有在脸上露出一丝一毫来,反倒哈哈一笑。现在别人怎么看她,她一点儿也不在乎了!

“你和你丈夫冒险闯入死亡之地,没有片刻的犹豫,真让我感到自惭形秽,羞愧不已。你们如此出众,如此勇敢,让我们所有的人都显得那么廉价,那么平庸。”这时,眼泪顺着她的和善、朴素的脸上汩汩地流了下来。“我很难用语言描述我对你的钦佩,对你的敬重。我知道,无论做什么,都难以弥补你所遭受的损失,但我希望你明白,我对你充满深深的、真挚的同情。如果你能允许我为你做点微不足道的事情,我将感到十分荣幸。我对你有过误判,请你不要耿耿于怀。你是英雄,我只是一个愚钝无知的女人罢了。”

凯蒂低头看着甲板,脸色十分苍白。她真希望多萝西不要这样毫无克制地流露情感。说实话,她倒确实被她的一番话给打动了,但是却情不自禁地生出一丝烦躁感。这个女人头脑简单,竟然相信此类虚假的谎言!

“你们如此盛情,如此真诚,那我就冒昧去贵府小住吧。”她感叹道。

七十二

唐森夫妇住在太平山①上的一幢宅邸中,那儿视野开阔,可以

① 太平山,俗称山顶,位于香港岛西部,海拔五百五十四米,是港岛最高的山峰,可以俯瞰维多利亚海港。

俯瞰大海的景色。平时,查理都不回家吃午饭。凯蒂刚到香港那天,多萝西(凯蒂与多萝西已不再客套,各自直呼对方的名字)告诉她,如果她很想见到查理的话,他准会赶回家表示欢迎。凯蒂心想,既然不可避免地要见到他,那还不如马上与他见面。有此要求,一定让他尴尬不已,她正翘首以待,想冷冷地看看他的窘态。她看得非常清楚,邀请她入住府邸,只是他妻子的突发奇想,尽管他本人并不心甘情愿,但他还是毫不迟疑地同意了。凯蒂知道,查理在待人接物时,总是渴望做到恰到其分,热情洋溢地欢迎她的到来,显然是最恰如其分之举了。可是,他们最后一次不欢而散的见面情景,他不会恬不知耻地忘了吧。对这个虚荣心极强的人来说,这件事如同一个永不愈合的脓疮,定会让他烦恼不止,滋生怨恨。一想到自己对他只有鄙视,没有怨恨,她心情大好。无论他对自己感觉如何,他都不得不热情待客。预想到这样的情景后,她感到心满意足,又觉得有点儿好笑。那天下午,她从他的办公室离开后,他必定以为,这辈子再也不会见到她了。

此时此刻,凯蒂正与多萝西坐在一起,等着查理回家。她觉得这间起居室华而不奢,心中甚是喜欢。她坐在一把安乐椅上,客厅好几处摆放着可爱的鲜花,墙壁上张贴着暖人的绘画。房间里色调黯淡,感觉凉爽,显得友好亲切,舒心宜人。她突然想起传教士家里那空荡荡的会客厅,身子不禁微微一颤。那座平房里,只有一张铺着桌布的餐桌,还有几把椅子,又脏又旧的书架上放着一些廉价小说,短小的红色窗帘积满了灰尘。哎,那个地方真是难言舒适啊!她想,会客厅里的那幅光景,怕是远远超出了多萝西的想象!

她们听到汽车发动机的声音。片刻后,查理大步流星地走了进来。

“我没有迟到吧?希望没让你们久等。我刚才与总督在一起,实在抽不开身。”

他走到凯蒂身前，握住了她的双手。

“你能来这儿，我非常非常高兴。我想，多萝西都跟你说了，我们真心希望你能把这儿当作自己的家。不过，我还要亲口对你再说一遍。如果你需要帮忙的话，我很乐意效劳。”他的眼睛里流露出真诚而迷人的神情。凯蒂想知道，他是否看见自己眼睛里的嘲讽目光。“我这个人愚蠢嘴笨，有些事不善表达，我当然不想成为笨嘴笨舌的大傻瓜，但我还是想让你知道，我对你丈夫的去世深感痛心。他是一个远近闻名的大好人，这儿的人都很怀念他，这个我就不用说了。”

“别说了，查理，”他的妻子说，“我想凯蒂能明白……鸡尾酒送上来了。”

根据在华外国人的奢侈习惯，两个穿制服的男仆走进房间，手里端着开胃品与鸡尾酒，凯蒂婉言谢绝。

“唉，你一定要喝一杯，”唐森轻松、诚恳地劝说道，“对你的身体有好处。上次你离开香港后，保准没碰过鸡尾酒这样的东西了。如果我没有猜错的话，你们在湄潭府是搞不到冰块的。”

“你说得没错。”凯蒂说。

一瞬间，她的脑海里浮现出那位乞丐的形象：他的头发蓬乱不堪，衣衫褴褛，四肢枯瘦如柴，僵硬的身子紧贴着四合院的墙根，人早已死去多时了。

七十三

他们步入餐厅共进午宴。查理坐在餐桌的首座，轻松掌控着话题的方向。在表达完最初的同情后,他对凯蒂侃侃而谈,仿佛她不是刚刚遭遇丧夫之痛的孀妇,而是刚刚在上海动完阑尾手术,久病初愈,眼下正在香港散心的游客。凯蒂目前所需要的就是开心快乐,而他早就准备好了逗她开心快乐的段子。让她感到宾至如归的最佳办法,就是待她如亲人一般。他本就是个世故圆滑之人,于是便大谈特谈什么秋季赛马会、马球比赛——天哪,如果他还不能把体重降下来,就不得不在马球比赛中弃权了——他还提到那天早上他与总督的谈话。他津津有味地谈到海军旗舰上举办的舞会,广东目前的政局,以及庐山高尔夫球场的状况。几分钟后,凯蒂觉得自己只是周末外出、眼下刚回到香港似的。令人难以置信的是,遥远的那座城市,那片土地,远在六百英里之外(相当于伦敦到爱丁堡的距离,是吧?),男男女女,老老少少,如同苍蝇一般奄奄待毙。没过多久,她就发现自己开始问东问西了:是谁在马球比赛中摔断了锁骨,某某太太是否已经回国,某某太太是不是正在参加网球联赛,诸如此类。查理不时讲点笑话,凯蒂总是会心一乐。多萝西带着些许优越感(眼下这种优越感也传染到凯蒂身上,不再让她感到讨厌,反倒成了两人关系的纽带),对殖民地的各色人等不乏讥讽嘲弄。凯蒂变得轻松活泼起来。

“你瞧,她的气色好多了,”查理对妻子说,“午餐前,她面色苍白,令人惊讶。现在,她的双颊泛着红润光泽呢。”

凯蒂与他们交谈时,虽然还没达到兴高采烈的地步(因为她觉得,不管是多萝西,还是恪守礼节的查理,都不喜欢她这样),但已变得轻松愉快。她在暗中审视着男主人。过去几个星期,她对他充满强烈的报复心理,脑海里形成了一个立体丰满的查理形象:他的浓密卷发有点儿长,却梳理得金光锃亮;为了掩盖花白的鬓发,发油抹得太多;他红光满面,脸颊上现出纵横交错的紫色血管;他下颌肥大，如果不刻意抬头掩盖，就可以看见他的双下巴；他的两道浓眉微微发灰，犹如猿猴的眉毛，让她隐隐感到厌恶；他体型肥胖，动作迟缓；虽说他就餐时节制饮食，还经常参加运动，但并没有阻止他发胖；他一身骨架为赘肉所包围，骨骼关节僵硬不便，颇显龙钟老态；他的一身时髦衣着紧巴巴的，显得很不搭调。

不过，午饭时，凯蒂走进起居室，内心感到相当震动（这也许是她脸色十分苍白的原因）。她猛然发现，她的想象力跟自己开了一个不可思议的玩笑。查理的实际状态与她的想象大相径庭，她不由自主地觉得自己好笑。啊，查理的头发根本没有花白，尽管鬓角处略有几根白发，但似乎才刚刚露出梢头；他的脸色并未发红，而是晒得黝黑；他的脑袋与脖子合辙相配，身体并未发胖，样子也未老态龙钟，实际上反倒是上下匀称，体形优雅——他这人是有点儿踌躇满志，但犯不上因为这一点来指责他——从外表来看，他整个儿就是一位年轻人。再说，他非常讲究衣着，穿得干干净净，整洁鲜亮。如果连这一点都要否认，那真是太荒唐可笑了。此前，她究竟凭什么把他想象成那副糟糕模样呢？查理是一位仪表堂堂、英俊潇洒的男人。幸亏她早已知道，他只是个无足挂齿的卑鄙小人。当然，她从来也没有否认过，他的声音浑厚深沉，充满磁性，与她记忆中的声音完全一样。正因为如此，他的连篇谎言听上去，才更加可恼可气。那浑厚的音色，那暖心的语调，她听在耳中，觉得很不真诚。她很纳闷，当初，她怎么就轻而易举被他的声音所征服了呢？他的那双眼睛，美丽传神，顾盼生辉，散发出无穷的魅力。它们如此柔和温润，泛出湛蓝色的亮光，即使在他胡言乱语、大放厥词的时候，也使整个面部的表情灿烂迷人。若想不被他的眼神打动，几乎是不可能的。

仆人将咖啡端了进来。查理点上一支方头雪茄，看了看手表，从桌子旁站了起来。

“好了,你们两位年轻女士好好聊聊。时间到了,我得回办公室工作。”他稍作停顿,用友好而迷人的眼神看着凯蒂。他说:“今后一两天,我就不打扰你了,你好好休息。不过,我有点儿小事,回头跟你谈谈。”

“跟我谈谈?”

“我们必须把你的房子安排好,还有房子里的家具。”

“哦,不用了,我会找律师来处理的,这种事情,我毫无理由麻烦你。”

“我可不想让你在律师身上花冤枉钱,我会负责处理好所有的事情。要知道,你有权获得一笔抚恤金,我会和总督大人谈一下此事。我会找到相关部门为你陈情,设法为你争取额外的补助。就把这档子事交给我来办吧,你就用不着操心了。现在,我们都希望你好好休息,身体健康。我说得对不对,多萝西?”

“很有道理!”

他朝凯蒂微微点点头,从多萝西椅子旁经过时,拿起她的手吻了吻。大多数英国人行吻手礼时,看上去都有点儿傻,但是他的吻姿却优雅自如。

七十四

凯蒂在唐森府邸住下后,陡然觉得身心疲乏。此前,她精神紧张,旅途奔波,眼下却颇为舒适安逸,反倒不怎么习惯。但她很快发现,悠闲放松的生活让她舒心,美好的环境令她心旷神怡,受人关注也使她心满意足。她心中感慨,释然一叹,尽情享受着奢侈豪华的东方生活。人们都对她深表同情与关心,显得小心翼翼,彬彬有礼,她自然感到欣慰。丈夫新亡,丧服在身,人们不能举办华宴歌舞来欢迎她。不过,殖民地上层的贵妇们(总督夫人、海军上将夫人与大法官夫人),纷纷探望,与她酌茶一杯。总督夫人还说,总督很想见见她,倘若她能去总督府吃顿便餐("当然,算不上什么宴请,只有我们几个人,还有总督助理夫人"),那当然更好了。这些贵妇们待凯蒂犹如一件瓷器,无比珍视,生怕稍碰即碎。在她们眼里,凯蒂算是个凯旋的英雄了。凯蒂心知肚明,欣然笑纳,低调而谨慎地扮演着英雄的角色。要是维丁顿在这儿,那就有意思了。这个精明的坏家伙,看到这种情况,保准会觉得有趣得很。倘若没有人在场,他们俩说不定会笑到肚子痛。维丁顿给多萝西写过一封信,信中说,凯蒂在修道院里无私奉献,面对瘟疫时勇气十足,丈夫病故后能节哀自制。显然,维丁顿是在愚弄这些贵妇们。这个阴损的坏蛋!

七十五

凯蒂从来没和查理单独待过,哪怕片刻。她不知道这是碰巧如此,还是精心安排的结果。这个家伙真是圆滑精明!他一直保持着和蔼可亲、充满同情的姿态。没人会想到,他们俩的关系曾一度亲密无间。不过,那天下午,她正躺在卧室外的沙发上阅读,查理经过走廊时,停住脚步。

"你在读什么?"他问。

"读书。"

她不无讥讽地看着他,只见他微微一笑。

“多萝西去了政府大楼，参加花园宴会。”

“我知道。你干吗不一起去呢？”

“我不喜欢，很想回来陪陪你。车子就在外面，你想出去兜兜风吗？”

“不想，谢谢你。”

他在沙发旁的地板上坐了下来。

“你来这儿后，我们还没机会聊一聊。”

她发出冰冷而睥睨的目光，逼视着他的双眼。

“你觉得我们之间还有什么话可说吗？”

她把脚步移开，想离他远点。

“你还在生我的气？”他问。他的嘴唇边浮现出一丝微笑，眼神能将人融化。

“一点儿也不生气。”她哈哈大笑。

“如果你真的不生气，你是不会大笑的。”

“那你错了。我十分鄙视你，正因为如此，我才不会生气。”

他看上去镇定自若。

“我想，你对我太苛刻了。冷静地回想一下，难道你不觉得我的观点是对的吗？”

“那只是你的观点而已。”

“现在，你也了解多萝西了。你不得不承认，她是一位大好人。”

“那当然。她对我那么友好，我永远都会感激不尽。”

“她可是百里挑一的大好人。如果我和她分道扬镳，我的内心得不到片刻安宁。如果抛下她不管，那真是太卑鄙无耻了。还有，我总得为我的孩子着想，一旦离婚了，就会大大影响他们的健康成长。”

她用若有所思的目光注视他好一阵子，觉得自己完全掌控了局面。

“我来这儿一个星期，我非常仔细地观察过你，我得出的结论是，你确实非常喜欢多萝西，可我以前从来都没有想到过。”

“我跟你说过，我喜欢她。无论做什么，我绝不会去伤害她。她是世界上最优秀的贤妻良母。”

“难道你就没有想过，你可不是一位忠实的丈夫啊？”

“正所谓眼不见，心不烦嘛。”他微笑道。

她耸了耸肩膀。

“你太卑鄙了！”

“我只是一个普通人。我不明白，你为什么认为我很卑鄙，仅仅因为我如醉如痴地爱上了你？你也知道，我可是身不由己啊。”

听到这番话，她感觉内心的琴弦被微微拨动了一下。

“我只是你的情色猎物而已。”她十分苦涩地回应道。

“当然，我也无法预见，我们会走到这般相互伤害的糟糕局面。”

“无论如何，你就是个阴险自私的家伙，只要自己平安无事，别人饱经磨难，那都与你无关了。”

“我想，你这话说得太重了。话说回来，现在一切都过去了。你一定能看得出来，对我们双方来说，我的所作所为都是最佳的选择。你当时很不冷静，我的头脑却十分清醒，你应该为此感到庆幸。如果按照你的意愿来处理，你认为真的能成功吗？我们就像被投入热锅中的蚂蚁，饱受煎熬。要是被直接投进火炉，那就更加惨不忍睹了。你现在算是毫发无损地回来了，难道我们就不能握手言欢、重归于好吗？”

她几乎都要纵声大笑了。

"你当时毫不犹豫,将我推向必死无疑的境地,别指望我把此事给忘了。"

"啊,你这可是瞎说了! 我跟你说过,如果你采取合理的防范措施,那是毫无风险可言的。如果我对此毫无把握,难道我会轻易让你去吗?"

"你觉得你很有把握,那只是你的想当然罢了。你是个十足的懦夫,见风使舵,自私自利。"

"布丁好不好,不尝不知道。你安然无恙地回来了! 如果你不介意,我要说句不合时宜的话:你这次回来后,变得更漂亮了。"

"那么瓦尔特呢?"

他想到了一句妙语,忍不住说了出来。他冲她微微一笑。

"黑色丧服穿在身,珠联璧合真迷人。"

她凝视他片刻,眼泪涌入眼眶,开始大哭起来,一张俊俏美丽的脸因为悲伤而扭曲。她不想掩饰悲痛。她仰卧在沙发上,双手自然地垂在身旁。

"看在上帝的分上,你就别哭了。我说这话并无恶意,只是开个玩笑而已。你是知道的,我对你丈夫的去世深表同情。"

"呸,管好你愚蠢的舌头!"

"要是瓦尔特能复活,让我做什么都行。"

"他的死,都是我们俩的错。"

他拉住她的手,但是她把手抽了回来。

"请你走开,"她抽噎道,"如果你想帮我,现在就滚开。我恨你,鄙视你。瓦尔特比你强十倍,我真是个大傻瓜,以前都没看出来。滚开! 滚开!"

她看见他又想说话,立刻起身,径自回自己的卧室。他跟在身后,也走了进去。出于天生谨慎,他随手将百叶窗拉上,两人几乎身

在黑暗中。

“我不能就这样丢下你不管,”他一边用手臂去搂她,一边说道,“你心里清楚,我并不想伤害你。”

“别碰我！看在上帝的分上,走开！马上走开!”

她试图从他的搂抱中挣脱开,但他紧紧搂住不放。这时,她歇斯底里地大哭起来。

“亲爱的,难道你不知道,我一直很爱你吗?”他用低沉、迷人的声音说道,“我现在比以前更加爱你。”

“你真是睁着眼睛说瞎话！放开我。去你的,把手松开。”

“别对我这么冷酷无情,凯蒂。我知道,我以前是一个大浑蛋,你就原谅我吧。”

她浑身颤栗不止,抽抽噎噎,想从他的手中挣脱出来。说来奇怪,他的双手搂得越紧,她越是感到舒服。长期以来,她多么渴望这双手能再一次搂住自己,哪怕一次！她的整个身体微微震颤,浑身变得绵软无力,那感觉就好比身上的骨头正在融化。她对瓦尔特的悲伤让位于对自己的可怜。

“当初,你干吗对我那么无情?”她抽噎着。

“我真心实意爱着你,难道你不知道吗？这世上,我是最爱你的人了。”

“我的宝贝。”

他开始吻她。

“不！不!”她大喊。

他想吻她的脸,但她躲开了,他强吻她的嘴唇。她听不清他在说什么,只听到断断续续、热情洋溢的情话。他的双臂紧紧地搂住她,她感觉自己就像是失散多年的孩子,最终安然无恙地回到家中。她发出微弱的呻吟声,双眼紧闭,脸上满是湿乎乎的眼泪。这时,他吻到了她的嘴唇。他用力一吻,一股欲望之火迅速传遍她的全身。她感到销魂蚀骨,如醉如痴。她顿时激情四射,犹如脱胎换骨一般。在梦中,在无数个梦中,她早就熟悉了这神魂颠倒的感觉。他想对自己做什么呢? 她不知道。她已不再是个女人,她的全身已被融化,变成了一团欲火。在他的搂抱下,她的双脚离开了地面,她觉得自己轻飘如云。他用双手把她抱了起来,她也紧紧地偎依在他的身上,不顾一切,心神荡漾。她的脑袋深深地埋在枕头中。他的嘴唇一个劲地吻着她的双唇。

七十六

她坐在床头,双手掩面。

“你想喝点水吗?”他问。

她摇了摇头。他走到盥洗台,倒了一杯水,端回来递给她。

“行了,喝点水吧,感觉会好些。”

他把水杯凑到她的嘴边,她抿了一口。随后,她用恐惧的双眼注视着他。他站在床边,俯瞰着,眼睛里闪烁着心满意足的光亮。

“在你心中,我真是个卑鄙无耻的人吗?”他问。

她低下了头。

“是的,但是我知道,我一点儿也不比你好。唉,我真感到无地自容。”

“我觉得你太不识好歹了。”

“你能现在就走吗?”

“说实话,我想时间差不多了,我立马就走。多萝西回家前,我得稍微收拾一下。"

他走出房间,步履轻快。

凯蒂在床头又坐了片刻,勾着头,弓着背,活像是痴呆症患者。她的意识里一片空白,一阵颤栗传遍全身。随后,她踉踉跄跄地站起来,走到梳妆台前,跌坐在椅子上。她凝视着镜中的影像,只见双眼红肿,泪水汪汪,满脸污浊不堪,侧躺过的脸颊上出现了一道红色印痕。看到镜中的形象,她心中骇然。这同一张脸,眼下却面目全非,对此,她早有预料。她不知道堕落还会带来其他什么变化。

"下贱!"她对着镜中的影像破口大骂,"真是下贱!"

随后,她将脸埋在双臂中,痛苦不堪地哭了起来。恬不知耻,真是恬不知耻!她不知道自己搭错了哪根神经。这样做真是可怕极了。她恨他,也恨自己。销魂蚀骨。呸,真是可恨之极!她永远也不想用正眼再看他一次。他竟然那么义正辞严。他不想与她结婚,是顺理成章的事情。她就是个一文不值的女人,简直就是娼妓。呸,真是连娼妓也不如!那些可怜的女人们是为了面包才卖身的,而她是出于悲伤与可怕的寂寞,就在这幢宅邸里——多萝西邀她小住的宅邸中,干出了下贱的勾当!她的肩膀在呜咽中晃动着。眼下,所有的一切都化为泡影。她本以为,悔过自新后,意志会更加坚强,回到香港后,会更加冷静克制。各种人生前景在心田中飞来飞去,犹如阳光下黄色的小蝴蝶在飞舞。她本来对未来充满更加美好的期待,自由的精灵曾不断向她挥手致意。整个世界如同一座广袤无垠的原野,她可以步履轻松、昂首挺胸地在其间漫步。她本以为早已摆脱了色念与可鄙情欲的控制,自由自在地生活,过着清白、健康的精神生活。她曾把自己比作是白鹭,黄昏时分从稻田上悠然飞过。这些白鹭酷似平静的脑海中翱翔不已的思绪。如今她却成了欲望的奴隶,软弱啊软弱!无可救药,任何努力都是徒劳无益的。

她就是一个贱货！

她不想去吃晚饭。她让仆人转告多萝西，自己头痛，只想待在卧室。多萝西来看他，见她眼睛红肿，和她聊了一会儿，语调温和，充满同情。凯蒂心里明白，多萝西误以为她在为瓦尔特的病故伤心恸哭，露出了善良而充满同情的主妇本色。多萝西对她大动恻隐之心，劝她节哀自重，不要过分悲伤。

“我知道，你心里很难受，亲爱的。”她离开前对凯蒂说，“但你必须鼓足勇气，勇敢面对。我想，你丈夫若是地下有灵，也不希望你过度悲伤。”

七十七

第二天早上，凯蒂起得很早。她给多萝西留下一张便条，上面写着她要出门办事，随后乘坐电车下山而去。街道上车水马龙，小汽车、黄包车、人抬的轿子穿梭不停，欧洲人、中国人熙来攘往。凯蒂踽踽而行，来到远洋航运公司售票处。有一艘轮船两天后起航，这是最早离开香港的航班。她已铁下心来，要不惜一切代价乘船离开。售票员告诉她，所有的卧铺都已经售完。她立刻提出请求，要拜见票务主管，并把姓名通报了进去。她认识这位主管，只见他走出门外，邀她进了办公室。他对她的境况比较了解，凯蒂说出要求后，他让人送来了旅客名单。他翻阅着名册，面有难色。

“我恳求你设法帮帮我吧。”她焦急地说道。

“我想，殖民地不管是谁，都会竭尽所能，为您效劳的，费恩太太。”他回答道。

他叫来了一位职员，问了他几句，然后点了点头。

“我打算调换一两个人。我知道你很想回家，我们理当竭尽全力帮你。我给你安排一个单人小客舱，希望你能喜欢。”

她向他道谢后，便走出办公室，心情愉快。远走高飞，这是她眼下唯一的念头。远走高飞！她给父亲发了一封电报，告诉他自己马上回国。此前，她曾电告父亲瓦尔特去世的消息。随后，她返回唐森的府邸，把自己的决定告诉了多萝西。

“你离港回国，我们大家都会依依不舍，”这位好心人说，“你想与你父母团聚，我十分理解。”

凯蒂自从回到香港后，日复一日地犹豫不决，不想回到原先的住处。她害怕再次走进那个地方，担心自己触景生情，睹物思人，可是现在别无选择。在唐森的安排下，家具已经出售，有人迫不及待地想租赁这幢住宅，但屋子里还有她的衣物，也有瓦尔特的衣物。他们当时去湄潭府时，什么都没带。屋子里还有图书、照片，以及各种各样的零散物品。

凯蒂恨不得与过去一刀两断，对这些物品毫不在乎，可是她意识到，任由这些物品流入拍卖行，将会在神经脆弱的殖民地激起众怒。这些东西必须装箱封包，托运回国。因此，午餐后，她打算回家一趟。多萝西很想帮她，主动提出陪她一起去，但凯蒂推辞再三，只想独自前往。她最后同意，让多萝西派两个仆人，协助她打包装箱。

那座房子一直由管家看护。他打开大门后，凯蒂走进自己的住处，心中产生了奇特的感觉，仿佛自己就是个陌生人。室内干净整洁，一切物品都原封未动，似乎正等着她回家使用。尽管天气温暖，阳光明媚，但房间里显得冷清沉寂，弥漫着寒意与荒凉。一件件家具一如从前，仍旧呆板地保持在原位未变。本应插满鲜花的花瓶，一个个还摆放在原来的位置上。凯蒂记不清什么时候反放着的一本书，依然正面朝下搁在那儿。这一切看上去就像一分钟前，整个住宅才人去楼空似的，而这短暂的一分钟却意味着永恒。再也无法想象，这座房子里还会出现人声杂沓、语笑喧阗的景象了。钢琴上放着一本打开的狐步舞曲谱，似乎正翘首以盼某位演奏者的到来。不过，你总觉得，如果真有人弹下琴键，钢琴是不会发出任何声音的。瓦尔特的卧室整洁如故，橱柜上摆放着两张凯蒂的相片，一张是礼服照，另一张是婚纱照。

两个仆人从储藏室里搬出行李箱，开始给物品装箱，他们的动作麻利迅速。她一边看着他们，一边想着，再过一两天，一切都会变得轻松自如。眼下不容她多想，她也无暇多想。突然，她听到身后传来一阵脚步声，扭头一看，原来是查理·唐森，一阵寒意袭上心头。

“你来干什么？”她问。

“你能到起居室来一下吗？我有话要和你说。”

“我眼下正忙。”

“只要五分钟。”

她没再说什么，只好向正在打包的仆人交代几句，便领着查理走进隔壁的房间。她没有坐下，借此向他表明，希望他不要耽搁自己的时间。她心里清楚，自己脸色苍白，心跳加速，但是她用充满敌意的眼睛冷冷地看着他。

“你究竟想要干什么呢？”

“我刚从多萝西那儿得知，你打算后天回国。她跟我说，你来这儿收拾东西，她让我打个电话，看看能不能帮到你。”

“你的好意我心领了，我一个人完全能打理好。”

“我也这么想，但我到这儿来不是问这事。我想问，你突然启程回国，是不是因为昨天的事情？”

“你和多萝西对我都非常好，我不想让你们觉得，我是在利用你们的善心蹭吃蹭住。”

“你没有直接回答我的问题。”

“这个问题对你真的很重要吗？”

“当然重要。我不希望是因为我做了什么事，逼得你不得不离开的。”

她站在桌子旁，低头看去，一份画报映入眼帘，那是几个月前的旧报纸。就是这份画报，瓦尔特曾在那个可怕的傍晚久久凝视过，可是现在，瓦尔特……她抬起头。

“我觉得我彻底堕落了，我对自己的鄙视无以复加，不容你再来鄙视我了。”

“可是我并没有鄙视你，我昨天对你说的话都是真心话。你就这样扬长而去，对你又有什么好处呢？我不知道，我们为什么就不能成为知心好友呢？你总以为，我对你薄情寡义，对此我是不敢苟同的。”

“不要对我纠缠不休了，好吗？”

“你怎么能这么说呢？我不是木头人，也不是铁石心肠之人。你看问题的方式，真是不合情理，真是太不正常了。我原以为，打昨天开始，你会对我更友好一些。毕竟。我们都是人。”

“我觉得我不是人，而是动物，是一头猪，是一只兔子，是一条狗。哦，我并不是在谴责你，我自己也很坏。我对你投怀送抱，是因为我也需要你。可是，那个人不是真正的我。真正的我，不是那个面目可憎、刻薄寡情、好色贪欲的女人，我与那个女人分道扬镳了。我的丈夫尸骨未寒，你的太太待我宽厚仁义，她的宽厚仁义真是难以言表，而那个女人却在床上与你纵欲求欢。那个女人绝不是真正的我，而是我心中的一头野兽，黑暗而可怕的野兽，犹如一个恶魔。

我与这头野兽一刀两断,我憎恨它,我鄙视它。从今以后,只要一想到它,我的胃就会翻江倒海,我就会恶心欲吐。”

他皱了皱眉头,一脸尴尬地笑了笑。

“我是个心胸宽阔的人,但是你说的这些话让我感到震惊。”

“那我就深表歉意了,你现在最好走人。你就是一个微不足道的小人。我还正儿八经地跟你费尽口舌,我真是太愚蠢了。”

他一时没有答话。他的蓝色眼睛闪过一丝阴影,他被她的一番话给激怒了。当他最后圆滑老练、彬彬有礼与她分手后,必定会如释重负,长舒一口气。他们在握手道别时,他会祝她旅途愉快,而她对他的盛情款待频频致谢——一想到这个客套虚礼的场景,她暗自感到好笑。不过,她却发现他的脸色倏然一变。

“多萝西跟我说,你怀孕了。”他说。

她感到自己的脸红了,但身体却纹丝未动。

“是的。”她镇定自若地说道。

“孩子的父亲会不会是我?”

“不是,绝对不是,它是瓦尔特的骨血。”

她说话时不由自主地加重了语气。即便如此,她也知道自己声调失谐,缺乏不容置疑的质地。

“你能肯定吗?”他嬉皮笑脸地说道,露出一副无赖相。“别忘了,你和瓦尔特结婚两年,都没有怀上孩子。从时间上看,倒十分吻合呢。我想这孩子更有可能是我的,而不是瓦尔特的。”

“我宁可自寻短见,也不会怀上你的孩子。”

“哦,得了吧,别胡说八道。如果是我的孩子,我会感到欣慰,会引以为豪。我希望是个女孩,我和多萝西生的都是男孩。用不了多久,你就会确定无疑的。我那三个儿子,活脱脱就是我的翻版。”

他又恢复了往日的风趣幽默,她知道这其中的原委:如果这个孩子是他的孩子，即使以后他们再也不会见面，她都永远无法摆脱他的阴影。他的影响将无远弗届，虽然模糊不清，但确定无疑，会波及到她生命中的每一天。

“你这个自命不凡、愚蠢透顶的大浑蛋！遇到你，我真是倒霉透了。”

七十八

轮船鸣响汽笛，徐徐驶进了马赛港。凯蒂朝陆地眺望着，那崎岖蜿蜒、美丽迷人的海岸线在太阳的照耀下璀璨生辉。一瞬间，圣母马利亚的镀金塑像映入眼帘，它矗立在圣母嘉德大教堂①的顶端，成为航海者出入平安的保护神。她还记得，湄潭府修道院的修女们远离故土时，一边目睹圣母像慢慢远去，最后变成蓝天上的一点金色火苗，一边在甲板上长跪不起，默念祷告，以减轻与家人诀别后的痛苦。凯蒂双手合十于心，向自己一无所知的神灵祈愿求福。

在漫长而平静的旅途中，她反反复复回想着那桩可怕的事，简直无法理解自己。发生这桩事，完全出乎她的意料。她究竟着了什么魔怔，竟然在鄙视查理、极端鄙视查理的情况下，又激情难耐，向这个卑鄙肮脏的家伙投怀送抱？她对自己的行为感到怒不可遏，对自己的轻贱恶心欲吐。如此自取羞辱，她一辈子都忘不掉。她感到痛心，眼泪扑簌簌地流下来。不过，当轮船离香港越来越远，她的满腔忿恨也在不知不觉中冰消雪融了。过去的一切，似乎都发生在另

① 圣母嘉德大教堂建于一百五十米高的山丘上，主体建筑上方有一座高达九点七米的镀金圣母像。

一个世界。她仿佛是一个突发疯癫症的病人,康复的过程痛苦不堪。回想此前种种荒唐可笑的行为,她感到措颜无地。过去的经历在她的脑海中若隐若现,仿佛不是她本人亲身所为。既然都不是她本人所为,那么她理应能得到宽容。凯蒂心想,宽宏大度之人应该怜悯她,而不是谴责她。然而,一想到自信心遭遇令人痛心疾首的打击,她不禁长吁短叹。在她的面前,原本是一条平坦笔直的康庄大道,眼下却变成了蜿蜒曲折、崎岖难行的狭窄小路,小路上还密布无数陷阱。航行在烟波浩渺的印度洋,远眺那凄美的落日景观,她感到心宁神静。她感觉自己正驶向某个遥远的国度,在那儿可以让自己的灵魂获得自由。要是在饱受痛苦的煎熬后还能重获自尊,她必定会鼓足勇气,坦然面对。

未来是孤独而艰难的。在赛义德港,她收到母亲的来信,是对她电报的回复。这是一封长信,字号很大,字体华丽。在母亲的青年时代,闺阁淑女们都练习过这种字体。它雍容华贵,干净整齐,却给人以矫揉造作的感觉。贾斯汀太太对瓦尔特的去世深表哀悼,对女儿的悲痛给予应有的同情。她虽然担心凯蒂以后的生计没有保障,但殖民地管理局自然会提供一笔抚恤金。得知凯蒂即将返回英国,她感到非常高兴。毫无疑问,她必须回家与父母同住,直到她的宝宝降临人世。随后,她还就分娩一事,对凯蒂千叮万嘱,对妹妹多丽丝妊娠细节详加介绍。小外孙出生时,体胖身大,他的祖父啧啧称赞,这么健康的宝宝难得一见啊。眼下,多丽丝又怀孕了。他们都希望家里再添一位男丁,爵位世袭就万无一失了。

凯蒂发现,理解这封信的关键还在于邀请她入住的时间期限。贾斯汀太太彬彬有礼地表明,她无意让这位丧夫的女儿给自己增加累赘。当年,母亲对自己百般宠爱,眼下却对她大失所望,最终把她看成是讨厌的累赘。每念至此,凯蒂都觉得世事诡异无常。父母与子女之间的关系竟然变得如此冷漠！孩子年幼时，父母视为掌上明珠，略有小病微恙，便寝食难安，心急如焚，而孩子对父母更是眷恋不舍，敬爱有加。几度春秋后，孩子们长大成人，没有血缘关系的人决定着他们的幸福，其重要性远大于父母。过去那种盲目的本能之爱，让位于相互间的漠不关心。彼此之间交往起来，反倒令人不胜腻烦，或心生恼恨。曾几何时，一月不见，就感到朝思暮想，情深意切，到后来，即使离别经年，仍能心平气静，两厢守望。其实，她的母亲无需忧心忡忡，但凡有一丝可能，她都会尽快找到立足之处的。不过，她必须留一点儿时间，周转过渡一下。眼下，一切情况尚不明朗，她对未来仍然无法清晰勾画。也许，她会在难产中死去，届时一切烦恼就不复存在了。

轮船停驻港口后，她又收到两封来信。看到父亲的亲笔书信后，她感到惊讶。在她的记忆中，父亲从未给她写过信。父亲的笔端并未饱含深情，开头只是称呼她“亲爱的凯蒂”。他在信中说，给她写信，是因为母亲身体不好，需要做手术，不得不住进医院。凯蒂心里并没有感到担心，仍然打算乘船回国。横穿内陆腹地旅行，花费将十分昂贵。母亲离家住院，凯蒂住在哈里顿花园府邸就很不方便。另一封信是多丽丝写来的，信中称她“凯蒂，我亲爱的”，这并不是因为多丽丝对她有深厚的姐妹之情，而是因为她对每个熟人都是如此。

凯蒂，我亲爱的，

我想父亲已经写信告诉你，母亲即将接受手术治疗。看样子，过去一年，她的身体每况愈下，但是你知道，她这人讳疾忌医，一直在服用各种时兴药物。我不知道，她的身体究竟得了什么病，因为她从头到尾都在隐瞒自己的病情。只要别人一问起她的健康，她就勃然大怒，她的情况看上去十分糟糕，如果我是你的话，我就在马赛港下船，快马加鞭赶回来。我让你尽早回家的事情，千万别告诉她。她总是佯装自己身体没啥要紧，希望在你到达前能病愈回家。她已经让医生做出保证，让她一个星期内出院。

爱你的

多丽丝

又及：我对瓦尔特的去世深感悲痛。这段日子，你一定过得十分艰难。我真想很快见到你。我们俩都要生孩子了，真是有意思。我们一定要携手同心。

凯蒂陷入沉思。她在甲板上站了一会儿，仍然想象不出母亲病况如何。在她的记忆里，母亲向来是个生气勃勃、刚毅果断之人，对别人的病弱不振一向难以容忍。这时，乘务员走上甲板，把一封电报递给了她。

沉痛唁告你母今晨病故。父。

七十九

凯蒂揿响了哈里顿花园的门铃。仆人告诉她，她的父亲就在书房。她来到书房门外，轻轻把门推开。父亲坐在火炉旁，正在阅读晚报的最后一版。她进门时，父亲抬起头，放下报纸，颤巍巍地站了起来。

"哎呀，凯蒂，我以为你坐下一班火车来呢。"

“我不想麻烦你去车站接我,所以没将行程拍电报告诉你。”

他探过身子让女儿亲吻脸颊,那熟悉的姿态,凯蒂仍然记忆犹新。

“我刚才在看晚报,”他说,“最近两天,我都没有碰过报纸。”

她发现,父亲觉得这个时候还在关注日常琐事,所以需要解释一下。

“当然,”她说,“你一定身心疲惫。母亲去世了,对你是个沉重的打击。”

与上次见面时相比,父亲更显苍老,更显瘦弱。这是一个皱纹满面、干瘪枯槁但却一丝不苟的小老头。

“医生早就说了,她已病入膏肓,无药可救。一年多来,她早已面目全非,却讳疾忌医,不愿治疗。医生跟我说,她一定饱受病痛的折磨。医生还说,忍受如此折磨,对她来说简直就是奇迹。”

“她从来都没有叫苦喊痛吗?”

“她只是说不舒服,但从未喊过痛。”他稍作停顿,看着凯蒂说道,“长途旅行后,你是不是很疲乏?”

“还好。”

“你想上楼去看看她吗?”

“她还在家?”

“是的,她从医院出来就送到这儿了。”

“好的,我现在就去。”

“要我陪你一起去吗?”

父亲语调有异,话中有话,她迅速朝他看了一眼。父亲将脸稍稍侧转,不想让她看见自己的神色。近年来,凯蒂已经对揣测别人的心思得心应手。毕竟,她日复一日,使出浑身解数,从丈夫的只言片语或一个简单动作中,来推断其内心的隐秘想法。因此,她立刻猜出父亲想要对她隐瞒什么。他想隐瞒的是自己如释重负的心情，无限解脱的感觉，他由此而感到惊慌。过去三十年来，他一直是个优秀而忠实的丈夫，从来都没有说过一个字来责备过妻子。此时此刻，他本应沉痛哀悼，更何况他的行事风格向来是恪守本分，从不逾矩。对他来说，随意眨动眼睑，或是某个最细微的举动，暴露出他的真实情感并非丧妻之悲痛，那将无疑是一件令他愕然失措的事情。

“不用了，我一个人上去就行。”凯蒂说。

她来到楼上，走进那间宽大阴冷、矫揉造作的卧室。很多年来，她的母亲一直在这里休憩。她仍然清晰地记得那些大型的红木家具，以及内墙上那些模仿马库斯·斯诺①作品的版画装饰。梳妆台上的物品摆放得井井有条，这一刻板做法是贾斯汀太太一生奉行的准则，但那些鲜花显得格格不入。在贾斯汀太太眼里，卧室里摆放鲜花，十分愚蠢而做作，很不健康。鲜花的香气没能掩盖住刺鼻的霉味，还有那刚刚涮洗过的亚麻布气息。凯蒂记得，这是母亲卧室特有的气味。

贾斯汀太太仰卧在床上，双手交叉地放在胸前，显得很温顺，而她生前对此是绝难容忍的。她的五官轮廓清晰，线条硬朗，脸颊与两鬓深深凹陷，但看上去仍很端庄，甚至不减威仪。死神夺去了她的一脸刻薄，最后只留下性格坚毅的踪迹。她的遗容仿佛是罗马帝国时代的一位皇后。凯蒂感到奇怪的是，在她所亲眼目睹的逝者当中，只有这次，看见母亲虽已逝去，却仍保留了这般音容面貌，仿佛泥土一度是精神的栖居之所。看见母亲遗体，凯蒂并未感到悲恸。她与母亲积怨甚深，内心深处对母亲的感情并不深厚。回顾自己的人生历程，她知道，自己饱尝命运的苦果，那都是母亲一手造成的。

① 马库斯·斯诺（1840—1921），英国著名画家。

这个刻薄、跋扈、野心勃勃的女人躺在那儿，一动不动，无声无息，所有微不足道的人生抱负在死亡面前烟消云散了。凯蒂看着母亲，心中产生了一种无可名状的惆怅感。母亲精于算计，使尽浑身解数，所孜孜追求的仅仅是一些无足轻重、毫无价值的东西。凯蒂心想，也许，置身另一个世界，母亲正用愕然的眼神审视着她在地球上的生命历程。

多丽丝走了进来。

“我想你会乘这趟火车回家，我觉得我也应该过来看看。真是太可怕了！我们可怜的母亲。”

她顷刻间嚎啕大哭起来。她扑向凯蒂的怀抱，凯蒂亲吻了她的双颊。当初，母亲因为偏爱自己，对多丽丝疏于关心，态度十分苛刻，究其原因，无非是她长相稀松平庸。她很想知道，多丽丝如此悲痛欲绝，究竟是真情外露，还是故作悲伤。不过，多丽丝无论喜怒哀乐，总是溢于言表。她倒希望自己也能痛哭一场，不然的话，多丽丝会觉得她心如铁石，冷漠无情。凯蒂觉得，她这一路走来，已制造了太多的悲痛假象，但内心并无真正的悲痛。

“你想去看看父亲吗？”多丽丝的失控恸哭稍有减弱，她便问她。

多丽丝擦了擦眼泪。凯蒂注意到，妹妹有孕在身，体态日渐臃肿，身着黑色丧服，形象更加俗气、邋遢。

“不了，我就不去了，否则，我又要大哭一场。可怜的老爸，他以惊人的毅力在强忍悲伤。”

凯蒂把妹妹送出老屋，然后又回到父亲身边。他正站在火炉旁，报纸整整齐齐地叠放在一旁。父亲想让她知道，自己刚才没看报纸。

“用餐时，我不再穿正装了，”他说，“我想，现在已毫无必要。”

八十

他们俩一道用餐。贾斯汀先生向凯蒂介绍贾斯汀太太病逝的细节,告诉她有哪些好心的朋友写信致悼(他的桌子上堆满唁函。一想到回复唁函的繁重工作,他不禁唉声叹气),以及他将如何安排葬礼。晚饭后,他们又回到书房。整座宅邸中,只有这间书房配置了壁炉。他从壁炉台上习惯性地拿起烟斗,开始装填烟丝,但是他朝女儿投去狐疑不定的一瞥后,又放下了烟斗。

“你想抽烟吗?”她问。

“晚饭后,你母亲不太喜欢烟味。战争结束后,我就戒烟了。”

父亲的回答让凯蒂微微感到痛心。一个六十岁的老人,想在自己的书房里抽口烟,都要犹豫再三,这实在是可悲可叹啊!

“我喜欢烟丝味儿。”她微笑道。

父亲的脸上掠过一丝释然的表情。他又拿起烟斗,点着了烟丝。他们在壁炉的两端相对而坐。他觉得他必须和凯蒂谈谈她的事情。

“我想,你在赛义德港收到了你母亲寄给你的信。听到瓦尔特去世的消息后,我们俩都深受打击。他是一位非常优秀的年轻人。”

凯蒂不知道他想说什么。

“你母亲跟我说,你就要生宝宝了。”

“是的。”

“预产期什么时候?”

“大约四个月后。”

“对你来说,这将是莫大的安慰。你一定要去看看多丽丝的儿子,那可是个健康的小宝宝。”

他们有一搭没一搭地交谈着,心与心隔得很远,还不如两个刚刚邂逅的陌生人。即便两人素不相识,那么仅仅出于好奇,对方也会对她产生兴趣的。然而,他们所拥有的共同过往却是横亘在他们中间的一堵冷漠高墙。凯蒂非常清楚,自己的所作所为,无一能获得父亲的青睐。父亲在家中毫无地位可言,仅仅被看成是母女三人的经济支柱。父亲没有为全家提供奢侈豪华的生活,母女三人因此对他鄙夷不屑。凯蒂想当然地认为,父亲是爱她的,仅仅因为他是父亲。后来发现,父亲对她并无深厚感情,内心深受震动。她早就知道,母女三人对父亲腻烦透顶,却从未想过,父亲对她们三人也是不胜腻烦。父亲还是一如既往地和善、谦恭,但是凯蒂凭借自己在磨难中所学到的洞察力,不无心寒地察觉到,父亲打心眼里并不喜欢她,尽管他从来都没有承认过,永远也不会承认。

父亲的烟斗塞住了,他起身去找东西通一通。也许,这只是他想掩盖焦虑的借口。

“你母亲希望你住在这儿,直到你把孩子生下来。她原本打算替你把原来的卧室准备好。”

“我知道,但我保证不给你添麻烦。”

“哦,这个倒没关系。目前这个情况下,除了回家来住,显然你别无他处可去。不过,我刚刚被任命为巴哈马群岛的大法官,我已接受了任命。”

“啊,父亲,这真是个大喜讯,我真心向你祝贺。”

“这个任命来得太晚了,我还没来得及告诉你母亲。她要是知道了,保准会觉得夙愿以偿了。”

命运真是开了一个苦涩的玩笑!贾斯汀太太心怀抱负,为此费尽心机，精于算计，饱尝屈辱，在屡屡受挫后，不得不降低目标，但抱负终于实现后，却溘然长逝，一无所知。

“下个月初，我就要启程赴任。自然，这幢房子将会交到房产中介的手里，我打算变卖房子里的家具。我很抱歉，届时你就不能住在这儿了。不过，如果你找到了住处，需要这些家具，我会非常高兴地送给你。”

凯蒂凝视着壁炉里的火，心跳加快。也真是奇怪，她突然变得紧张起来。不过，她最后还是硬着头皮开口，声音微微颤抖。

“你能带上我一起走吗，父亲？”

“带上你？哦，我亲爱的凯蒂。”他的脸色往下一沉。以前，她常听父亲这样称呼自己，觉得只是一个寻常短语而已。然而现在，她平生第一次看见了它的外部表征。这个表征如此清晰，让她感到震撼。“可是，你的所有朋友都在这儿，多丽丝也在这儿。我原本想，如若你在伦敦租房住下，会更加快乐。我对你的经济情况不太了解，但我会很高兴替你缴纳房租的。”

“我有足够的钱维持生活。”

“我要去的地方，人生地不熟，我对那儿的情况一无所知。”

“我已经习惯人生地不熟的地方。对我来说，伦敦不再有任何意义，待在这儿，我会感到窒息难忍。”

他闭上了双眼，凯蒂心想，他就要哭了。他的脸上露出了极度痛苦的神情，她的心在拧动。她的判断是正确的，母亲去世后，他反倒觉得如释重负。现在，他终于找到机会，与过去一刀两断，重新获得了自由，焕然一新的人生即将在他眼前展开。在经历了这么多年的压抑后，他终于能够放松自己，去憧憬幸福美好的未来。她隐隐约约地发现，过去三十多年来，他的内心一直饱受着痛苦的煎熬。父亲终于睁开双眼，不由自主地发出了一声叹息。

“如果你愿意跟着我，我当然会非常高兴。”

真是可怜！他内心的挣扎如此短暂，随后便向身为人父的责任感缴械投降了。凯蒂从椅子上站起来，走过去，跪在父亲身旁，紧紧攥住父亲的双手。

“不，父亲，除非你需要我，否则我不会跟你去的。你为我们做出了太多的牺牲，如果你只想一个人去，也没有关系，千万不要因为我而有一丝顾虑。”

他松开一只手，在她的亮丽头发上摩挲着。

“我当然需要你，亲爱的，我毕竟是你父亲啊。你失去了丈夫，孤身一人，如果你很想跟我去，我却置之不理，那真是太不近人情了。”

“不过，话虽如此，但不能因为我是你女儿，我就提出过分要求。你对我已无应尽的义务。”

“唉，我亲爱的孩子。”

“没有任何义务了，”她语气激昂地重复道，“多少年来，我们对你的索求贪得无厌，却没有给你任何回报。回想起来，我心情十分沉重。你没有过上非常幸福的生活，甚至没有得到过一丝一毫的爱。过去这么多年来，我从未尽过一丝孝心，难道你就不能让我稍稍做一点补偿吗？”

他微微皱起了眉头。她真情流露，反倒让他感到尴尬。

“我不明白你在说什么，我对你们从来都没有抱怨过呀。”

“父亲，我经历了那么多的磨难，遭遇到了人生的不幸，我已不再是当年离家远行的凯蒂了。我虽然弱不禁风，但是我已不再是当年那个懵懂无知的凯蒂了。难道你就不能给我一次尽孝的机会吗？在这个世界上，除了你，我举目无亲。难道你就不能让我做出努力，重获父爱吗？父亲，我感到孤独无助，我的内心凄惨悲切，我非常渴望能得到您的慈爱。”

她将脸贴在他的膝盖上，伤心欲绝地大哭起来。

“我的凯蒂，我的小凯蒂。”他讷讷地说道。

她抬起头，用双手搂住他的脖子。

“父亲，可怜可怜我吧，就让我跟着你尽尽孝心吧。”

他吻了吻她，吻在嘴唇上，就像恋人一样。他的脸上湿漉漉的，沾满了女儿的泪水。

“我当然会带上你去赴任。”

“你需要我吗？你真的需要我去吗？”

“是的。”

“你真是太好了。”

“嗨，我亲爱的，对我就不用客气了。你这么说，倒让我感到难堪。”

他掏出手帕，擦去女儿的泪水。他露出了难得的微笑，凯蒂以前从未见过这样的微笑。她又一次搂住父亲的脖子。

“我们会像百灵鸟一样快乐的，亲爱的父亲。今后我们生活在一起，将不知道有多开心呢。”

“你大概没有忘记，你就要生孩子做妈妈了吧。”

“我很高兴，我女儿出生的地方，能听到大海的波涛，能看见湛蓝湛蓝的天空。”

“你能确定，生下来的是个女孩？”他低声说着，脸上带着一丝干涩的微笑。

“我很想要个女儿，我会亲自把她抚养成人，不让她重蹈我的覆辙。回想我早年的成长经历，我真痛恨我自己，可是我当时没有任何机会。在教育我的女儿时，我要让她心灵自由，我要让她自立自主。我把女儿生下来，带到这个世界，就会真心爱她，养育她，而不是为了有朝一日替她找个男人。也许,这个男人只想跟她睡觉,所以才愿意为她的后半生提供生活依靠。"

她觉得父亲身体僵住了,父亲从未谈论过这类事情。听见女儿说出这番话来,他感到目瞪口呆。

"仅此一次,就让我直言不讳吧,父亲。我曾经是个愚蠢的女孩,品行不正,面目可憎,我已得到了应有的惩罚。我下定决心,绝不让我的女儿重蹈覆辙。我希望她能无所畏惧,坦荡做人。我希望她具有独立的人格,能拥有真正的自我,因此就不会依赖别人。我希望她能自由自在地生活,而且要活得比我好。"

"哎呀,我亲爱的孩子,你说话的口气,好像是五十岁的人了。你的人生道路还长着呢,千万不要消沉下去。"

凯蒂摇了摇头,慢慢露出了微笑。

"我没有消沉,我的内心充满希望和勇气。"

往事就此了断。逝者已逝,生者当如斯,由是之故,岂能看成是冷酷?她衷心希望自己真正懂得什么是真情与爱心。前路茫茫,虽然不可预测,但她早已鼓足勇气,准备以轻松愉快的心情,去迎接未知的命运。这时,不知出于何故,她突然想起了什么,记忆片断从无意识的深处蓦然浮起。她与可怜的瓦尔特长途跋涉,赶往那座瘟疫肆虐、最终让瓦尔特丧命的城市。那天早晨,他们坐在各自的轿子中,在黎明前的昏暗中启程出发。天色破晓后,她没有用眼,而是用心,看到了一幅激动人心的美丽景色。一刹那间,她的内心痛苦大为缓解。与之相比,人类的一切苦难都显得微不足道。旭日冉冉升起,驱散了清晨的薄雾。她看清了一条小道在一望无际的稻田中蜿蜒曲折,向一眼看不到尽头的远方延伸开去,越过一条小河,没入在波浪起伏的大地中——这就是他们即将穿行其中的一条小道。也许,她的失足与蠢行,她所遭遇的人生不幸,并不完全是徒劳无益的，只要她沿着这条已经朦朦胧胧展现在眼前的小道前行。这条小道不是善良可笑的维丁顿老头所提到的无所归依之“道”，而是修道院里那些可敬的修女们谦恭践行的人间大道——它是一条通往平静与安宁的康庄大道。

译后记

毛姆是高产作家，一生写了二十部长篇小说，九本短篇故事集，三十一个剧本，以及大量的随笔、评论。毛姆是人气作家，曾是“狄更斯之后最受欢迎的英国作家”，生前拿到的版税高达数千万美元。毛姆也是一位有争议的作家。赞他的人视他为“文学天才”，贬他的人觉得他只是个“畅销作家”。一九四六年，美国批评家埃德蒙·威尔逊写过一篇文章，叫《被神化的毛姆》（The Apotheosis of Somerset Maugham），给他贴了个“二流作家”的标签。毛姆后来也以“二流作家中的佼佼者”自居。就文学史地位而言，他赶不上伍尔夫、乔伊斯、劳伦斯，但高于贝内特、威尔斯、高尔斯华绥。他于一九四七年设立的“毛姆文学奖”颁奖七十余载，让多丽丝·莱辛、奈保尔、麦克尤恩等一大批当代名家受益。毛姆已离世半个多世纪，他的作品在世界各地的影响有增无减。近年来，国内兴起的又一轮“毛姆热”就是明证。

毛姆是“亲中派”（Sinophilia）英国作家之一。他两次踏访中国，写出旅行随笔《在中国屏风上》（*On a Chinese Screen*，1922）、以北京为背景的剧本《苏伊士以东》（*East of Suez*，1922）以及读者手中的这部长篇《面纱》（*The Painted Veil*，1925）。此外，他还创作了大量以中国为背景或带有中国元素的短篇小说。在众多涉华题材作品中，《面纱》是最著名的一部。它最初在纽约的《大都会》、伦敦的《纳什》杂志上连载，单行本问世后，不断重印或再版。这部小说被三次改编成电影，以二〇〇六年中美合拍的版本知名度最高。导演将很多外景地选在了中国。影片播出后，“毛姆大叔”在中国又收获了一大批观众和拥趸。

毛姆的书名典出雪莱的十四行诗《别揭开这五彩面纱》(Lift Not the Painted Veil,1818)。他在扉页引用了如下诗行:“别揭开这五彩面纱,芸芸众生都管它/叫生活……”书名若直译,可译作“五彩面纱”、“彩色面纱”或“华丽面纱”。这个书名也让人想到雪莱的诗剧《解放了的普罗米修斯》(*Prometheus Unbound*,1820)。在第三幕第三场中,大地回答亚细亚的死亡之问时说:“死亡是一道面纱,活着的人都管它叫生命/他们睡了,面纱被揭开了。”英文“veil”一词还有“帷幕”、“幕帷”的意思,译法也不尽相同。查良铮的译文是:“别揭开这画帷:呵,人们就管这/叫作生活,虽然它画的没有真象。”邵洵美的译文是:“死是一重幕帷,活着的把它唤作生命/大家睡了,它便完全揭开。”毛姆的书名隐喻了主人公历经生死磨难后对人生真相或生命真谛的领悟。

《面纱》的素材来自作家早年游览佛罗伦萨对但丁《神曲》的研读,这在小说的序言中有专门介绍。毛姆妙手丹青,将一个红杏出墙的传统母题写成“现代故事”。他以女主人公凯蒂作为聚焦中心(focalizer),描述了她的性格与心理成长过程。年轻的凯蒂愚蠢、轻浮、浅薄、势利、虚荣、没有头脑,但后来获得了明确的自我认识。在小说快结束时,她直面旧情人,作了一次深透的灵魂自白。她说:“我觉得我不是人,而是动物,是一头猪,是一只兔子,是一条狗。哦,我并不是在谴责你,我自己也很坏。我对你投怀送抱,是因为我也需要你。可是,那个人不是真正的我。真正的我,不是那个面目可憎、刻薄寡情、好色贪欲的女人,我与那个女人分道扬镳了。我的丈夫尸骨未寒,你的太太待我宽厚仁义,她的宽厚仁义真是难以言表,而那个女人却在床上与你纵欲求欢。那个女人绝不是真正的我,而是我心中的一头野兽,黑暗而可怕的野兽,犹如一个恶魔。我与这头野兽一刀两断，我憎恨它，我鄙视它。从今以后，只要一想到它，我的胃就会翻江倒海，我就会恶心欲吐。”

毛姆喜欢写情欲、背叛与谋杀，擅长用冷冷的笔调揭示虚伪、自私、冷酷、残忍等人性的阴暗面。例如，他在短篇名作《信》（又译《香笺泪》）与《丛林脚印》中讲述了白人殖民者上层因为婚外恋而发生的冷血或离奇的谋杀故事。毛姆似乎对人性有点儿绝望。而《面纱》却略有不同。一方面，他用深刻的洞察力与犀利的穿透力解剖人性，但另一方面，他又用爱、宽恕与善良涂抹了一层暖色，其微讽笔法透着对人物的深切的理解与同情。

在《面纱》中，毛姆以殖民地时期的香港与中国内地某城市为故事背景，让西方读者体验到了来自东方的“异国情调”。毛姆描绘了瘟疫肆虐的中国城市、脏乱差的中国街道、意味深长的中国牌坊，以及瘆人的中国棺材，勾勒了中国用人、厨子、乞丐、弃婴、苦力、军官、士兵、官员、小脚老太、古董店老板各色人等的画像。毛姆笔下的中国或中国人，既是写实的，也是想象的。而海关官员维丁顿与“满族公主”的爱情故事则更多带有猎奇乃至虚幻的成分。不过，毛姆对中国的观照不完全是东方主义的视角。在整篇小说中，他试图透过凯蒂的眼睛来重新审视中国。叙述者说：“此前，凯蒂耳中所听到的中国，尽是什么颓废堕落啊，肮脏不堪啊，还有糟糕得难以言表啊。眼下却是她重新认识中国的好时机，仿佛遮蔽中国的一道帷幕被迅速掀起了一角，她在飞快的一瞥中，窥见了一个丰富多彩、意味隽永的世界——这是她在梦中都没见过的世界。”在这里，“帷幕”被赋予了跨文化认知的主题内涵。

《面纱》的深刻与迷人之处，读者自会判断，此不赘述。毛姆素有“故事圣手”的美誉，其娓娓道来的高超叙事技巧也自不待言。他喜欢用平实无奇的语词、中规中矩的句子，以及平易亲切的语调，来讲述一个完整的故事。从语域(register)来看,他的叙述语言大多出自英语的“共核”(common core)。国内众多英语教材喜欢选用他的作品,道理即在于此。因此,翻译《面纱》时,译得佶屈聱牙、古朴晦涩,自然有问题;译得满纸俚俗、过于口语化,亦似不妥。不过,如何忠实于原作的语言风格是一个翻译难题。本译稿秉承“语体对等”的原则,尽量以汉语的“共核”来迻译。这么做是否合适,只能交由读者、方家来评定了。

《面纱》的翻译还涉及回译问题,这里也交代一下。书中写到香港的“太平山顶”、“域多利道”等地名,回译起来相对简单。而“中国通”维丁顿对凯蒂“道”来“道”去的那部分,却不好译。毛姆借鉴或直接引用了英国汉学家小翟里斯(Lionel Giles)的《道德经》英译本,即《老子语录》(*The Saying of Lao Tzu*,1905)。若采用回译法,让一个英国老头大段背出《道德经》的原文,对着他的同胞满口之乎者也,什么曲则全,枉则直,祸兮福所倚,福兮祸所伏,专气致柔,能如婴儿,弱之胜强,柔之胜刚,胜人者有力,自胜者自强,等等,实在是有点儿错位。如果对书中《老子语录》的引文疏于明察,随意翻译一气,又有点儿不太严谨。考虑到小翟里斯的译本并非逐字逐句的直译,本书采用所谓“释译”法,是否妥当,也祈请读者、方家批评指正。

余光中先生说过:“一本译书只要够分量,前面竟然没有译者的序言交代,总令人觉得唐突无凭。译者如果通不过学者这一关,终难服人。”这本译作是否有分量,译者不敢说,但译完一本书,不写点儿序跋,总感觉对读者缺少诚意。校完《面纱》清样后,写下上述文字,权作译后记。

张和龙

2017 年 5 月 19 日于上海外国语大学

图书在版编目（CIP）数据

面纱/（英）毛姆（W. Somerset Maugham）著；张和龙译.
—上海：上海译文出版社，2017.8（2025.11重印）
（毛姆文集）
书名原文：The Painted Veil
ISBN 978-7-5327-7497-5

Ⅰ.①面… Ⅱ.①毛… ②张… Ⅲ.①长篇小说—英
国—现代 Ⅳ.①I561.45

中国版本图书馆CIP数据核字（2017）第105751号

W. Somerset Maugham
THE PAINTED VEIL

面纱
〔英〕毛　姆／著　张和龙／译
责任编辑／冯　涛　　装帧设计／张志全工作室

上海译文出版社有限公司出版、发行
网址：www.yiwen.com.cn
201101　上海市闵行区号景路159弄B座
浙江新华数码印务有限公司印刷

开本850×1168　1/32　印张7.75　插页6　字数138,000
2017年8月第1版　2025年11月第19次印刷
印数：92,001—99,000册

ISBN 978-7-5327-7497-5
定价：48.00元